小学館文庫

きみはだれかのどうでもいい人

伊藤朱里

小学館

目次

第一章　キキララは二十歳まで

運転席のドリンクホルダーに挿《さ》さったペットボトルは、子供用のカバーに包まれている。青地にたくさんの種類の乗り物がかわいらしくデフォルメされた柄で、描かれているのはパトカー、救急車、消防車にタクシー、男の子が憧れそうな車ばかり。ヘリコプターもある。きっとこの中に、滞納者の家々を回る県税事務所の公用車は含まれていない。

「見つからないね」

ファンタジー映画に出てくる巨人族を思わせる強面《こわもて》の課長は、道端に車を停《と》めて眼鏡を外し、目をこすりながら言った。助手席で、わたしは型落ちのゼンリンマップを広げる。

「住所はこのあたりなんですけどねえ」

異動して一年と二か月、税金が未納の人の家や会社に直接行って支払いを交渉する、通称「臨宅」と呼ばれるこの業務にもすっかり慣れた。ただ「女性職員が臨宅を行う際には男性が同伴する」という規則のせいで、いちいち直属の上司である担当課長にこうしてついて来てもらわなくてはいけないのはいまだに腑《ふ》に落ちない。課長は今年の四月に赴任してきたばかりだし、わたしは自分で車の運転ができる。ひとりで平気だと申し出たこともあるけど、危ないからと却下された。

交渉相手が刃物でも振り回したら男も女も関係なく危ないのだから、たぶん「舐《な》められるから」が本音だろう。窮屈だけど、しかたがない。問題なのはルール自体より「性別によって態度を変える人間がたくさんいる」という事実で、いくら腹を立てたところでそんなのすぐにはどうしようもない。こちらは現実的に対処するしかないのだ。

「道、間違えたのかなあ」

悪意のない言葉にひやりとする。いちおうカーナビがあるとはいえ、地図を見ながら案内をしていたのはわたしだ。

「何年か前の地図だから、変わった部分もあるのかもしれませんね」

そうだね、と眼鏡をかけ直した課長が、ふいに前を指さした。

「中沢《なかざわ》さん、あれ」

さっきからぐるぐると同じ場所ばかり回っていた住宅街の一角、目指していた家の地番に近いあたりにある民家と民家のあいだに、よく見ると、細い隙間が空いていた。

「もしかして、あの塀のあいだを通るのかな」

まさかと思いながら、ふたりで車を降りた。実際に入ってみると見た目以上の狭さで、大柄な課長はもちろん、わたしですら忍者みたいに体を横向きにしないと進めない。コートやマフラーに貼りつく蜘蛛《くも》の巣を払い、飛び出してくる伸びっぱなしの枝葉をよけつつそこを抜けると、はたして、ロールプレイングゲームの隠れダンジョンみたいに目的地が姿を現した。

「あったね」

「ありましたねえ」

ようやく辿《たど》り着いた喜びより、ふたりとも虚脱感が勝っていた。

錆《さ》びついたポストと塀から外れかけたインターフォンのあいだには、かまぼこ板にボールペンで苗字《みようじ》と屋号を書き殴った表札が貼りつけられている。ただそんなものを見るまでもなく、どんな人間がここに住んでいるのかは明白だった。日本家屋の瓦はところどころ防水シートで覆われ、そのシートも経年劣化のせいでほとんど意味を成していない。外壁はぬるい紅茶に入れて放置した角砂糖みたいに腐食が進んでいて、ティースプーンでつついただけでざらざらと崩れてしまいそうだった。玄関はひびの入ったガラスの引き戸で、内側から段ボールとガムテープで目張りしてある。たぶん風除《かぜよ》けだろうけど、たしかガス自殺をするときにもこうするのだとドラマかなにかで見た気がする。

とりわけひどい状態なのは、猫どころかネズミの額くらいの庭だった。手入れがされていないとか、そういう問題じゃない。軒先に放り出されたありとあらゆる種類のガラクタに押し潰《つぶ》され、雑草の一本すら生き残る余地がなかったらしい。そのガラクタも、ハンドルの歪《ゆが》んだ三輪車や脚の折れた椅子なんかはまだマシなほうで、ほとんどのものは風雨にさらされすぎて元がなんだったのかもわからない。かろうじて片隅に転がるプランターとホースのチューブだけが、かつてここで行われていたのであろうガーデニングの名残を留《とど》めていた。

「これまた典型的だなあ」

インターフォンを押すと案の定、鳴らない。課長はどんどんと引き戸を揺れるほどノックした。少し間を置いて、中から甲高い犬の声が聞こえてくる。

「ああ、住んではいるね。しかも生きてる」

「道、蜘蛛の巣が張ってましたけどね」

「蜘蛛は一、二時間もあれば巣をつくるから。もっともふつう、そんなに蜘蛛が大量発生することもないだろうけど」

「お金払わないのに、犬は飼うんですねえ」

「そういうもんだよ」

平坦《へいたん》な声で課長は言い、通知入れといて、と一足先に戻っていった。

鞄《かばん》から黄色い封筒を取り出した。太字で印刷された県税事務所の名前の横に、中沢、とシャチハタでわたしの苗字が押してある。色つきの封筒で催告状を出すと、相手の危機感が高まって納付率が上がるらしい。昔は赤だったけど、心臓に悪いという苦情が来てやめたそうだ。嘘《うそ》みたいな本当の話。おしゃべりなパート職員の田邊《たなべ》さんが教えてくれた。

ポストをこじ開けて中を覗《のぞ》き込むと、出張風俗のビラが入っていた。わざわざこんなところまでこんなものを配りに来る人がいることにまず驚いてから、この家の住民がこういうサービスを常用しているのかもしれない、と思い至る。本来正しく支払われるべきお金がどこにつぎ込まれているか、つい詳細に想像しそうになった。潔癖とは違う意味で胸がむかついてきて、画素の粗い裸の写真のちょうど真上に黄色い封筒を落とした。

わざわざこうして現地まで直接赴くのは、もちろん全員に対してじゃない。連絡がつかないとか未納額が高いとか、厄介な案件のところだけだ。そして、そこまでしないといけないような相手の家なり会社なりには共通点がある。一見こぎれいでもここみたいにボロボロでも、たいていごちゃごちゃとモノに溢《あふ》れているのだ。知らん顔をして待ってさえいればなにもかも勝手に風化して、なかったことになるとでも思っているように。

去り際にふと振り返ると、ガラクタの中からこちらを見つめる目があった。

一瞬ぎょっとしたけど、なんのことはない。それはだれもが知っているテーマパークの人気キャラクターのぬいぐるみだった。最初に気づかなかったのは、もはや原形を留めていなかったからだ。手垢《てあか》やら雑菌やらにまみれてどす黒く変色し、雨風で毛羽立ってグロテスクに膨れ上がっている。夢と魔法の国の使者もああなったらおしまいだ。さっさとお焚《た》き上げでもすればいいのに。

とっくに過去の遺物になったものをずるずる手元に置いて、なんの意味があるんだろう。惨めになるだけだとどうしてわからないんだろう。

腕時計で封筒を届けた時刻をチェックしながら、課長の待つ車に戻った。

「お待たせしました」

事務所に帰ってから記録を残すために、臨宅後はできるだけ素早く詳細を書き留めておくのが決まりだ。助手席に座ってドアを閉め、職場から持ってきたバインダーとボールペンを取り出して、バインダーに挟んだメモ用紙にペンを走らせる。そこでやっと、けさからずっと心もとなかったインクが完全に切れていることに気がついた。総務担当がなかなか消耗品用の予算を出してくれないので、こういう事態はいままでにもたまにあった。でも、なにもこのタイミングでなくてもいいのに。

しかたなく、鞄から私物のシャープペンシルを取り出した。

課長は黙ってバックミラーを直している。メモが終わるまで発車せずに待たれているのはいつものことなのに、シャーペンを持った手に視線を感じる気がした。エンジンを切った車内に暖房はついていない。にもかかわらず、指先が汗でべたついてくる。

しばらく間を空けてから、なにげないふりをして訊《たず》ねた。

「課長のペットボトルカバーって、お子さんのですか？」

「ん？　そう。上の子が幼稚園で使ってたやつ。下の子はもうお古だと嫌がるから」

「あ、やっぱり」

「取り出すとたまにぎょっとされるけど。会議中とか」

「でも、ありますよね。なんていうかそういう……家族の影響って」

こちらに顔を向けた課長に、わたしは淡いピンクのシャーペンを掲げてみせた。

「わたし五つ下の妹がいるんですけど、これ、妹の好きなキャラなんです。昔からなんでもわたしとお揃《そろ》いにしたがるので、見かけるとわたしもつい気になって」

ファンシーな背景には色とりどりのお星様が散らばり、幼い男の子と女の子がメリーゴーランドみたいに中央の大きなお月様にまたがって遊んでいる。ふたりは双子のきょうだいで、男の子の髪は水色、女の子の髪はピンク。

「仲がいいんだね」

ごつごつした課長の目尻が、かすかに緩んだのがバックミラーで確認できた。

「妹はともかくわたしはもう、さすがにちょっと恥ずかしいんですけど」

「そこまで気にしなくていいんじゃない、中沢さんも若いんだし」

ようやくほっとする。面と向かって突っ込んだり弁明したりできる関係ならまだしも、上司から黙って色眼鏡で見られるのは嫌だった。今後の査定にも響きかねない。

気にしすぎとは思わない。わたしは異動前、県庁に入って最初の配属先が本庁の人事課だった。この仕事に就く人がどれだけ相手の細かい部分を目に留め、記憶しておく習性があるかは承知している。職場で一度キャラクターグッズの文房具を使った、ただそれだけのことがいつのまにか「空気の読めないイタい子」という印象に変わらないとも限らない。

「それ、なんて名前なの」

「キキララです」

キキララ、と繰り返してすぐ、課長は「書き終わった?」と身を乗り出した。

結局、事務所のある合同庁舎に帰り着いたのは五時近くだった。課長はいったん入口で車を停め、わたしを先に降ろしてくれた。たぶんいつものとおり、駐車のついでに裏の喫煙所に行って一服するんだろう。

正面玄関の自動ドアの内側には、紙コップ式の自動販売機がひとつ置かれている。古いし味も衛生面も微妙だから、少なくともわたしはほとんど使ったことがない。ただ、旧式だけあって飲み物が出てくるのに時間がかかるので、ちょっとサボるときの逃避先にはうってつけらしい。課長にとっての喫煙所みたいなものかもしれない。

そしてきょうも、須藤さんはその前でぼんやりと佇《たたず》んでいた。

「あ、お、おかえりなさい、中沢さん」

自動ドアの音でやっとこちらに気づいたらしく、銃声を聞いたウサギみたいに体が跳び上がった。彼女は三か月前からうちの担当に来ているアルバイトで、席が隣だから基本的にはわたしが面倒を見ている。だれに対しても腰が低く、ひとまわり近く年下のこちらの言うことも素直に聞いてくれるし、勤務態度も真面目だからそういう意味では扱いやすい。ただ残念ながら、仕事自体は控えめに言ってもあまりできない。

「あ、あの、すみません。データの入力、まだ、終わってなくて」

「お疲れさまです」

なにも訊《き》かないうちに謝るということは、いろいろと自覚はあるらしい。さすがに「別にいいですよ」とは言ってあげられないけど、優しく微笑《ほほえ》んではみせた。大学時代に所属していたボランティアサークルで、児童養護施設の子供たちや老人ホームのお年寄りにそうしていたみたいに。

表立って教えられてはいないけど、たぶん須藤さんはここに来る前、病気かなにかだったんだろう。日頃の挙動や急な採用の時期からしてなんとなく察しがつく。それに「そういう」人たちを積極的に雇用して社会復帰を促す風潮は、わたしが人事課にいたころから全庁的にあった。

この仕事の本分は、弱い人を助けること。どんなことも他人事《ひとごと》と思わず、目の前の相手の気持ちになって、奉仕の心で接すること。そう、ことあるごとに教えられてきた。

でも教わるまでもなく、入庁式で首席として新規採用者代表の挨拶をしたときにはもう、わたしは壇上でそんな決意を口にしていた。

飲み物の完成を待っているのかと思ったら、須藤さんはようやく指先を上げ、自販機のボタンのあいだをうろうろとさまよわせはじめた。まだ時間がかかりそうな彼女を置いて、先に庁舎に入った。

地下も含めて五階建ての庁舎のうち、一階と二階が県の北東部を管轄する県税事務所、その中でも一階は納税部門のフロアになっている。窓口カウンターを挟んで左手側がわたしの所属する「初動担当」で、隣が「実動担当」。そちらはいわゆる差し押さえや取り立てといった強硬手段を行う担当で、経験豊富なベテランを中心に十人近い職員で構成されている。それに比べ、うちの担当はたった四人。しかも今年度から人員削減の煽《あお》りを受けて、いまや正規職員はわたしと課長だけだ。手紙を出したり電話をかけたりして「お客様」と話し合うだけの仕事なら、それくらいで十分だと判断されたのかもしれない。

「おかえりー、環《たまき》ちゃん。意外と遅かったわね」

席に戻ると、向かい側から田邊さんが身を乗り出してきた。

「すみません。道が入り組んでて、ちょっと迷っちゃったんです」

「地図が古いせいじゃない？　そろそろ買い替えてもらいなよ」

そう言いながら、田邊さんはフロアの反対側に意味深な流し目を送った。わたしもつられて顔を上げ、視線の先を追う。

窓口から目に入るのはうちと実動担当だけだけど、実際はさらにその隣、書類棚や金庫の陰に隠れた場所に、ひっそりと総務担当の机が三席ある。こちらから見て左側にいるのが定年間際の総務担当課長、右側にわたしと同期の染川裕未《そめかわゆみ》。真ん中はお局《つぼね》様《さま》と名高い堀《ほり》主任の席だけど、いまは不在のようだった。

「そうですね。ついでに、なにか必要なものはありますか?」

うるさい相手のいないうちがチャンスだと言いたいらしい。望まれているだろう台詞《せりふ》を口にすると、あら助かるわー、と田邊さんの声が一オクターブ高くなった。パート職員には異動がないので、そろそろ勤続十年だという彼女は事務所でもダントツの最古参だ。頼りになるけど扱いには気を遣う、須藤さんと正反対の存在でもある。

「……まあ、でも。特に欲しいのは人手かな」

ここぞとばかりにおねだりを列挙していた田邊さんが、一転して声のトーンをぐっと下げる。今度は視線を追うまでもなく、なにを言いたいのかは明らかだった。

「ああ……お疲れさまです」

「大変だったのよー。遅いだけならまだしも、いちいち細かいことまでしつっこく確認してくるからそのたびに手を止めなきゃいけないし。こっちは合間にお客さんの対応だってしなきゃいけないのに。そのくせ、休憩と糖分補給だけは人一倍なんだから。それであんなにずんぐりむっくりなんじゃない？」

須藤さんがあの自動販売機で買うのはコーヒーや紅茶ではなく、いかにも体に悪そうな謎のジュース類ばかりらしい。田邊さんがひそかに統計を取っては逐一報告してくるのだ。あんなのいい大人が飲むかなあ、それも毎日、職場で。遊びに来てるんじゃないんだから普通は抵抗あるよね？　環ちゃんもそう思うでしょ？

「だいたいここに来てもう三か月経《た》つんだし、とっくに電話や窓口にも自分から出だしていい時期でしょ？　今度、環ちゃんからガツンと言ってやってよ」

砂時計みたいに締まった腰に手を当てながら、田邊さんは細い顎をつんと上向かせた。わたしと同い年の娘がいるとは思えないスタイルのよさだ。須藤さんはどちらかと言えばぽっちゃり体型だから、たしかに「ずんぐりむっくり」という表現は間違ってはいない。

目鼻立ちのはっきりした田邊さんは若いころ美人で有名だったそうで、面影はいまだに十分残っている。たぶん、そう伝えたら喜んでもらえるのだろう。でもわたしに言わせれば、人の容姿を遠慮なくあげつらうためにその美貌が保たれているような気がしてあまりこちらから触れたくない。

「すみません、いつも田邊さんに頼っちゃって。ほんとにありがとうございます」

「あらやだ、別にそういうんじゃないってば。環ちゃんこそ、いつもニコニコしながら仕事教えてあげてて偉いわよねー」

「わたし、歳《とし》の離れた妹がいるから。慣れてるんですよ」

そこへ須藤さんが戻ってきた。両手で紙コップを持ち、申し訳なさそうに縮こまりながらもゆっくりと座る。人工甘味料のにおいの湯気がこっちにまで漂ってきた。田邊さんが歌舞伎の見得を思わせる派手な表情でわたしに目配せを飛ばし、わたしは右側にいる須藤さんに見えないよう、左肩だけをすくめてみせた。

須藤さんは気づく様子もなく、わたしたちに、そして机に積み上げられた書類に背を向けるようにしながら、紙コップの中身を大事そうにすすっている。ここ数日彼女に頼んでいるのは、地下にある書庫に保管された古い交渉記録をパソコンに打ち込む作業だった。そんな昔の資料が廃棄されていない時点で厄介な案件だということで、ものによってはファッション誌や電話帳くらいの厚さがある。積み上げた資料の隙間からこじれたトラブルにまつわる汗と涙をぎゅうっと煮詰めたような気配が古紙特有のにおいと一緒に伝わってきて、甘ったるい飲み物のそれと混ざって胸焼けがしそうだった。

田邊さんに言われたものから「人手」以外をメモに書きつけ、わたしはフロアを足早に反対側まで横切った。

「ねえ、染川さん。いま大丈夫かな」

いきなり蹴られた小動物みたいな仕草で、染川裕未は伏せていた顔を上げた。

須藤さんといい染川さんといい、普通に話しかけただけでどうしてこんなふうに怯《おび》える必要があるんだろう。彼女もサボっていたのかとさりげなくパソコンの画面を覗いてみたものの、そういうわけでもないらしい。

「……どうかした？　中沢さん」

「地図を買い替えたいの。ゼンリンマップが何年も前のやつで、きょう、外回りのときに余計な時間かかっちゃったんだ」

「そうなんだ……わかった」

「ついでにいくつかお願いしてもいい？　田邊さんがうるさくって」

「うん」

同じ職場になって半年以上経つのに、染川さんはいまだにわたしに対してよそよそしい。でも、彼女を責める気にはなれなかった。無理もない。同い年の同期が自分にできなかった仕事をしているところを、同じ空間で見ていなくてはいけないのだから。

わたしたちは、この事務所に配属される前にも一度だけ顔を合わせたことがある。新人研修のときにグループが同じで、その後の打ち上げでもたまたま近くに座っていた。セーラー服を着れば高校生、いや中学生でも通りそう、というのが当時の第一印象。派手な美人ではないけど色白でふくふくした頬がハムスターみたいで愛らしく、人の話におっとりと相槌《あいづち》を打つ仕草はいかにも大和撫子《やまとなでしこ》ふうで、ああいう子ってじつはそうなのよね、と指示代名詞だけで一部の女子が噂《うわさ》していたくらい、目に見えて男性陣に人気があった。

もちろん、ちょっとかわいくてモテるからといって何十人もいる同期をみんな記憶していたわけじゃない。染川さんを覚えていたのは、打ち上げの席で「配属二か月目にして『お客様』に自宅に火をつけると脅された」とぽつんと話していた姿が印象に残ったからだ。こんな仕事だからその手のエピソード自体は珍しくないし、現にそばにいた男子たちがすぐに自分の苦労自慢を被《かぶ》せてきて、彼女の話は結局うやむやになった。でも、生乾きの雑巾をぎゅうっと絞って汚れた水をしたたらせているみたいな表情が妙に気にかかって、メンタルもつのかなぁこの子、とぼんやり心配していたらそれが的中してしまった。

いまのわたしの肩書を正式に言うと、この県税事務所の納付促進初動担当主事。かつて染川さんの肩書だったものだ。わたしは新規採用で配属後、一年半で病休に入った彼女の代わりとして、本庁人事課から急遽《きゅうきょ》いまの職場に異動させられてきた。

　半年後に復帰した彼女は、同じ事務所の同じフロアで総務担当に配置換えになった。久々に挨拶したとき、人は短期間でこんなに変われるんだと驚いたのを覚えている。飲み会の時点での彼女は大変そうでこそあったものの、まだなんとなくあどけなさというか、愛されて育ったお嬢さんっぽさを隠しようもなく滲《にじ》ませていた。それなのに再会したときには、魅力だったはずのものたちがどこにも見当たらなくなっていた。消えたというより、目につかないほど小さく萎縮してしまったんじゃないかと思う。色白の肌はただ血色が悪いだけに見えたし、優しかった声は聞き取りづらく陰気になり、痩せた上に猫背になって身長まで縮んでいた。なにより、一番の特徴だったふっくらとした頬が完全に削《そ》げ落ちていた。持って生まれた他者への善意とか信頼とか、そういうものの根拠だった幸福感の源泉が、ごっそりと搾《しぼ》り尽くされて枯れてしまったみたいだった。

　懐っこい手乗りペットを怯えきった濡《ぬ》れネズミに変えたものがなんだったのか、同じ仕事を一年あまりやってみてもわたしには実感が湧かない。まだ遭遇していないのか、気づかずにスルーを続けていまに至るのか、それすらわからないままだ。

「……うん、そんな感じでお願い。時間あるときでいいから」

「ん……ちょっと待ってね」

わたしが用件を伝え終わると、染川さんは近くにあった紙の束を引き寄せてメモを始めた。

彼女がメモに使っているのはいつも、印刷に失敗したコピー用紙の裏紙だった。しかも、そのままゴミ箱に捨てられるようにわざわざ個人情報が書かれていないものを選《よ》り分けているらしい。堀主任のご指導の賜物《たまもの》だろう。その手の上に、わたしは自分のキキララのメモを差し出した。

「ああ、大丈夫。ここにまとめてきたから」

彼女は初めて紙幣を見た物乞いの子みたいに、わたしの顔とメモのあいだで視線を往復させた。わたしは赤ん坊をあやすように笑ってみせる。

話している最中も、染川さんはそれこそネズミみたいに首をすくめながら何度か周囲を見渡していた。隣の席の堀主任がいつ戻るかと怯えているのは明らかだった。堀主任のことはわたしも苦手だ。書類の提出や経費の申請が予定より三十秒遅れただけで、十五分にわたって嫌味を言うような典型的なお局様。その時間のほうがよっぽど無駄だとなんでわからないんだろう。オールドミスなんてとっくに死語になった言葉だけど、その時代遅れ感も含めてこれ以上彼女にぴったりくる表現はない。

短かった人事課での日々を振り返るまでもなく、どの職場にも必ず、ああいう人がひとりはいる。どうでもいいことにいちいち目くじらを立てて周囲の志気を下げて、それなのに本人だけは、自分がいないとみんなが困ると信じ込んでいる。

染川さん、気持ちわかるよ。わたしたち、ああはなりたくないよね。でもそんなにあからさまに下手《した》に出《で》たら、ますます相手の思うツボなんじゃないかな。

「いつもありがとう。ほんと、染川さんは仕事速いから助かるよ」

「ううん、そんな」

「うちなんてさっき田邊さんから聞いたんだけど、また須藤さんがさあ……」

染川さんがまだ目を合わせてくれないので、わたしもしゃべりながらぼんやりフロアに視線をさまよわせた。

待合スペースに来客の姿はないから、きょうはみんな終業と同時に帰るんだろう。本庁、特に人事課ではこの時間からが本番という感じだったけど（夜九時開始の会議が公式に入ることもザラだった）、うちは県内でも田舎のほうを受け持っているせいか、定刻の五時半を十分も過ぎるとほとんど人気《ひとけ》がなくなる。まだチャイムが鳴る前なのに、すでにパソコンを半分閉じかけている職員もちらほらいた。

この事務所は、お世辞にも県政の中心とは言えない。休暇がとりやすいことと残業が少ないことが取り柄で、人によっては早退もせずに夕方六時からの子供向けアニメを家で見られるらしい。もちろんそれ自体は悪いことじゃないけど、いまだって、県の議会が開催されているはずなのにみんなその話に触れもしない。年に四回、半月にわたる定例会の時期になると、あちらではいつでも対応できるように全庁をあげて臨戦態勢が続いていたのに。職員は家庭環境やら単純に能力不足やらといった諸々《もろもろ》の事情で出世ルートから外れた人が多いし（いまの課長は幸い前者だった。息子さんの体が弱いらしい）、純粋に距離ひとつだけとっても本庁まで電車で二時間はかかる。

最初のころはあまりのギャップに、時差ボケどころか月に着いたばかりの宇宙飛行士みたいな心地になった。やっと少しは慣れてきたけど、慣れきってしまうわけにはいかないところも同じだ。ふわふわしていたらいつか足をすくわれかねない。

油断は禁物だ。いつ、どこで、どんなケチがつくかわからない。人事課の奥に保管されている部外秘の査定資料には、全職員についてあらゆることが記載されているともっぱらの噂だ。資料に「小学校の同級生だった某氏より、飼育委員だったにもかかわらず金魚の餌やりを忘れ死なせたとの情報。責任感に欠ける可能性あり」と書かれていたのが決定打となって昇進試験に落ちた職員がいる、というまことしやかな伝説は、一年半間近で見ていてもまったくの眉唾《まゆつば》とは思えなかった。

絶対に、ここで評判を落としてはいけない。

あの女は本庁で、わたしが自暴自棄に陥るのを待っているのかもしれない。逆に言えば、ここで成果を出せばだれかは必ず見ていてくれるはずだ。仕事はもちろん、人付き合いも完璧《かんぺき》に。無駄に足を引っ張られないように。

そしていずれまた、元のルートに戻る。

絶対に、負けるもんか。思いどおりになんか、なってやるもんか。


わたしが高校生のときに買い替えられた実家のテレビは、ちょっと怯《ひる》んでしまうくらい大きい。五十インチはある。前はなんとも思わなかったのに、そして時間はひとり暮らしのころよりもあるはずなのに、最近ではめっきりテレビを見なくなった。こんな映画館みたいな大画面でお笑い番組なんか見ていると、自分がすごいバカになったように感じる。

入庁した当初は、職場の最寄り駅近くに単身者用のマンションを借りていた。大学までは自宅から通っていたから、初めてのひとり暮らしだった。八畳足らずの１Ｋだったし、ほとんど寝に帰るだけの生活だったけど、食事のメニューもお風呂のタイミングも自分の裁量で決められる毎日は天国のように快適だった。

いまの職場に異動後、契約が切れるのを機に実家に戻ったことで、それがいかに贅《ぜい》沢《たく》だったのかをあらためて思い知った。たしかに通勤時間は短くなったし、ひとりのときだって別に子供のころに夢見たような、三食お菓子で済ませるとか三日三晩ゲームだけして過ごすとか、そういう狼藉《ろうぜき》をしたことはない。でも、その気になればできる、ということが大事だったのだ。

バラエティ番組で一発屋の芸人が、売れる前の貧乏だったころに生活水準を戻せばいいという問題ではない、恵まれた時代を経ているからこそ現状がより惨めなのだとぼやいていた。ひとり暮らしのころ、わたしは三十二インチのテレビでそれを見て笑っていた。

ただいま、とリビングに入ると同時に、どっと笑い声が聞こえてきた。

流れているのは特別編成なのか見覚えのない番組で、有名人同士がスタジオで討論のようなことをやっている。ほとんど立体映像みたいに存在感のあるテロップで「頭おかしいんじゃないですか！」と表示されて、ソファに座ってそれを見ていた母がこちらに背を向けたまま一緒に笑い声を上げた。わたしの足音を聞いて、振り返る。

「おかえり。いま晩ごはん温めるからね」

台所に向かう母と入れ違いに、コートを脱いでソファに座った。リモコンで音量を下げようとしたけど、前に住んでいた部屋のテレビとさほど数値に差はなかった。

ソファの脇にはビニール紐《ひも》で縛った雑誌や新聞紙が積まれ、口を開けたままのゴミ袋に古い化粧品や毛玉のついた洋服なんかが突っ込んである。本格的に年末が来る前に、少しずついらないものを捨てていく計画なのだ。毎年懲りもせずに大掃除が大変だとぼやく母に、家にモノが多いのが悪いと言ってわたしが勧めた。最初は手伝っていたけど、いまや母は平日の昼、わたしが家にいないあいだにしかその作業をしなくなった。

きっかけはたぶん先月、ふたりで物置と化した和室を片付けていたときだ。

「お母さん、これなに?」

引き出しの奥に転がっていたそれは、一見リップクリームに似ていた。埃《ほこり》と年月のせいで白っぽく褪《あ》せていたけど、たぶんもともとはピンクだったのだろう。蓋を開けると「中澤」という苗字が左右さかさまに彫られていた。わたしが仕事で使っているシャチハタと似た書体ではあったけど、うちは「中沢」なのにわざと難しいほうの「澤」を使うのは、わたしや両親の感覚ではなかった。

「あら、懐かしい。沙穂《さほ》のだわ」

案の定、後ろからわたしの手元を覗き込んで母は言った。

「なんであの子に印鑑なんか要るの？」

「学生時代にね。ほら、自分で描いた絵の裏とかにサイン代わりに押してたの」

「そうなんだ」

じゃあもう使わないんだね。そう言おうとしたとき、母はわたしの手からそれを取り、ごく自然な仕草でゴミ袋じゃなくて自分のエプロンのポケットに入れた。思わぬお小遣いをもらった子供みたいに、無邪気に笑いながら。

「そんなの、とっといてどうすんの？」

あのときのわたしはこの、すべての音が必要以上に大きくなるテレビみたいだった。

「職場で聞いたんだけど、よく借金をする人ってそういうタイプが多いんだってよ。なんでも感傷とか『いつか使うかも』とかで考えなしに溜《た》め込んで、気がついたらゴミに囲まれて現実の生活がおろそかになってるみたいな。見てててイタいし迷惑だよね」

母は黙って片付けの続きにかかった。一瞬すごく感じの悪い目で見られた気がしたけど、あれは真っ暗な液晶に自分の顔が妙にブサイクに映るようなものだったのかもしれない。いま思い返してみても、間違ったことはなにも言っていないんだから。

模様はほとんど消えていたけど、たぶん、あの印鑑もキキララだった。

実際、妹の沙穂は昔からキキララが好きで、よくわたしもおままごとの代わりに「キキララごっこ」に付き合わされた。彼女は必ずお姉さんのララ役をやりたがり、アルミホイルを巻いて自分で作った星形のステッキを振りながら、弟のキキ役のわたしに「そんなことしたらおかあさんが心配するでしょ」となんだか得意げな口調で注意した。あれはたぶんわたしの物真似《ものまね》だ、と気がついたのは最近になってからだ。

台所から、だんだん温まっていくカレーの匂いが漂ってきた。

わたしは食欲を奮い立たせるために、ゴミ袋から目を逸《そ》らして立ち上がる。ひとり暮らしをしていたころ、食欲は断じて「奮い立たせる」ものではなかった。

「すぐ帰れるようになってよかったわね。前は忙しかったから」

「残業したくてもできないの。いま職場が残業カットを目指して必死で、ちょっとでも定時を過ぎると上の人が締め上げ食らっちゃうみたいでさ」

母はチキンカレーとポテトサラダを置いて台所に戻った。我が家の定番の組み合わせ。わたしは色もとろみも薄い、ほとんど金色のスープに近いカレーをすくう。なんでカレーにじゃがいもを入れるのにポテトサラダを副菜にするんだろう、といつもの疑問を覚えつつ、なにも言わずに食べる。

「そのぶん朝早く行かないといけないし、日中は目まぐるしいけどね」

「たまにはちゃんと息抜きしてるの？　学生時代のお友達と遊んだり」

「連絡は取ってるけど、みんなも忙しいから」

なんてことない会話のはずなのに、まるで誘導尋問でも受けているみたいな気分になるのはなぜだろう。こちらの慎重さに比例するように、母の誘導ぶりもどんどん高度になっていく。仕事の交渉のほうがまだゴールが明らかなぶん気が楽だ。

「無理しないでね。環は昔から、ちょっと頑張りすぎるところがあるから」

「無理してないよ、大丈夫」

食事を終えてすぐ、ごちそうさまの挨拶もそこそこに腰を上げてしまった。待ちかねたような態度を見せたことがさすがにいたたまれなくて、空になった皿を重ねて片付けようとすると母に「いいわよ」と止められた。

わたしの部屋は二階の奥で、その隣、階段を上がってすぐのところに妹の沙穂の部屋がある。きょうも中ほどまで来たあたりでもう音楽が漏れ聞こえてきた。最近街でよく流れている、軽薄なロック調のK‐POP。男性ボーカルが無理やり歌わされている舌足らずな日本語に合わせて、妹はご機嫌で熱唱している。

響き方からして、また窓を開けっぱなしにしているのかもしれない。妹は寒がりのくせに部屋に空気がこもるのが嫌いで、よくエアコンを最強にしたまま換気をするのだ。この調子では、ご近所から苦情が来るのも時間の問題だろう。

気がつけば、階段の途中で足を止めていた。数えきれないほど上り下りしているはずのそこから、ふいに転げ落ちそうな気がした。怖くなって、めったに使わない手すりを握る。少しずつステップを上りながら、足音を慎重に大きくしていく。

妹の声のボリュームは変わらない。毎日小さな世界にこもって音楽を聴いているから、ちょっと耳がバカになっているのかもしれない。


わたしは中高と合唱部だったけど、窓を開けているときには絶対に歌わなかった。

歌うのが好きだったし、我ながら中学まではトップクラスの実力だったと思う。合唱部の活動が盛んなことで有名な県立の女子高に進学して、周囲のレベルの高さにめげそうになりながらも必死で努力した。一度でいいから演奏会で花形のソロをもらう、という夢があったのだ。どのくらいやりたかったかというと、部長になるのを辞退したくらい。顧問から直接勧められて、たぶんそのほうが受験に有利だと知っていたけどそれでも断った。部長は指揮者も兼任するので、ソリストにはなれないという暗黙のルールがあった。

家で練習するときは窓もカーテンも閉め切って、夏でも布団を頭から被って音漏れを防いだ。集中するあまり夕食の時刻を無視してしまうこともあった。でもたとえ深夜になっても、リビングに下りれば母がおにぎりにしてくれたごはんやラップをかけたおかずが置いてあった。お皿の脇には必ずメモが添えられていて、わたしの好物のグラタンの温め方やお菓子のしまい場所の説明と一緒に「環へ　いつもお疲れさま」とか「がんばって！　演奏会、楽しみにしてます」とか、母からのメッセージも書かれていた。

その甲斐《かい》あって引退間際、高三の春の演奏会でようやく念願のソロをもらった。

演目は「ほねとかわのおんながいた」というマザーグースの詩をモチーフにした楽曲で、顧問だか部長だかがどうしてそんな曲を選んだのかはわからない。内容はブラックかつナンセンスで、骨と皮だけになるほど痩せ細った女が教会に行き、横たわっている腐乱死体を目にするというものだ。ウジ虫の這《は》い回るそれを見て、女はおそるおそる牧師に問う。

──わたしも、死んだらこうなるのですか？

その台詞がわたしのパートだった。ピアノの伴奏も控えめになり、不協和音の目立っていたメロディが転調して穏やかに安定する曲全体のクライマックス。ステージの上で、わたしはあらかじめ決められた立ち位置から一歩前に出て、歌うというより祈るように、その旋律を歌い切った。小さな市民ホールではあったけど、静まり返った会場に自分の声だけが響いたとき、初めての感動、そして達成感に体が震えた。涙が出そうな気持ちで天を仰ぎかけた次の瞬間、質問への答えが背後からユニゾンで迫ってきた。

——そうですよ、そうですよ、そうですよ。あなたも、死んだらこうなるのです。

母はその日も、学習塾でのパートの時間をずらして客席の最前列にいた。たしかに内容はちょっとあれかもしれないとは思ったけど、やっぱり晴れ姿を見せたかったし、合唱曲の歌詞がシュールなのは珍しいことじゃないから別に気にしなかった。

それを境にいったん、翌年に控えた大学受験へと気持ちを切り替えた。

わたしはそのころから月に一度、問題集と理解度テストが送られてくる形式の通信教育を受講していた。たぶんあれは夏休み、パートが忙しくなった母が家にいなくて、代わりに郵便物を受け取ったときだ。分厚い封筒を破ってテキストを抜いてから、中にまだなにかが入っていることに気がついた。取り出してみるとそれは「保護者の皆様へ」と書かれた小冊子で、そんなものがあることも知らなかったので興味本位で開いてみた。

もっとも大きくスペースを割いてあったのは、保護者からの悩み相談のページだった。前月号に投稿された内容に対する回答が翌月号に掲載されるという形式で、いまで言うネットの質問掲示板のはしりのようなものだったかもしれない。投稿者の名前は伏せてあったけど、住んでいる都道府県名と子供の学年、人によってはイニシャルやペンネームが書かれていた。いくつかあった中でその質問にとりわけ気を引かれたのは、居住地と子供の学年がわたしと同じだったからだ。もしかして知り合いの母親かもしれないと、下世話な好奇心に駆られて目を通した。

『高校生と中学生の娘がいる、二児の母です。

長女は来年、大学受験を控えています。親に似ず優秀な子で、勉強はもちろん部活動など、なんでも一番を目指して熱心に励みます。五歳下の妹がいるため、手本になるようにという意識も強いようです。努力のぶんだけ成果をあげる姿が誇らしく、できるかぎりのサポートをしてきたつもりですが、最近、はたしてこれでよかったのかと疑問を覚えます。

中学生の次女は決して器用ではなく、性格も内気ですが、心根は優しい、人の気持ちのわかる子です。大好きな絵を描くことに生きがいを見出《みいだ》し、毎日が充実しているようです。不器用なりに頑張って生きる姿を見ていると、こちらのほうが教えられる心地さえします。

がむしゃらに結果を出すことに執心する長女を思うと、生きる上でなにか大事なことを取りこぼしたまま、大人になってしまうのではないかと不安なのです。

まだ若いうちに、小さな挫折《ざせつ》を期待する私はおかしいのでしょうか。』

わたしはその冊子を、わざと適当にキッチンカウンターに置きっぱなしにした。

こっそり覗いた翌月の回答欄には、常連らしい別の投稿者から「努力する子供の背後でその失敗を祈る親がいるなんて信じられません」という、痛烈なコメントがあった。ペンネームを見ると前の月の回答欄でも「息子はどうしたら受験に向けてやる気を出してくれますか」という無邪気な質問に「恥ずかしげもなくそんな相談をする時点でお子さんに親の志の低さが伝播《でんぱ》しているのではないですか」と返していた人で、載せる編集部もどうかしていると思ったけど、そのときばかりはほっとした。でも一方で、はたしてこの人自身は「挫折を知らない」のか知った上で言っているのか、どっちだろうとも考えていた。

無事に合格した第一志望の大学で、わたしは合唱ではなく、国際交流とボランティアのサークルに入った。

そこでいろいろと経験したり考えたりした結果、特定の企業に尽くすよりは社会奉仕のほうがやりがいを感じそう、国もしくは市町村という単位よりちょうどいい手応えがありそう、という理由で、地元の県庁を就職先に選んだ。ストレートで決めたい一心で勉強に打ち込んだ結果、首席で試験に合格したと成績開示で判明したときにはさすがに笑ってしまった。でも、わたしは一位を取ったことを母には伝えなかった。

大学受験のときも公務員試験のときも、母はずっと変わらず夜食を作ってはくれたものの、手書きの応援メッセージを残すことはなくなっていた。

初めての上司ができたときにようやく、なるほど、とちょっとだけ納得できたのだった。もしもあの質問を投稿したのが母だとしたら、「若いうちに小さな挫折」というのをやっておかないと、こういうふうになっちゃうと思ったんだなあ。

でも、避けられる失敗なら学習すればいいだけだ。

それに、挫折が必ずしもいいこととは限らない。大事な部分を挫《くじ》いて折って、そのまま一生立ち上がれなくなる人だって少なからずいるだろう。

母から見れば人の気持ちのわかる子であったらしい妹は、いま、髪をキキラの三番目のきょうだいになりたいのかと疑うような奇抜な黄色に染めている。でもやっていることは星の妖精どころか新手の妖怪みたいで、一週間帰ってこないと思ったら一か月近く部屋から出なかったり、夜中に大声で笑いだしたかと思えば急に寝言まじりに泣きだしたりする。わたしが家を出ているあいだに、その素行はますますひどくなったようだった。学費ばかり高い美術の専門学校を一年ももたずに辞め、どんなバイトをしても長続きしない彼女は、最近では韓国に語学留学に行きたいと両親に漏らしているらしい。

しょっぱなから、ついていない日だった。

朝、洗面所で髪を結ぼうとしたら、ふだん使っている黒いヘアゴムが見つからなかった。前の晩お風呂に入るときにいつもの場所、三面鏡の右側の扉についた収納にたしかにしまったはずなのに。母に心当たりを訊ねようにも、わたしはラッシュを避けるために家族のだれより早起きしている。結局、唯一置いてあったウールのシュシュを使うはめになった。虹色のプードルみたいな見た目のそれは、派手すぎて最近ではほとんどつけていなかった。

玄関ではブーツのファスナーが途中で噛《か》んでしまって、ストッキングにパンプスという心もとない足元で寒空の下に出るしかなかった。電車は強風のためというふざけた理由で遅延して寿司詰《すしづ》め状態だったし、やっと最寄り駅に着くと顔を真っ赤にした男が駅員さんを怒鳴りまくって改札をひとつふさいでいた。おかげで残りの改札にも行列ができていてさらに時間を食い、ぎりぎりで職場に滑り込んで女子更衣室でコートを脱ぐとボタンがひとつ取れていた。なんとか席に辿り着いたとたん、今度は課長から電話があった。息子さんが熱を出したので、病院に連れていくために午前中は休むという内容だった。

始業後はすぐに重い仕事をするのがためらわれて、まずはきのう、須藤さんや田邊さんに任せた入力作業の途中経過をチェックしてみた。肩慣らしのつもりだったけど、須藤さんの担当した箇所を読んで肩は慣れるどころかますます重くなった。一言一句間違えずに打ち込もうとするあまり、どうでもいい枝葉末節や明らかな誤字脱字までそのままにしてある。こういうのをお役所仕事と呼ぶんだろうな、と皮肉なことを考える自分に閉口しているところに、須藤さんがいつもの紙コップを持って現れた。

データ入力よりはるかに単純な事務作業をお願いすると、須藤さんは初めて巣から飛び立つ前の小鳥のように肩をいからせて「はい、かしこまりました」と答えた。居酒屋みたい、そのうちよろこんでーとか言い出すんじゃないの、と田邊さんがバカにしている良い子の返事。封筒をひたすら糊付《のりづ》けするとか、しまいっぱなしにされた大量の文房具から使えるものだけを選り分けるとか、須藤さんに割り振る作業を考えるのはわたしだ。いくらでも思いつくのは、かつて自分が押しつけられたことをそのまま頼めばいいからだ。

そんな余計なことまで思い出してしまったせいもあって、結局午前中はずっと肩の重さが抜けなくて仕事にならなかった。このままじゃいけない、もうすぐ昼休みだからそこでちゃんと気持ちを切り替えよう。そう決めた矢先に窓口に呼ばれて──いまに至る。

「わざわざ人の女房脅しに来て、てめえ、どういう了見だよお！」

使い古したツナギを着た男は、そう叫んでわたしのハンコが押された黄色い封筒を机に叩《たた》きつけた。

「あれから女房は怯えてなにも手につかねえんだぞ、ふざけんじゃねーよ！」

封筒には宛先の住所が書かれていなかったので、このあいだの臨宅で直接届けたものだとわかった。くしゃくしゃになっているのは怒りまかせに握り潰されたせいだろう。頭を下げながら時間を稼ぐあいだに、だんだんと記憶が戻ってくる。

午前中に回った何軒かのひとつだ。不動産と車に関するわりと大きな未納があって、呼び鈴を押すとほとんどパジャマみたいなスエット姿の女性が出てきた。こちらが名乗っても終始ぼんやりした態度で、お金のことは主人でないとわからない、と繰り返すばかりだったので、とりあえず手紙を見るように伝えてほしいとだけ頼んでその場は引き下がった。詳細は伏せたとはいえ、税金の件で、と県の職員が来れば事情はおおよそ察しがつきそうなものなのに、恐怖も羞恥《しゅうち》も、動揺すら感じられなかった。顔までは、思い出せない。わからない、という台詞だけが、訓練されたオウムみたいに流暢《りゅうちょう》だったことしか印象にない。

一緒に生活している相手にすべてを預けている人間特有の、電源を切ったテレビみたいな空白っぷりだった。とてもこの人が言うように、怯えてなにも手につかなくなるタイプには見えなかったけど。

「ご不快な思いをさせてしまい、申し訳ございませんでした」

この言葉は、クレーム対応研修で真っ先に習った便利ワードだ。行動そのものではなく、相手の心に与えたダメージに対して謝る。そうすることで、非を認めたのなら筋を通せと揚げ足を取られることを防げるのだ。

「何度か会社あてにお電話を差し上げたのですが、繋《つな》がりませんでしたので……」

「うるせえ！　だいたい俺は税金自体に納得いってないんだからな。法律にかこつけて弱い人間からばっかり搾取しやがって、てめえら恥ずかしくねえのかよ」

そうですね、納得いかないのは当然だし自由ですよ。

ぶっちゃけ、わたしだって税金は高いと思いますよ。いちおう払う身分でもありますから。時給換算すると何時間、何日、何か月分、それがこんなに簡単に持ってかれるんだなってむなしくなる気持ちもわかります。ただでさえ生活が苦しい人たちからお金を頂くことに、罪悪感はもちろんありますよ。偉い人たちの不正が明るみに出るたびに、そりゃあ払いたくなくなるだろうなって溜息《ためいき》のひとつもつきたくなりますよ。で、あなたはじゃあ、なんでそれを大事な奥さんにあらかじめ説明してあげなかったんですか？　僕は税金に納得がいかないから払っていないんだ、もうちょっとしたら預金とか土地とか差し押さえられちゃうかもしれないけど、まあなんとかするから心配しないでねって。それって結局、後ろめたかったからですよね？　そもそも滞納すれば取り立てがあることくらい、予想できるじゃないですか。いくら現行の体制に不満があったって、ルール違反をしておいて黙ってお咎《とが》めなしで済まそうなんて虫がよすぎませんか？

「大変、申し訳ございません」

そんな本音を殺して、わたしは「てめえら」の一員として頭を下げる。

それがプロだからだ。わたしは、人のストレスを受け止めてお金をもらっている。深く礼をしながらも角度に気をつける。髪をまとめるカラフルな飾りを相手の視界に入れたくない。そこにだけ、ひどく無防備な急所を抱えている気分だ。

「わたくしどもとしては、支払いについてお伺いしてそれを実行していただければ、奥様はもちろんご本人様にも、今後ご迷惑をおかけするつもりはありません」

「金ができたら払おうと思ってたのにその気もなくしたっつうんだよ。どうせ私腹を肥やすのに使うんだろ?」

「そういったことは一切ございません」

「ウソつくな、目を見りゃわかるよ。だいたい俺は、おまえみたいに世の中舐めくさった女が大嫌いなんだよ。ブスが人の金使って化粧してんじゃねえ!」

たいして広くない待合スペースに「ブス」が響き渡り、見て見ぬふりで順番待ちをしていたお客さんの何人かが、ちらっとわたしの顔を確認したのがわかった。

外見重視の採用を公務員が始めたら大問題だと思うけど。それにしても、そうですか。ピアスも外して花柄のスカートもネイルも我慢して「ご不快」を与えないようにしてるんですけど、朝の貴重な二十分を費やしている化粧が気に入りませんか。くすんだ肌の色や霞《かすみ》みたいに薄い眉をそのままにして、ありのままの姿で現れればいいんでしょうか。いや、そもそもブスだから気に入らないんでしたっけ? すみません、美人じゃないのは知ってましたけど、生きてるだけで不快なレベルだとは思わなくて調子に乗ってました。整形したほうがいいですか? でもそれだとまた血税使っちゃうんで、死ねばいいですか？

「俺がどんだけ苦労して会社興したと思ってんだよ。とりあえず席にいて、だれでもできる仕事してりゃ金もらえる無能なおまえとはわけが違うんだ」

どれだけ苦労したかなんて、知ってたら怖いでしょう。だれでもできる。そうかもしれませんね。替わりましょうか？　仕事中にいきなり生まれ持った顔を罵られるくらい、だれにでも耐えられることですもんね。

「ご事情はお察ししますが、みなさまにお支払いをいただいているものである以上、おひとりだけ特別というわけにはいかないんです。一度には難しいようでしたら……」

「うるせえな、甘ったるい匂いさせやがって、殺すぞブス！」

ブス、のタイミングでまた机が叩かれた。

それを合図に、いつのまにか出勤していた課長が背後に立つ気配がした。あまり早く「上の者」が出ると逆に相手を刺激するおそれがあるので、暴力に訴えられる直前まではひとまず静観するというのが所内の方針だった。

「この者の上司ですが、なにか失礼がありましたか」

大柄で声も低い課長が隣に座った瞬間、相手の勢いは目に見えて弱くなった。

失礼がありましたかじゃねえよ、とかなんとか、口の中でもごもごと毒づいている。でも、急に態度をやわらげたら格好がつかないからよきところでほとぼりを収めようという、子供じみた魂胆は明白だった。なんでもいいから終わってほしいと願っていたはずなのに、そのとき初めて、お腹《なか》の中だけで渦巻かせていた声が噴き出しそうになった。

これくらいでビビるなら最初から調子乗んなよ。弱い者いじめしてんのはそっちだろ、このクズが。

やっと男が帰ったあと、課長はトラブルがあったときの常で、別室にいる所長のもとへ経緯を報告しに行った。直接の担当だったはずのわたしは「お疲れ。記録つけといて」と頼まれただけで、同伴するようには言われなかった。

「もー、環ちゃんってば。まっじめー」

ひとりで席に戻ると、さっそく田邊さんが前のめりに話しかけてきた。

「課長がいなくても、他の人呼べばいいのに」

「そういうわけにもいかないですよ。わたしの案件ですし」

「さっさと替わってもらっちゃえばよかったんだよ。ヘンに環ちゃんが頑張るより、そっちのほうが早く済んだかもよ?」

怒鳴られること自体はどうってことなかったのに、無邪気にそう言われた瞬間、そしてそれを否定できなかった瞬間、髪の結び目あたりを手刀で思いっきり叩かれたような心地がした。

なんとか笑顔を作ろうとしたタイミングで、目の前の電話が鳴りはじめた。

田邊さんの手が届かない、わたしと須藤さんの席のあいだにある電話機への直通だった。お客様からのご連絡を取り次ぐのもアルバイトの方の仕事です、と何度かやんわり伝えてはいるけど、わたしや課長や田邊さんがいきなり怒鳴られたり泣かれたりする現場を横で見ているせいか、須藤さんはなかなか受話器を取りたがらない。

でもバイトとはいえ仕事なんだから、やりたくないことはしない、じゃ困る。

わたしはパソコンに向かい、さっきの案件を記録するのに集中しているふりをした。呼出音が三度鳴ったところで、須藤さんはいつもと違うことに気がついたらしい。ためらいがちにこちらの様子をうかがい、それからようやく、なにかをあきらめたようにのろのろと、まるまるした腕を受話器に伸ばした。

そしてその腕で、机に積み上げていた大量のクリアファイルを床にぶちまけた。

ぱしゃーん、と水風船が割れるような音がして、あああ、と小さな悲鳴を上げながら須藤さんは椅子から腰を浮かせた。視線だけでなく顔や肩ごと、おろおろと床と机のあいだを往復させる。なんら事態が改善しない、そのあいだにベルだけがもう二回鳴る。

溜息をこらえながら、わたしは腕を伸ばした。受話器を耳に当てて声を出す直前の一瞬で、ぐっと丹田に力を入れる。

「お待たせいたしまして、申し訳ございません」

続けていつも以上にはきはきと話しだそうとしたところを、切羽詰まった声で『染川裕未さんをお願いします』と遮られた。名乗りも名乗られもしないうちに用件だけを言われるのは珍しいことじゃない。ただ、電話口から聞こえたのは性急な口調とは裏腹な、いまにも消え入りそうなくらいか弱い年配の女性の声だった。

「申し訳ございません。染川は異動になりました」

そう伝えると一瞬、息を呑《の》む気配があった。

『いらっしゃらないんですか？』

「わたくし後任の中沢と申します。代わりに承りますので、お名前を……」

『どちらに行かれたかご存じですか？』

ご存じもなにも、まだこちらにいますよ。

染川裕未はいつもどおり、総務担当の末席に座っていた。いつもどおりうつむきがちで、だからここから視線を送っても目は合わない。パソコンで作業をしながら、たまに堀主任になにか指図されている。備品の管理とか新年会の席次決めとか、きっとそんなことだ。

　中学生のとき、文化祭の実行委員をやってクラス展示の準備を取り仕切ったことを思い出す。ちょっと浮いていた女の子に、ひたすら段ボールを同じサイズにカッターで切ってもらったこと。もはや名前も覚えていない彼女は黙々とそれをやってくれたけど、ろくに手伝わずにサボっている子たちのほうがじつは気を遣わなくていいぶん楽だった。いなくてもだれも困らない、気がつきもしないかもしれない、ただ出て行ったってなにができるわけでもないし、まわりの人間としても追い払うわけにはいかないから、居場所を守ってあげるためにいちおうすべきことだけは最低限与えておく。彼女には、そういう立ち位置しか残っていなかったのだ。

「失礼ですが、お名前を伺ってよろしいでしょうか」

『わたしではなく、息子のことなんです。染川さんならよくご存じですから』

なんとか聞き出した名前をシステムで検索して、データベースに保存されていた記録を表示した。

　初動担当で受け持っている案件は、半年経っても未納のままだと自動的に実動担当へと引き継がれる。ただ、方針の目処《めど》が立っていないとそれができない。はっきりと支払いを拒まれた場合は強硬手段に出ればいいだけだから話が早いけど、所在不明とか連絡がつかないとか、連絡がついたとしても現実味のない約束しかできていないとか、そういう場合は厄介だ。中でも最後のパターンは、こちらの責任でもあるのでかなり冷たく拒否される。

この人は、正確に言えばその息子は、最後のパターンにあたるらしかった。何度も滞納を繰り返しているたちの悪い常習犯のようで、電話や窓口でのやりとりがもう数年にわたって続いている。ただ、その記録が目に見えて長くなったのは染川さんが担当についてからだ。母親が電話で事情を説明している。本人は住民票の手続きもせずに家を出て、ほぼ音信不通。支払いについては、自分は家庭環境のせいでずいぶん苦労したのだからそのくらい親が肩代わりすべきだと主張しているらしい。めちゃくちゃな理屈だが、なぜか当然のようにそれを前提として話が進んでいる。自分は体が弱く、治療費もかかる上、年金しか収入がないので一度には払えない。でも必ず払うから、どうか息子の財産を取り上げたり生活を脅かしたりしないでほしい。下手に刺激したら、なにをされるかわからない。

『あんな手紙が来たから、びっくりして。事情は染川さんにお話ししているんです。

なにかの間違いじゃ、ないんでしょうか』

　手紙、と復唱しながら、記録の最後にぽつんと、自分の名前を見つけた。家に直接行って催告状をポストに入れた、という簡単な内容。そこに書かれた外観の様子、そしてあらためて見返した住所で、あの路地の奥にあったゴミ屋敷だと思い至った。

「いいえ、これまでのことは承っております。ただ、お支払いがしばらく止まっていたようなので、今後のご予定を確認するためにお伺いしたんです」

　ご予定、と、不本意な言葉を聞いたように繰り返された。

　沈黙のあいだに、わたしはまた染川さんの記録を読み返す。長い長い文章の中から、肝腎な部分だけを拾い上げようとする。パソコンの画面を埋め尽くしてなお余りある、これを書くためにいったい彼女はどれだけ時間をかけたのだろう。もしかしたら、実際に話していた時間より長いかもしれない。

『生活するだけで、精一杯なんです。主人にも先立たれて。わたしもこの歳ですし、最近とみに体もきつくて、いつ主人の後を追うかわかりませんし』

　結局、染川さんが彼女に送ったという支払い用紙は桁を間違えたのかと疑うほど低額の分割用だった。なるべくまとめて払う、と口約束はしているけど、そんなの守られるわけがない。現に支払いは二、三度あったきり止まっている。

「ご事情はお察ししますが、このままですと状況が悪くなる一方です」

『それはわかっているんですが……』

「やはり、息子さんに払っていただくわけにはいかないんでしょうか」

『ですから、それは染川さんに説明したとおりで』

細かった声が少しずつ大きくなっていく。これは、と口元をぎゅっと引き締めた。思っていたよりずっと厄介な案件だ。

「息子さんの連絡先が不明ということでしたら、こちらで現状をお調べすることになります。法律上、こちらにはその権利……義務がありますので」

『それはやめてください。お願いだから、息子には手を出さないで』

この頑《かたく》なな調子だと、音信不通だというのは嘘かもしれない。興味深そうにこちらを盗み見ている田邊さん越しに、もう一度、総務担当のほうへ視線を送る。染川裕未は相変わらず、パソコンの画面を注視したまま顔を上げない。

ふいに、あの子があんなに、足音にも気づかないほど手元の仕事に集中するのは、わたしのほうを見ないようにするためじゃないかと思った。

「ですが、お母様にはお支払いが手に余る状態なんですよね。それに本来、納付の義務があるのはお母様ではなく息子さんです。こちらには息子さんの所在なり、財産の状況なりをお調べして、未納分を払っていただく責任があります。なにもしないまま、ただ見過ごすというわけにはいかないんです」

　ねえ染川さん、気持ちわかるよ。この人、かわいそうだね。こんな人にお金払ってくれとか息子の居場所を教えろとか、なかなか強くは出られないよね。こういう人たちを少しでも助けたくて公務員になったはずなのに、自分はなにをしてるんだろうって思うよね。

『どうして染川さんはいないの？』

　でも仕事なんだから、やりたくないことはしない、じゃ困るんだよ。

　こんなに長々と自分はがんばったんだぞって痕跡を残すより、その時間でもっとやるべきことがあったんじゃないの？　こんな冗談みたいな約束をするのがプロとして尽くせる最善策だったの？　結局あなたはこの人じゃなくて、こんなかわいそうな人に同情してしまう優しくて感受性の強い自分っていうスタンスを守りたかったんじゃないの？　放っておけば問題はそのまま風化して、なにもかもいつのまにか解決するとでも思ったの？

『染川さんを出して。染川さんじゃないとしゃべれないわ。あなたは、怖い』

　水面が表面張力で膨れ上がるように、涙ぐんだ声がヒステリックに揺れた。幽霊みたいに存在感が薄かったはずのそれが、いまやきりきりと、爆発寸前の風船さながら耳元を圧迫してきている。

「申し訳ございません。ただ、みなさまにお支払いをいただいているものである以上、おひとりだけ特別というわけには」

『搾り取ってるの間違いでしょ。あなたいったいなんなのよ、さっきから杓子定規《しやくしじようぎ》なことばかり言って。こっちがどんな思いで毎日生きてるのかも知らないで！』

ボランティアサークルに所属していたとき、自分のせいじゃないのに苦しい状況に陥ってしまう人、それこそ骨と皮だけになりかけているような人にも少なからず接してきた。わたしがこの仕事を選んだ理由は、必ずしも美しいものばかりじゃないかもしれない。でも、そういう人たちの力になりたいと思ったことも嘘じゃない。ひとりでも多くの人を救うため、みんなに平等に幸せになってもらうために、この女性や、さっきの男が忌み嫌う「法律」や「杓子定規」はできたんだろう。たぶん。少なくとも、そもそもは。

そんなことを埒《らち》もなく考えだしたとき、電話口の金切り声の向こうからさらに甲高い音が聞こえた。

それは一度ではなく、しばらく絶え間なく続いた。最初はわからなかったけれど、やがてその正体に思い至る。そういえばあの家に行ったときも、中から同じ犬の、神経に障るほど元気な鳴き声がした。

『染川さんはあなたと違って、ちゃんと話を聞いてくれたわ。わたしが代わりにきちんと相談していれば、息子には連絡しないと約束してくれた』

「もし、そのように染川が申し上げたなら」

そんな記録はさすがになかったけど、わたしは足元をさらうように言った。

もちろん、名前を出された本人のところにまで届くほどの声じゃない。でも、向かいの席からは興味津々な田邊さんの視線がもろに飛んできたし、なぜか右横では須藤さんの肩が、感電でもしたようにびくりと震えた。

「職務怠慢ですね。彼女に代わって、お詫《わ》びいたします」

少しのあいだ、電話口からは犬の声だけが聞こえていた。

ただよく耳を澄ませると、その向こうからさらにまた別の音がしていた。一定のリズムとテンポを持ったそれは、どうやら音楽らしい。無言の時間が積み重なるほどにだんだんと存在感を増していく、こんな状況には不似合いな甘い声の男性ボーカル。なんとなく、沙穂の部屋からいつも聞こえてくるＫ－ＰＯＰを彷彿《ほうふつ》とさせた。流行《はや》りの曲なんてどれも似ているものではあるけれど。

『あなた、お名前は？』

「中沢と申します」

『そう。わかったわ』

その声は冷静で、いまにも破れて中身が溢れだしそうな、さっきまでのヒステリックな震えは収まっていた。反射的に安堵《あんど》しかけたとき、

『遺書にあなたの名前を書いて死にます』

ばちんと鼓膜を直接叩くように、通話は切られた。

受話器を置くと同時に田邊さんがまた亀のように首を伸ばしてきたけど、わたしが無言でキーボードを打ちはじめたせいか、伸びかけた首はゆっくりと引っ込んでいった。電話しながら取っていたメモには気が滅入るような単語の断片だけが散らばっていて、ほとんど参考になる記述はない。余白だらけの紙の下半分では、流れ星に乗ったキキララが楽しそうに遊んでいた。わたしはその一枚を台紙から破り、足元のゴミ箱に捨てた。

「……あの、中沢さん。すみません」

横から須藤さんが身を乗り出してきたのは、そのときだった。

「はい、なんでしょうか」

「あの、このクリアファイルなんですけど。色がついているものや使用済みのものは分けておく、ってことだったんですけど、未使用で透明だけどロゴが入っているものは、どうすれば……」

いかにも申し訳なさそうなおずおずとした態度は、フロアの反対側にいる染川裕未を連想させた。媚《こ》びるようなか細い声は、さっきまで電話していた女性が最初のほうに出していたそれにそっくりだった。こんなときになんでそんなどうでもいいことを訊くんだろう、と考えてから、ふと気づく。わたしが、どうでもいいことしかさせていないからだ。

「須藤さん。少し、周囲の状況を観察する癖をつけてもらいたいんですが」

幼い妹に注意するように、優しい口調を作っていた。口角だって上げていた。

それなのに須藤さんは音がしそうなほどぎゅっと肩をすくめ、まるで不当に責められたように、みるみるうちに目を潤ませた。すみません、とつぶやく声までもう湿っている。こんなときばっかり反応が速いんだな。そう思うと、急激に頭の芯が冷めていった。

そうですか、またこっちが悪役ですか。

後頭部でぶちんと音がして、脳天気な髪飾りが弾《はじ》け飛んだ気がした。

「あのですね。すぐ『すみません』っておっしゃいますけど、じゃあ具体的にどうしようってことは考えてくれてますか？」

きりきりと痛みはじめた胃に、思い出したように甘ったるい匂いが効いてきた。甘いのに、塩を塗りたくったような沁《し》み方だった。机の上であれだけ派手にファイルをぶちまけたにもかかわらず、紙コップのバナナココアは微動だにしていない。

甘ったるい匂いさせやがって、殺すぞブス。早くも忘れそうになっていた罵倒の言葉を思い出す。わたしには香水をつける習慣がない。正確に言えばなくなった。最初に配属された人事課で上司にしつこく注意されて、やけになってすべて処分した。誕生日に元彼がくれたベビードールも、高校生だった妹にもらった手作りの練り香水も。

甘ったるい匂い。あれは、比喩《ひゆ》ではなかった。

「そもそもそんなことを気にする暇があるなら、もうちょっと電話を取ってくださいよ。こちらに来て三か月になりますよね？　わからなければ折り返させるって言えばいいだけじゃないですか。少しは頭を使ってください、まわりをよく見ていればなにを優先すべきかわかるでしょ？」

「ちょっとちょっと、環ちゃん」

慌てたように、向かい側から田邊さんがささやいた。

はっと我に返る。そこでやっと、自分が必要以上に大声を出していたことに気がついた。だいたいのことをバカみたいに響かせてしまう、うちのリビングのテレビみたいに。

周囲を見渡す。みんな大人で、プロだから、いつもどおりちゃんと働いている。だから無音ではもちろんなかった。たまたま窓口から人がいなくなっていたことも幸運だった。でも、打ち合わせなり電話対応なりそれぞれの仕事を素知らぬ顔でしながら、視線はなんとなくわたしのほうまで漂ってきているか、あからさまに逸らされている。

染川さんは、後者だった。隣にいる堀主任が露骨な眼差《まなざ》しを隠そうともしないだけに、その不自然さがより際立っている。

近場に意識を戻すと、言ってやってよ、とわたしを焚きつけていたはずの田邊さんが責めるような顔でこちらを見ている。須藤さんは小刻みに震えながら、す、まで言って息を呑み、ごめんなさい、とつぶやいた。縮こまったその姿は、道行く人に無視されるマッチ売りの少女みたいに哀れっぽかった。でもマッチを買わない人にだって、子供が病気とか奥さんが妊娠中とか、それぞれに事情はあったはずなのだ。

ぎゅっと拳を握る。

ここでめげてはいけない。きちんとアフターフォローをすればなんでもないことだ。

交渉にしくじって病み上がりのアルバイトに八つ当たりしたなんて、くだらない悪評に飲まれてはいけない。そんな噂が人事課に届いたら今後に響くこと請け合いだ。あそこではあの女が、ちょうどいまの堀主任みたいに、目を光らせてわたしの失敗を待っている。

負けるもんか。思いどおりになんか、なるもんか。挫折なんか。するもんか。みんな人の挫折が大好きだ。失敗を知らずに生きてきた小娘は例外なく調子に乗っていていつか痛い目に遭う、そんな安いストーリーが大好きだ。どん底で不器用な人間たちのあたたかみに触れて「結果より大事なことがある」とでも悔い改めれば言うことなしなんだろう。手もお金もかかる妹に「教えられる心地」がしたという母。わたしが国立の大学を志願したのは、ストレートで公務員試験に合格したくて必死で勉強したのは、沙穂のために少しくらい学費を残しておきたかったからでもあったのに。

平静を装ってパソコンに向かいながらも、後頭部が妙に熱くて、どくどくと脈打っていた。血が噴き出しているような気がして、さりげなく手を当てて確かめる。プードルみたいな髪飾りは、わたしの予想に反してバカみたいな手触りのまま、ちゃんとそこに留まっていた。どこへも、弾け飛んではいなかった。

　実家に戻ったばかりのころ、一度、妹の部屋に入ったことがある。

　わたしがいなかったのをいいことに、妹は無人になったわたしの部屋に自分の不用品を移動させていた。昔の教科書とか、好きなアイドルの出演番組を撮りためたDVDの山とか、ほとんど使った様子のない美容器具とか。文句を言おうと思ってノックしても返事はなく、ドアを開けると本人は出かけていた。

　まず目を引いたのは、まっピンクのレースのカーテンだった。

　お互いにひとり部屋をもらって以来、わたしたちはカーテンも机もベッドも本棚も、姉妹でお揃いのものを使っていたはずだった。それなのに、たった二年で妹の部屋は様変わりしていた。小学生のころからあった学習机は猫脚の白いパソコンデスクになっていて、ベッドシーツや布団カバーもピンクがかったものに買い替えられ、ハートの形の赤いクッションがその上にひとつ転がっていた。わたしの部屋と隣り合った壁際には色とりどりのカラーボックスが組まれ、ポエティックな題名の恋愛小説やこれ見よがしな美術系の参考書、アクセサリー立てやお菓子を模したキャンドルなんかが並んでいた。中でもスペースを占めていたのはCDやDVDに囲まれた巨大なステレオコンポで、それはひとり暮らしのわたしが使っていたテレビくらいのサイズだった。

　そしてベッドの上の天井とかドアの裏側とか、いたるところに画鋲《がびょう》で男性アイドルのポスターが貼られていた。

そのまま部屋を出て、移されていた妹のものを自分の不用品ごと一掃した。母からわたしの伝言を聞いた妹は、黙ってどうでもよさそうにうなずいたらしい。

あのどぎつい部屋、場末のラブホテルと安手のカラオケビデオに出てくる頭の悪い女の子の部屋と実用性皆無のインテリア雑誌の切り抜きをごちゃまぜにしたような空間を作るために、妹はどれくらいお金をかけたんだろう。一介のサラリーマンである父の、いまだに学習塾でパートを続ける母の。もちろん本人の支出もあるかもしれない、雀《すずめ》の涙ほどのバイト代と、わたしが倹約したぶん彼女に回されたお小遣いと。

でも、趣味自体を否定はしない。沙穂の場合はちょっとやりすぎだけど、わたしだってってピンクやレースは好きだ。初めてのひとり暮らしのために女性向けのインテリアショップを巡ったときの高揚感、ずっと好きなものに囲まれていたいというあのときめきはいまも忘れていないし、忘れたら、おしまいだとすら思っている。

あの女のようには、絶対になりたくない。

「女を売りにしなくてもやっていけるように、もっと大人になりなさい」

それが、わたしのかつての上司、たった一年半でわたしを地方に飛ばした張本人である、あの女の口癖だった。わたしが自分のために大事にしていた、ささやかだけどいろいろなもの。高校時代に友達と穴を開けたその足で買いに行ったピアス、初任給で手に入れた花柄のスカート、ボーナスでプロにやってもらったネイル。そんなものたちを「売り物」としてひとつひとつ丹念にあげつらい、値切りに値切ってゼロまで貶《おとし》め、とうとうわたしが耐えかねて自分からそれを手放すのを待つのが彼女のお決まりの手口だった。

もちろんわたしだって、赤信号だとわかっていて道路を突っ切るような真似はしない。少し気分を上げて働くためにみんなやっている、その程度のささやかなことばかりだったはずだ。でも、少し髪を巻いてみたり控えめに香水をつけたりしただけで、必ずあの女に勘付かれた。溜息をつかれ、それまでしていたどんな仕事も「もういいわ」と取り上げられて、その日は以降、あからさまにお茶汲《く》みや電話番といった雑用しかやらせてもらえなくなった。

「この仕事に就いた以上、ひとりひとりが組織の顔なの。どう見られているか自覚を持ちなさい。一度ついたイメージは、なかなか取り返しがつかないんだから」

その言い方で、本人が世の中をどう見ているかが明白だった。わたしだってそれまでの人生で何度か役所に足を運んだことはあったけど、窓口の人の服装や髪型なんか気にしたことがない。なんだったら金髪にサングラスで応対をされたって、仕事ぶりさえまともであればどうでもよかった。

みんな同情はしてくれたけど、面と向かって異を唱えてくれるほど勇敢な人はいなかった。わたしは偉くなる、が口癖の彼女をだれもが遠巻きにしていて、本人だけはそれを敬意の表れであると信じていたらしい。実際には、文句の言いすぎで左右非対称に歪んだ彼女の顔を、みんな失敗した福笑いに喩《たと》えて陰でバカにしていた。他にも、資料の不備を注意されているとき服からナフタリン臭がしたとか、部下のミスを追及しながら吊《つ》り上がる眉が三十年前の角度のままだとか、さんざんな言われようだった。どうしてこれまで、だれも指摘してあげなかったんだろう。そんな疑問は、もちろん口に出すまでもなかった。

「だって、『そんなの仕事と関係ないでしょ！』って逆ギレされるのが目に見えてるもん。ああいうタイプってすぐヒステリー起こしてものとか投げてきそうじゃん」

そんな日々が一年近く続いたころ、わたしはちょうど彼氏と別れた。

相手に新しい好きな人ができたというのが理由で、わたしはまったく動揺せずにその申し出を受け入れた。もともと会う回数が減ることに比例して興味も失《う》せていたし、学生時代に勢いで付き合いだしてなんとなく続いていただけだったので、ちょうどいいきっかけだとありがたく感じたくらいだ。自分で切り出しておきながら彼はこちらの反応の薄さに釈然としなかった様子で、別れ際、わたしの顔をまじまじと見つめながらこうつぶやいた。

「なんか働きだしてから丸み失せたよね。かわいげっていうか、華みたいなのが」

そのときはなにも感じなかった。でも次の週末、履き潰した仕事用のパンプスの替えを買いに行った地元のショッピングモールで、ついでに洋服でも買おうとあたりを見渡した瞬間に異変に気がついた。どの店のマネキンを見ても、それらを着こなしている自分自身の姿を、わたしはまったく想像さえできなくなっていた。鮮やかなビタミンカラーも女性らしい曲線的なシルエットも、これまでみたいに優しく誘惑してはくれなかった。

愕然《がくぜん》としつつ歩き疲れるまでふらふらと徘徊《はいかい》し、途方に暮れながら偶然足を止めたのが、子供のころによく通っていたファンシーショップの前だった。

いつしか茶色や黒ばかりになっていた自分の持ち物に、わたしは拒食症だった女の子がリハビリでお粥《かゆ》を食べるように、慎重に淡いピンクを混ぜていった。シャープペンシル、メモパッド、手帳。でも年甲斐がないと陰で笑われるのは嫌だから、だれかの視線を少しでも察知したら「妹が好きなので」と照れてみせる。違和感がないうちは青信号。面と向かって笑われたら、ギリギリセーフの黄色信号。

客観的でありたい。あの女のようにはなりたくない。人の話に聞く耳を持たず、頑なに自分のやり方しか認めないから、どんどん時代から外れて孤独になっていくんだ。かわいそうな女。男になりそこねただけならまだしも、いまさら女にも戻れない。だから意地になって同じ生き方を人にも強要せずにいられない、呪われた女の化石。

——すぐヒステリー起こしてものとか投げてきそうじゃん。

わたしは須藤さんにヒステリーを起こしたわけじゃないし、ものを投げてもいない。

「あら、おかえり。きょうはちょっと早いのね」

帰宅してすぐ部屋に戻ろうとしたら、階段を下りてきた母と鉢合わせしてしまった。

「頭が痛いからもう寝る。ごはんいらないから」

「大丈夫？　風邪かしら。あしたは休めるの？」

自分のほうが痛そうに眉をひそめる、芝居がかった仕草に食傷する。そんなことできるわけないじゃん、と答えると、瞼《まぶた》にたかる虫でも払うように「なんで？」とまばたきをされた。無言で母を押しのけ、階段を上り終えたあたりでまたドア越しに音楽が聞こえた。

いつもと違って、妹の歌声はしない。でもそのぶんいつもより大きいボリュームで、まるでなにかの腹いせか八つ当たりみたいに、沙穂は甘ったるい曲を廊下まで響かせている。母がさっきまで妹の部屋にいたことに、そのとき気がついた。

ノックで黙らせようと手を上げかけて、やめた。

自分の部屋に戻った。どうせまた出て行く場所だと思って、家具はほとんど買い替えていない。ブルーの遮光カーテン、子供のころカッターで傷をつけてしまった学習机。ベッドには、十年以上使ってくたくたになった毛布が敷かれている。コートもストッキングも脱がないままそこにうつ伏せに横たわると、低いベースやドラムの音が蛇のように地を這ってここまで届いてきた。毛布の裾をたぐり寄せ、耳を頭ごとすっぽりと覆う。昔、歌の練習をしたときにそうしていたみたいに。

妹はいつまであやって、頭がからっぽでも受け入れられるような軽薄な音楽だけを聴いているつもりなんだろう。ごちゃごちゃとモノに溢れた部屋で、都合の悪いことには耳をふさいで。まだ親から説教してもらえるうちに、あの癖は早く治したほうがいいのに。もしかしたら、もう手遅れなのかもしれない。

次の日も、黒いヘアゴムはやっぱり見つからなかった。わたしはきのうと同じウールのシュシュで、きのうよりも髪を少しだけ高い位置でまとめて出勤した。

いつもよりさらに一本早い電車で事務所に着くと、席には須藤さんと課長のふたりが座っていた。朝早く来てそのぶん残業を避けている課長はともかく、パートやアルバイトの職員は就業開始がわたしたちより三十分遅いはずなのに。

「おはようございます」

「……お、おはようございます」

こっちがせっかく平静を装って挨拶したのに、須藤さんはびくんと肩を震わせ、蚊の鳴くような声で同じ言葉を返してきた。事情を知らない課長の前で挙動不審にならないでほしい、と思いながら席につくと、机の表面がかすかに湿って艶を帯びている。水拭きをした直後らしいとすぐにわかったし、状況から考えればだれがやったのかも察しがついた。でも気がついたとたん石でも飲まされたように胃が重く感じて、そのまま知らん顔をして始業の準備にとりかかった。

「あのタレントもさあ、昔はいい男だったけどもう見る影もないわねえ」

デリカシーのない田邊さんがきのうのことを蒸し返すんじゃないかとひやひやしていたけど、彼女が出勤するなり真っ先に口にしたのは昨夜のテレビに出ていたという芸能人の話題だった。年末年始が近くて機嫌がよかったのか、彼女は珍しくみずから須藤さんに話しかけたりかいがいしく仕事を教えたりしていて、須藤さんは須藤さんでいつもそっけなかった先輩の気まぐれがよほど嬉《うれ》しいらしく、トイレまでいそいそと後を追うほどだった（わたしとふたりきりになりたくなかったのかもしれない）。

わたしはといえば午後から窓口当番だったので、定時までは来客の対応や取り次ぎに追われていた。やっと須藤さんの存在——というより不在に気がついたのは、待合スペースに人がいなくなったことを確認して席に戻り、田邊さんが急いで机を片付けているのを目にしたときだった。

「須藤さん、いないですね」

いつもの自動販売機ではないことはわかっていた。ずっと正面玄関の見える窓口にいたから、須藤さんが来れば嫌でも視界に入る。

「んー？　ああ、そうねえ」

田邊さんは周囲を見回し、気もそぞろといった様子で相槌を打った。一緒にいたんじゃないんですか、と言いたいのをぐっと我慢する。

「なにかご存じですか？」

さあー、と平板に答えた田邊さんが、ふいにきらっと目を光らせた。

「きのうのこと気にしてたし、トイレかどっかで落ち込んでるのかもよ？」

浮足立つ気分とは裏腹に、比較的平和な一日だった。催告状を握ってだれかが怒鳴り込んでくることも、ローカルニュースで老女の自殺が報じられることもなかった。

それだけに、きのうのこと、という田邊さんの言葉は静かなフロアにひときわよく響き、席で黙々と仕事をする課長の耳にも届いたのは明らかだった。

言うだけ言って田邊さんはノートパソコンをぱたんと閉じ、お疲れー、と去っていった。彼女からすれば早く帰りたい一心で、深い意味はなかったんだろう。それでも少しのあいだ、わたしは膝《ひざ》の上に石を乗せる拷問でも受けているみたいに座ったまま動けなかった。

しばらく経ってから、ブランケットを払いのけて重たい腰を持ち上げた。

一階の女子トイレはこのおんぼろの庁舎で唯一、来訪者もよく使うから、という理由で少ない予算を割いてリフォームが入った場所だ。ただ個室も洗面台もふたつずつという狭さは変えられないから、たとえ姿は見えなくても気配まではごまかせない。

染川さんは休職前、よく奥の個室にこもって絶えず水を流すことで嗚咽《おえつ》を隠していたらしい。もちろん田邊さんの情報だ。その前は地下の書庫が「お気に入り」だったという補足も含めて。

「あそこお化けが出るよ、って教えてあげたら、さすがにやめたみたいだけどねー」

冗談か本気か知らないけど、どちらにせよ、どうでもいい話だった。

手前側の個室のドアは開いていた。奥のほうからは水を流す音がする。とりあえず備え付けの棚から自分のポーチを取って、なんの気なしに鏡を確認した。

きのうメイクを落とさずに寝てしまったせいか、いつもはファンデーションで隠せているクマやそばかすが浮き上がって見えた。前髪は脂っぽく束になり、昼休みにビューラーで上げ直したはずのまつ毛もとっくにうなだれている。とりわけひどいのは口元だ。法令線がくっきり出て、唇は乾燥で荒れている。口角はへの字に下がり、しかもその下がり方は妙に左右が不揃いで、半径一キロ以内にあるものすべてに不満を言いだしそうだった。

やべーババア、と思わずつぶやきかけ、その台詞があまりにもいまの顔にハマっていて慌てて飲み込んだ。ポーチからリップクリームを出して、また鏡を覗く。

背後でドアが開き、疲れきった顔のうしろから須藤さんが姿を現した。

赤くなった顔をハンカチで押さえた彼女と、鏡越しに目が合った。その目尻のひきつり、口元のこわばり、電気を流されたように跳び上がった体の震え。すべてが映画のフィルムをひとコマずつ見るように鏡で確認できた。

メイク直しに集中しているふりをして、わたしは振り返らずに言った。

「お疲れさまです」

「あ、す……ごめんなさい。お疲れさまです」

わたしが叱ったせいか、須藤さんは「すみません」という言葉を口にしない。ごめんなさいを禁じたら「申し訳ありません」と言うんだろう。それも封じられたらどうするんだろう、似たような言い替えを続けたあげく、また「すみません」に戻るんだろうか。ぐるぐるぐるぐる、肝腎なことから目を逸らしながら同じところを巡りつづけて。

リップを直し、ビューラーを使い、目薬を差し、パウダーを重ね、やることがなくなって前髪に櫛《くし》を入れる。そのあいだずっと、隣で須藤さんはうつむき加減に手を洗っていた。指や爪のあいだまで液状石鹸《せっけん》を泡立て、流した水滴を拭い、そうしながら動こうとしない。ハンカチをこねくり回すせいで、一度乾いた手がまた湿ってしまいそうだった。

「……あの、中沢さん。お願いが、あるんです」

ついに意を決したように、須藤さんはわたしのほうを向いて話しはじめた。

「わたしにですか」

「はい。……わたしなんかが、おこがましいのですが」

この人がこんなに長いセンテンスでしゃべるのは新記録だな、と思った。図々《ずうずう》しくてごめんなさい、とか、みなさんの前ではなかなか、とかいう長い言い訳のあいだに、わたしは次の台詞を予想する。業務内容の改善、人間関係への愚痴。あるいは――きのうの態度について、理不尽だと指摘されるのがもっともありうる。

そりゃあ須藤さんにとっては、切り出すまでに時間がかかる内容だろう。いっそ本音を口にしてくれたほうがこっちだって気楽だし、挽回《ばんかい》のしようもある。覚悟を決めてうなずき、正面から彼女に向かい合った。

「いいですよ。なんでも言ってください」

「ありがとう、ございます。えっと、染川さんのことなんです」

「……はい?」

「あの、どうか、悪く思わないであげてください」

「や、待ってください。わたしがいつ染川さんを悪く言いました?」

「染川さんの代わりに、同期の中沢さんが、わざわざ出世コースから外れてこちらにいらしたこと、伺いました」

ポニーテールの結び目が熱くなった。小さいころ妹と喧嘩《けんか》して、癇癪《かんしゃく》を起こした彼女に髪を引っ張られて涙が出たときの感覚が十年以上ぶりに蘇《よみがえ》る。泣きたくなんかないのに、涙腺だけが勝手に震えてしまうあの感じ。

採用されて三か月経ってもいっこうに職場になじまないし仕事も覚えない、こんな人に、どうしてそんなこと、よりによって。

「染川さんがそう言ったんですか？」

いつのまに、ふたりはそんなに仲良くなったんだろう。仕事に直接関係ないことはだいたい総務で面倒を見ているから、その縁かもしれない。でも、どうだっていい。わたしの言葉なんか耳に届かなかったように、彼女は必死で話しつづけている。

「染川さん、優しい人なんです」

「知ってますよ」

「そうですよね！」

あからさまに冷たく言ったのに、須藤さんはぱっと顔を輝かせた。

自分はあんなに傷つきやすいくせに、どうして人の言葉となると表面しか受け取らないんだろう。誤字脱字も一言一句直さないままタイピングされた、彼女の入力したデータのことを思い出す。仕事が難しすぎるとか、わたしも含めたまわりの同僚が苦手だとか、文句をぶつけられたほうがまだマシだった。世界中の人間の口角が疲弊とストレスと不平不満でどん底まで下がっても、きっとこの人は自分だけ微笑んでいるつもりに違いない。

「中沢さんは、優秀ですし、お若いから、きっと、また、すぐに望みの部署に行けます。わたしが保証したって、あてになりませんけど……どうぞ、染川さんと、仲良くしてあげてください」

「……どうして、須藤さんがそんなことを気にされるんですか」

本当は、そんなの別に聞きたくない。

否定されることを恐れてあらかじめ自己卑下で心を閉ざして、自分こそが被害者だっていう顔で、そうされる相手の迷惑なんか考えもしない、そのくせ自分自身の面倒さえろくに見られない、そんなあなたがどうして人を庇《かば》えると思ったんですか？

「その、ご病気だったんですよね、染川さん。わかるんです、わたしも、あの、つらかった時期が、あって。染川さん、わたしより頭がよくて、心配りのできる方ですから、よけいにいま、気を回されて、疲れも溜まっていらっしゃると思うんです。同い年の中沢さんが仲良くしてさしあげると、きっと、心強いんじゃないかなって」

櫛の歯が手に食い込んできて、自分が拳を握っていたことに気がついた。

須藤さんも熱弁のあまり拳を握っている。力を込めてグーを作っているはずのその手は、カスタードのたっぷり詰まったパンみたいにぶよぶよとやわらかそうだった。必死でしゃべるそばから唾が飛んできそうで、わたしは顔を背けた。

傷つきやすくて、繊細で、病んでしまった者同士だから、人の気持ちがわかる。そうでしょうね。美しいですね、生きることに挫折させられた者同士で。わかりやすい病名ひとつもらっただけで、この世で自分たちにしか、傷つく権利はないって顔をして。

鏡に向き直り、後頭部に手をやって、まだ青い実を枝からもぎ取るようにシュシュを外した。中途半端に肩まで伸びた髪がぶわりと勢いよく広がる。ぱんぱんになった袋の口を無理やり留めていた金具が、中身に耐えかねて吹き飛ぶイメージが頭に浮かんだ。

「ごめんなさい、さしでがましく。でも、あの、中沢さんにも、染川さんにも、お世話になっているから……わたし、あの、きちんと外で働かせていただくの、これが初めてなんです。この職場に採用してもらう前に、じつは家庭のほうでちょっと――」

「そんなの知らねえよ」

ひらいた袋の口から沈黙と、冬の夕方の隙間風が入り込んできた。

メイクを直したばかりなのにぼさぼさの髪だけ野放図に広がった顔が、上からすっと血の気を失い青ざめていくのがわかった。それが自分の口から実際に出てきた言葉だと、信じることができなかった。そのはずなのに鏡のほうに目を向けると、ひきつった口角はほとんど機嫌よく見えるくらいに上がっていた。動物にとって笑顔はもともと駆け引き、特に威嚇《いかく》や警戒から始まった表情だという、昔テレビかなにかで知った話を思い出した。

凍りついている須藤さんに、わたしはその顔を、よく見せてあげた。

「……なんですか？」

彼女はなにも言わず、身動きもしなかった。

わたしは前を向き直し、手首にはめていたカラフルなシュシュで、ほどいていた髪をまたひとつに結んだ。ほとんどつむじに近い場所に強引に髪を集め、後れ毛までたくし込んで、毛玉で飾られたゴムがちぎれそうなほどぎゅうぎゅうに縛りつける。その結び目を須藤さんに見せつけるようにしながら、振り返らずにトイレを出た。

「お疲れさまでした。消灯、お願いします」

返事は聞こえなかった。

フロアに戻る途中、廊下で堀主任とすれ違った。獰猛《どうもう》なほどのしかめっ面で、こちらをなにか問いたげにちらっと一瞥《いちべつ》したものの、結局は歩幅も緩めずに大股で歩き去っていく。そんなに急ぐ用なんかそうそうないだろうに、さも自分の代わりなんかどこにもいないのだと言わんばかりの態度だった。

フロアにはほとんど人気がなく、いつもこれ見よがしに残業している染川さんも珍しくもう帰っていて、堀主任の不機嫌の理由がわかった気がした。パソコンの電源を落として席を立ち、女子更衣室でボタンの取れたコートを着る。ロッカーの扉の裏についた小さな鏡を見ないようにしながら、きっといまわたしの口角は、また「やべーババア」に戻っているんだろうと思った。


翌日からはまた慌ただしく時間が過ぎ、すぐに年内の仕事納めがやってきた。

毎年、この日になると職員はそれぞれひとりずつ直属の上司と一対一で面談をする。困難な案件の方針を話し合ったり、今後の指導を受けたり、悩みを打ち明けたり、時間の使い方はいろいろだ。ただ、うちの担当の場合は課長とわたししか正規職員がいないので、そうでなくても忙しいときに同時に席を外すのはなかなか難しい。やっと休憩室に入って面談を始められたのは、結局、定刻の十分前だった。

「大変だったろうけど、僕としてはよくやってくれたと思います」

わたしが用意しておいた資料をめくり、そこに目を落としながら課長は言った。

「今年は特に、自分の業務に加えてバイトさんの面倒も見てくれたし」

ありがとうございます、と殊勝に一礼すると、下ろした髪が顔の横に被さってきた。

須藤さんは、あれ以来休んでいる。当日の朝早いうちに欠勤の連絡をしてくるらしく、きょうも彼女からの電話を受けたのは課長だった。わたしにそれを伝えるときにも、たしか課長は「バイトさん、風邪が長引いてるみたい」と言っていた。

　ほっとする一方、きっと課長は須藤さんの名前なんて覚える気もないんだろうなと思った。わたしも早くそのくらいの立場になりたい、とも。普段なら真っ先に皮肉を言うはずの田邊さんが、珍しくノーコメントを貫いているのも幸運だった。ここしばらく須藤さんのぶんまで仕事を請け負っているせいで、さすがの彼女も無駄口を叩けないほど疲れているのかもしれない。

「まあ、君はまたすぐ本庁に戻る人間だろうからね」

　特に他意もなさそうに言われたことで、逆に深い安堵の息が漏れた。須藤さんの「出世コースから外れた」という台詞は、いまだに季節外れのハエみたいに気まぐれに蘇ってきては、不快な響きでわたしの頭にまとわりついていた。

「どう、あの人は元気かい」

「どなたですか？」

「君の上司の女性がいたでしょ。あの人、僕の同期なんだよ」

　身じろぎした拍子に、また、鎖骨まで伸びた髪が揺れた。

「ま、彼女はさっさとエリートコースに乗って僕なんか追い越してったけど。あとはほら、総務の堀さんとかもね。彼女たちは当時から優秀で目立ってたなあ」

「……ああ。すみません、最近はお会いしていないので」

髪を束ねずに職場に来たのなんて、どれくらいぶりだろう。あのプードル風のシュシュはどうにも縁起が悪い気がして、仕事納めの日くらいは、と思って丹念にブローしてコテでまっすぐ伸ばしてきた。おかげで癖はきれいにとれたけど、そのぶん拠《よ》り所《どころ》がない髪は薙《な》ぎ切られたみたいに頼りなく落ちてくる。

「そうなんだ？　てっきりちょくちょく会っているのかと思った。いやね、彼女ずいぶん君を気にかけてたから。俺がこっちに来てからも、よく電話で様子を訊いてきたよ」

一人称まで変わった課長は珍しく完全に雑談モードで、わたしの用意したレジュメの上に頬杖《ほおづえ》まで突いて脱力していた。わたしのほうは、肩もお腹も腰も頭も、完全に強張《こわば》っていて動けない。どこに力を入れればあるいは抜けば、この状態を脱出できるのかもわからない。

「そうでしたか。仲、良かったんですね」

「いや、というかね。彼女、うちの職場にはあまりいないタイプでしょ。理想を持ってバリバリやってく感じで。俺たち世代だとなおさらで、なにかと苦労したんだって。

性別を理由にやりたい仕事ができなかったり、見た目や年齢のことでいろいろ言われたり。昇進してからも風当たりが強かったみたいだよ、ビシビシやれば女のくせにって逆恨みされて、だからって下手《したで》に出れば舐められてさ。ひどい話だよねえ」

「……ほんとですね」

「まあ彼女の場合、それを撥《は》ねのけるだけの力があったからよかったけど。とにかく足を引っ張られることも多かったらしいよ。その点、俺は一緒にいて気楽だったみたい。ごらんのとおり、仕事にこだわりとかプライドとか全然ないたちだから。代わりに、男の人はなにも考えなくても出世できていいわねー、なんて叱られちゃうことはあったけど」

冗談まで飛ばし、あはは、と課長は相好を崩した。わたしはかろうじてうなずく。こんなに苦労して愛想笑いをしたのは初めてだった。

たしかに課長は牧歌的だ。この口ぶりからすると、あの女の言い分を丸飲みにしているらしい。そりゃあ一緒にいて気も楽だろう。でもこのぶんだとわたしについてもこの調子で伝えているんだろうから、その点では安心だ。

「いまでもたまに、本庁での集まりなんかで顔合わせたときはしゃべるよ。ああそうそう、まだ中沢さんが一年目のときかな、そこでも君のこと話してた気がするなぁ。

うん、思い出してきた。久しぶりに女性の部下ができたって聞いたよ。いまどき若い女の子で、自分と同じタイプは珍しいって」

「同じタイプ？」

「そう。実際に会ってみると、たしかに納得だな。こう、頭がよくて上昇志向があるっていうか。それで思い入れもひとしおだったんだろうね」

なんの愛着も、だからこそ含みもない声で言われると、荒っぽい手で頭をぐしゃぐしゃに撫《な》で回されるような心地がした。上昇志向？ 偉くなる、なんて恥ずかしげもなく言ってのけるあの女と、ずっと同類として見られていたんだろうか？ わたしは偉くなりたいとか出世したいとか、そんな俗っぽい動機で仕事に取り組んだことなど一度もないのに。ただ、努力のぶんだけ正当に評価されたかっただけだ。

「そうでしょうか」

「そりゃあもう。いまはどうだか知らないけど、俺らの時代はね、若いうちに県税に配属されるってのは期待の表れだったんだよ。いろんな人の事情に触れて自力でお金を集める経験が、使う側に回ったときにも活《い》きるからって。それに彼女だって、わざわざ何度も俺に君のこと訊いてきたくらいだもの。なんの問題もない、むしろ物足りないくらいだろうから早く本庁に戻してあげたらってそのたびに言ったんだけどさ。

らしくもない心配するから、これも親心かなと思ったよ」

口角を上げつづける気力はなくなっていた。次にどこから石が飛んでくるか、正確な判断ができなくなっていた。悪意があるのもないのも、被害者も加害者も第三者も、だれが敵でだれが味方かも、すべてがごちゃごちゃだった。ただ、乱暴に髪を摑《つか》まれ激しく揺さぶられたような酔いだけが、三半規管の中身を泡立たせている気がした。

「……なんて言ってましたか、あの人」

定刻のチャイムが、間延びした音で鳴った。

久しぶりに長くしゃべった課長は、ふいに熱が冷めたらしい。頰杖を外して資料を片付けながら、放り投げるようにあっさりとした口調で言った。

「あの子はもっと、挫折することを覚えたほうがいいって」


「おかえり。きょうで仕事納めなんでしょ？」

帰宅したわたしの顔を見るなり、母はそう言いながらゴミ袋をふたつ差し出した。

「部屋にいらないものがあったら入れてちょうだい。可燃と不燃で分けてね」

黙ってその袋を受け取った。きょうの晩ごはんちょっと遅くなるねー、という母の声を背に、わたしはからっぽの袋を後ろ手に持ち、岩でも引きずっているように重い足取りでのろのろと階段を上った。

そして、上りきったところで足を止めた。

妹の部屋のドアが、久しぶりに開いていた。

半開きになったその陰から、さっきわたしが渡されたのと同じ、四十五リットルのポリ袋が覗いていた。中身はもう半分くらい埋まっている。黒いスーツを着た、やけに足の長い男たちが並んでいるポスターも強引に丸めて押し込まれていた。このあいだまで、妹がドア越しに聞こえるほどのボリュームでその歌を垂れ流していたアイドルグループだ。袋の脇には同じグループのCDやDVDも積まれている。

もう飽きたんだ、と呆《あき》れて通り過ぎようとした目の前で、ドアがいきなり全開になった。

わたしは思わず息を呑んだ。

「……なんだ、お姉ちゃんか」

沙穂はもうずっと派手な黄色い髪を伸ばし、三つ編みにしたりお団子にしたりしてアレンジに精を出していたはずだった。

それなのにいま、こちらに向かって不機嫌な顔をしている彼女の髪は真っ黒だった。短くなったそれを、編み込みも巻きもせずにただ後ろで縛っている。自分で切って染めたのか、まっすぐすぎる前髪も全体のべたついた艶も、妙にやけくそじみていて神経に障った。

「お母さんが監視に来たのかと思った」

そう言って背を向けた姿を見て、わたしはその場に立ちすくんだ。だらしない小学生が育てたカイワレ大根みたいに半端な長さの髪を無理やり束ねているのは、わたしが洗面所でなくしたと思っていた、いつも使っている黒いヘアゴムだった。

「それ、わたしのゴムなんだけど」

床にできた荷物の山を掻《か》き回していた妹が、驚いたように振り向いた。

「どこから持ち出したの？」

「どこからもなにも。そこらへんにあったの使っただけだけど」

「そこらへん、って。返してよ」

「お姉ちゃん怒ってんの？　こんなの、だれのもなにもないでしょ」

「いいから返して。わたしは仕事があるから、それじゃないといけないの」

妹はそれ以上抵抗せず、無表情にヘアゴムを外してわたしに差し出した。

手と手が触れないように指先で受け取ったそれに、べったりと黒い染料がついている気がして目を逸らす。対面で腕を組む沙穂の髪は、首の真ん中くらいのところで一直線に切られていた。そのラインに沿って、生白い喉をぱっくりと切り裂いてやりたかった。

「いいじゃん別に。そんなの、どこにだって売ってるじゃん」

「どこにでも売ってるなら自分が買いなさいよ」

「うわ、こっわ。仕事でなんかあったの？」

「そういう問題じゃない。人のもの使うなとは言わないけど、持ってく前にひとことと言うとか最低限のことは守って。出勤するときに困ったんだからね、洗面所に派手なウールのしか残ってなくて」

「え？　お姉ちゃん、まさかアレつけて職場行ったの？　ウケるんだけど」

妹はもともとこういう口の利き方をする子で、そのせいでいらないトラブルをたびたび引き起こしていた。ただ、勉強が苦手だから言葉を知らないだけで、別に本人に悪意があるわけじゃない。それさえわかっていれば、気にならないはずだった。

「なに、いまの。どういう意味」

「だって自分でそう思わなかった？」

「たしかに役所で使うにはどうかと思ったけど」

「そういうんじゃなくてさあ。お姉ちゃん、もう二十五でしょ」

見つめ返すのが、精一杯だった。

「気をつけなよー。あたしまた新しいバイト始めたんだけどさ、いるんだよそこにも。いい歳してまだフリルとかリボンとか卒業できないヤバいおばさん。テンパるとすーぐヒスってバイトに八つ当たりするくせに、たまにキャラもののメモとか使ってかわいげアピールしてくんの。なんかもう必死すぎてイタいんだよね。だーれも指摘できないし」

言いながら沙穂はガラクタの山から、大きな暗緑色のものを持って引き返してきた。

卒業アルバムだった。高校からは偏差値の関係で進路が変わってしまったけど、幼稚園から中学校まで、わたしたちは五学年違いで同じところに通っていた。わたしの出身中学でもある校名が表紙に刻まれたそれを、妹は無造作にゴミ袋に投げ込んだ。

「……なに？　だって、お母さんが捨てろ捨てろって言うからさ。うっさいんだもん。環がものをちゃんと捨てられない人間はろくな大人にならないって言ってる、って。お父さんもお母さんも、昔っから環が環がってお姉ちゃんのことばっか」

こみあげてきたのは吐き気にも似た、汚い手で触られたような嫌悪感だった。

「わたしには、そんなことなかった」

「ん？」

「ていうか、なんなのさっきの言い方。なんでそんな上から目線なの。イタいとか言うけど、別にその人に殴られるとか蹴られるとかしたわけじゃないでしょ」

「や、違くてさ、わかるじゃんふつーに。なんかもうわたしという存在をわかって、わたしのこと気にかけて、わたしのこと認めて、わたしってかわいいでしょまだ若いでしょーっていう、その自意識の刺さってくる感じが痛々しいんだよ」

「そんなのあんたもじゃない。なに、その安っぽい風俗みたいな部屋。それがかわいげアピールじゃなくてなんだっていうの」

「……はあ？　関係ないじゃんそれ」

「関係あるでしょ、だいたいあんただって五年後には二十五だしそのままの趣味で二十年経てばイタいおばさんだし、そもそもいまだって五歳下の子からすればイタいババア呼ばわりされてもしょうがないんだからね」

「どうしたわけ、さっきからおかしいよ」

「おかしいって言えるほどわたしのこと知らないでしょ、部屋から出もしないんだから。あんたが毎日のんきに引きこもってるあいだにわたしは働いてるの、殺すとかおまえのせいで死ぬとか言われながら足引っ張られながら頭下げてお金稼いでるの。好きなものくらい好きなように持ってなにがいけないのよ、だれにも迷惑かけてないし、そもそも家の金食い潰してるだけのあんたになんで人の生き方とやかく言う権利があるわけ⁉」

漂ってくる匂いに気がついて、口をつぐんだ。

温まっていくホワイトソース、焦げたチーズ。グラタンだ。わたしの好物で、受験勉強のときにも母がよく夜食で作ってくれた。できたてでなくても、夜遅くなってからでも、レンジで温め返せばちゃんと同じ味で食べられる。

リビングのテレビがきょうはついていなかったことを、そこでようやく思い出した。だけど、わたしの声に気づいた母が様子を見にくる気配はなかった。

意味わかんない、と沙穂が眉をひそめた。ノーメイクだと霞みたいに眉が薄くなってしまうところは、あまり似ていないわたしたち姉妹の、数少ない共通点だった。

「仕事でなにがあったのか知らないけどさ、八つ当たりやめてよ。そりゃあたしは金食い虫でお姉ちゃんは自活してて、そのとおりだけど、じゃあ、あたしにどうしてほしいの。死ねばいいわけ？」

「そういう問題じゃない」

「じゃあなんなの」

死ねばいいとは思わない。そんなの、なんの解決にもならない。

ただ、こちらの努力に応えてほしい。誠意を尽くしたら、ありがたいと思ってほしい。応える力がないのなら、せめて負い目くらいは感じてほしい。

あなたの苦労に報いなくて申し訳ないと、十字架を背負いつづけてほしい。

それはわたしが沙穂だけじゃない、須藤さんや染川さんや、いろいろな人に対して望んでいたことで、そしてたぶん、いろいろな人から望まれてもいたことだった。

「なんで捨てるの、卒業アルバム」

「だからお母さんが」

「わたしには、沙穂と違って人の気持ちがわからないって」

「……は？　マジでウザい。人を都合よくてめーの物差し代わりにすんなっての」

「そういうこと、言うのはよくない。わたしの勘違いかもしれないし」

沙穂は深々と溜息をつき、ぼさぼさになった髪を撫でつけながら言った。

「別に、好きなものは好きってのがいけないとは言ってないじゃん。ただ、お姉ちゃん、好き勝手言われることとってあるよ。自分で選んだんだから黙って受け入れろとか、そういう意味でもなくて。たぶんどこにでも、ただ、あるんだよ」

わたしは沙穂に背を向けて、自分の部屋に飛び込んだ。

ふたつのゴミ袋のうち、ひとつをドアノブに引っかけた。もうひとつを鞄と一緒に部屋の中央に置き、袋の口を広げる。そしてその場に座り込み、まず鞄を開いた。

　手帳を取り出してみる。一月から十二月までだからちょうどもうすぐ役目を終える。新しいものを買わなくちゃと思ったきり、忙しさにかまけて忘れていた。ピンクの髪の少女と水色の髪の少年が月や星とたわむれるイラストの上に、ラメをちりばめたビニールカバーがかかっている。その手帳を、袋に入れてみた。

　ペンケースの中を確かめ、シャープペンシルとメモパッドも手帳の隣に入れた。そこで心当たりがなくなって周囲を見渡した。でも一緒に納められそうなものはなにもなくて、捨てることも捨てないことと同じくらい痛いのかもしれない、と思った。だけどやっぱりこれじゃ足りない気がして、もう一度、他人になったつもりで部屋を観察してみたら、本棚の下の段にしまってあった卒業アルバムが目についた。

　幼稚園、小学校、中学、高校、大学。とりあえず、中学のものを引っ張り出そうとした。でも、写真集やら雑誌やら、重たいものがぎちぎちに詰まっているせいでなかなかうまくいかない。えい、と強く力を込めたら、その隣にあった高校のアルバムが飛び出てきてしまった。

　床に落ちた拍子に、アルバムが入っていたケースから重たい冊子がすっぽ抜ける。

　とりあえずケースを持ち上げると、ぱさりとなにかが膝に落ちてきた。古びた紙が何枚か重ねてホチキス留めされている。宿題のプリントとかだろうか。いくらなんでもこれは捨てられるだろう、と手に取って開いてみて、わたしはピンで刺し貫かれた蝶の標本みたいに硬直した。

それは初めてソロパートを勝ち取ったときの、合唱曲の楽譜だった。

座り込んだまま、一枚ずつめくってみる。

思い出した。練習しすぎたせいでボロボロになって、しまいには表紙が外れてしまったのだ。実際、いたるところにペンで注意事項が書き込んである。中には楽譜の演奏記号をただ日本語にしただけのものもあって、幼さと必死さに苦笑してしまう。もう、とっくに捨ててしまったと思っていた。こんなところにとってあったのだ。さすがに卒業アルバムまでは処分しないと考えたのかもしれない。未来の自分から匿《かくま》うような場所に。

ソロの部分は最後のページにあった。そしてそこだけは、淡いピンクのマーカーペンでぐるっと囲ってあった。わざわざ定規で引いたらしい、まっすぐな線だった。よほど力を入れてペン先を押しつけたのか、ところどころ端のほうが黒ずみ、時間が経ったせいで色自体もくすんだようにかすれている。どこにも行けずに同じ場所をぐるぐる巡っている、みっともない流れ星みたいだと思った。

もう楽譜の読み方さえ忘れていても、歯のあいだに唇を巻き込んでぎゅっと口をつぐんでも、そのメロディは自然と、壊れたオルゴールの音が閉じた蓋の隙間から漏れるように、記憶の隙間からこぼれ出た。

——わたしも死んだらこうなるのですか？

そんなの、知らねえよ。

第二章　バナナココアにうってつけの日

中沢さんはトゥイーティーに似ている。

アヒルならぬヒヨコのような唇は少し尖《とが》り気味で、長いまつ毛はいつもぱっちりと上がっている。一番似ているのは、声というか、話し方だ。べらべらとか、ぺちゃくちゃとかじゃなくて、ぴよぴよ、と表現したくなる独特の口調。でも媚びるような感じはない。彼女はいつだって、公用とプライベートの声音を使い分けたり、相手の顔色をうかがって態度を変えたりせず、自分のペースで自分の言いたいことを口にする。

「さっき田邊さんから聞いたんだけど、また須藤さんがさあ、仕事中に自販機行ってたみたいで。あんなの、サボりたいときしか使わないじゃない？　まじめにやってるふうだけど、わたしや課長がちょっと目を離すとすぐにその調子らしいの。それも買うのがコーヒーや紅茶じゃなくて、変なジュースばっかりなんだって。バナナココアとか。そんなのいい大人が飲むかなあ、それも毎日、職場で。普通は抵抗あるよね？」

とっさに同意ができなくて、ただ曖昧に笑ってしまった。中沢さんに悪意がないのはわかっているけど、あたしは他の人の働きぶりについて、どうこう言える立場じゃない。

「……まあ田邊さんも、そんなことまでよくいちいち気づくよなって感じだけど」

答える前に「じゃ、よろしくねっ」と話を切り上げ、中沢さんはちょっと唐突な感じで去っていった。あ、と思うと同時に案の定、隣で椅子がきしむ音がした。

「自動販売機、またなにかあった？　ココアがどうとか言ってたけど」

「あ、別に故障とかじゃなくて、世間話です」

「そう。いいわね。若い人同士、お仕事中も楽しそうで」

堀さんは右隣にいる総務担当課長、つまりあたしたちの上司にも聞こえるように、はっきりとした口調で言った。課長は知らん顔をしている。ありがとうございます、とも、すみません、とも答えられないこういうとき、中沢さんならどうするんだろう。

ちょうど中沢さんはフロアの反対側、天井から「初動担当」というプレートが下がった自分の席に戻ったところだった（あたしたちの頭上にプレートはない。わざわざそれを確認するような一般の来庁者は、総務になんか用がないからだ）。彼女の机は壁際で、向かいにいるパートの田邊さんと談笑している顔がここからでも見える。田邊さんの横の席が空いているのは、今年度の人員削減で初動担当の定員がひとり減ったせいだ。中沢さんとベテランの田邊さんがいれば大丈夫だと判断されたのだろうし、現にそのとおりだった。

　そして空席の向かい側、中沢さんの隣に座っているのが、アルバイトの須藤さんだ。フルネームは須藤深雪《すとうみゆき》。すどうじゃなくて、すとう。三か月前に彼女が来たときふりがなを間違えて名札を作ってしまい、堀さんから「老眼には早いんじゃない？」と突き返されたので覚えている。堀さんは名前の間違いには特にものすごく厳しい。この担当に配属されたときあたしが真っ先にしたことは、事務所の人全員のフルネームを漢字の表記や読み方まで正確に暗記することだった。

「アーヴィングの感がある人だねえ」

　須藤さんの履歴書を見て、課長はそうつぶやいていた。

　この人に言わせれば、堀さんは「ディケンズの精神の持ち主」で中沢さんは「漱石《そうせき》的な新時代の象徴」になる。褒めているのかけなしているのかさえ不明なのはいつものことなので、そのときもとりあえず「三十八歳には見えませんね」と答えてお茶を濁した。なんでも文学で喩えたがるこの癖のせいで課長は職場の人、特に女性陣の大半から煙たがられているけれど、あたしは別に嫌いじゃない。わからない話をわからないまま聞かされるのは、そんなに苦痛じゃなかった。世の中の大半のことがそうだから。

それが「アーヴィングの感がある」ことなのかはやっぱりわからないけれど、須藤さんはいま、まばたきも忘れて食い入るようにパソコンに向き合っている。地下の書庫に保管してある昔の書類をデータ化する作業にいそしんでいるらしく、机の右側に入力済みの、左に入力前のものを積み上げて、ひとつ終わるごとに置き替えている。まじめにやってるふう、と中沢さんは言ったけど、特になにかをごまかそうとしているようには見えない。ただちょっとキーボードを打つごとに手を止めては指さし確認をするので、たしかに左側の山がいっこうに減っていかない。

「染川さん」

「はいっ」

答える声が裏返ってしまった。

堀さんは無表情のまま、眼鏡の位置を直した。あたしは初対面のときから彼女をだれかに似ていると思っていて、隣の席で働きはじめて気がついたのだけど、それは「アルプスの少女ハイジ」のロッテンマイヤーさんだった。細い鎖のついた銀縁の眼鏡、化粧っけのない真顔、痩せ型の鋭角的なシルエット。

「それ、よく飲んでるみたいだけど」

彼女が指し示したのはあたしの机の上、さっきまでいた中沢さんからは死角の場所に置いてあった、蓋つきの紙コップだった。バナナじゃなくて普通のココアだけど、同じ正面玄関の自動販売機で買ったものだ。

「給湯室の飲み物を使ったら？　そういうものは添加物の塊だから」

「そうですね。ありがとうございます」

笑顔で答えてみても、反応はなかった。さっき中沢さんは、あの自販機を「サボりたいときしか使わない」と言った。そういう認識は当然、堀さんにもあるんだろう。

たしかに給湯室にも、備品としてインスタントコーヒーやティーバッグが置いてある。でも、あまり人気はない。みんな自分なりの嗜好品《しこうひん》を職場に持ち込んで、それぞれに仕事の合間に楽しんでいるようだった。中沢さんはよくスターバックスの新作のタンブラーを片手に出勤するし、実動担当のおじさんたちは繁忙期になると高そうな栄養ドリンクを席で一気飲みしている。うちの課長は毎朝ヤクルトレディから嬉しそうにミルミルを受け取って、蝶々みたいに細いストローでちゅうちゅう吸っている。あたしには、どれも真似できない。

六十円のホットミルクココアは、粉を節約しているせいか味が薄いし量も少ない。だからこそあたしにも飲む資格があるような、どんなときでも喉を通るような気がする。満員電車にめげそうになる朝なんかには、着いたらとりあえずココアを飲もう、と考えて気を紛らわせることもある。

中沢さんに渡されたピンクのかわいいメモは、堀さんが来ると同時に机の下に隠した。リストアップされていた項目を思い浮かべて、一番上、至急を表す下線まで引かれたゼンリンの最新版住宅マップの購入について考えを巡らせる。どうやって堀さんのいないタイミングで決裁にこぎつけるか、総務を通さず初動担当に直接届けてもらうか。ふと顔を上げると、フロアの反対側では相変わらず須藤さんが黙々と書類の山に挑んでいた。でも、ここからだとバナナココアの紙コップまでは見えなかった。


五時半になると同時に終業のチャイムを鳴らし、所内の電話を留守電に切り替える。六時過ぎには一階と二階から人がいなくなり、いつも遅くまで残っている土木事務所の人も珍しく七時前にはみんな帰ってしまった。そこからかれこれ一時間近く、あたしは自分の頭上にだけ蛍光灯をつけて、日中に溜まった仕事を片付けていた。

合同庁舎は地下一階の地上四階建て、地下はボイラー室兼書庫、一階と二階があたしの職場である県税事務所で、一階に納税と総務、二階に課税と証明書の交付担当がある。三階は教育委員会の出先機関と財団法人、四階は土木事務所。そして県税事務所の総務担当、つまりあたしたちが、分掌上この事務所の施設管理責任者になっている。偉そうな言い方だけど、要は戸締り当番だ。

配属以来、それはずっとあたしの役目だった。定時を過ぎたあとも職場に残り、各階の担当者から消灯の報告を受け、だれも庁舎内にいないことを確認して、ようやく帰ることができる。若い女の子を遅くまで置いておくなんて課長も堀さんも気遣いがない、と言ってくれる他部署の人もいたけど、あたしにとってはむしろありがたかった。堀さんの目を気にせず仕事ができる機会なんて、このときくらいしかない。

堀さんは、陰でケルベロスと呼ばれている。地獄の番犬。なにかがあってああいう人になったのか、それとも生まれつきなのかはもちろんわからないけれど、狭い上に異動で出入りの激しい職場だから噂だけは自然と回ってくる。なんでも実家は近隣でも名を知られた地主で、お父さんは不動産会社の経営者でもあったらしい。つまり社長令嬢、しかもその長女だったのだけど、婿がとれなかったせいか、はたまた家族とも摩擦が多かったのか、結局堀さん自身は家から追い出されて会社は妹さん夫婦が継いだ。それを聞いた人の感想はおおむね「あの性格だもんね」と「だからあんなふうになっちゃったのね」に二分されていたけど、いずれにせよ、みんな特に疑うこともなく納得したようだった。

ともあれこの事務所の人は全員、たぶん所長でさえ、堀さんになにかを頼んで「本当に必要？」「いまの人は贅沢慣れしてるから」「ルールは守ってくれないと困るわね」「最初からこうなるのが想定できませんでしたか？」と嫌味攻撃を食らうことを恐れている。そしてみんな、そのぶんの雑用を彼女の目を盗んであたしのところに持ってくるのだ。トイレで鉢合わせたとき、廊下ですれ違いざま、きょう中沢さんがやったみたいに、こっそりメモを渡されることも多い。いろいろなやり方で託される仕事は内容も多種多様で、ひとつひとつは些末《さまつ》でも、合わせるとかなりの量になる。

「染川さんが総務に来てくれてから、やりやすくて助かるよ」

そう言って感謝してくれる人も多い。頼ってもらえるのは嬉しいものの、あたしにどうしろと、と思う案件もたまに飛び込んでくるので（特におじさんたちは、なにもいいいないのにパソコンが壊れたとか公用のUSBメモリを持ち帰った上になくしたとかいう爆弾を平気で落としてくる）毎日それなりに波瀾万丈《はらんばんじょう》だ。

結局きょうも、ひとまずこれくらいで、と区切りがつくころには八時近くになっていた。慌てて腰を上げかけたとき、とん、とん、となにかが叩かれる音がした。

音のほうを見ると、正面玄関の自動ドアにぼんやりと影が映っていた。こちらからはっきりとはわからない。だけどあっちからは、明かりの中にいるあたしがよく見えているらしかった。とん、とん、とん。また自動ドアが叩かれる。呼んでいるようだけど、そのわりにはテンポがゆっくりだし、まるで実体がないみたいに頼りない。

おそるおそる、隙間風を防ぐためのブランケットをどけて立ち上がる。壁にある蛍光灯のスイッチに手を伸ばしたところで、とん、とん、にか細い声が混じった。

——染川さあん。染川、裕未さあん。

やばい、と思った。「お客様」が来た。

体が硬直して、口が渇いて、暑くもないのに背中に汗が滲んだ。何年か前まで月に一度のペースで実施していた夜間窓口が廃止になったのは、トラブルが頻発した上に警察沙汰になっても対応が遅れるからだったらしい。田邊さんが昼休みにおもしろおかしく教えてくれたいくつかの事件、小指のない人が怒鳴り込んできたとか、街宣車が敷地内まで乗りつけてきたとかいう話の記憶が、まるで自分が経験したことみたいに生々しく蘇る。

——すみません、すとうです。開けて、開けて、もらえませんか。

その台詞を聞いて、背中の汗がさあっと引いていった。

フロア全体の蛍光灯をつける。正面玄関の外にいたのは、たしかに定時で帰ったはずの須藤さんだった。丈長のダウンコートを着てマフラーをぐるぐる巻いているので、ぽっちゃりした体にますます凹凸がなくなってマトリョーシカみたいに見える。総務担当が保管している鍵を取り出し、正面玄関で「本日は閉庁しました」の看板を脇にどけて開錠した自動ドアを手でこじ開けると、隙間から冷たい風と一緒に寒さで頰を赤くした須藤さんが入ってきた。

「あ、あの、すみません。怖がらせて、しまって」

上目遣いで言われて、今度はこっちの頰が赤くなったのがわかった。

「いえ……」

「お化けかと、思いましたよね」

拍子抜けする。いやまさか、と苦笑して手を振ってみせながら、一方で妙に納得した。そっか、そっちだよな普通は。しかもあたしは大の怖がりで、映画好きの彼氏に「ホラーが苦手なのはわかるけど、とりあえず一本くらいは見ないとなにも言えないだろ」と叱られたこともあるくらいなのに。

「どうしたんですか？　須藤さん」

「忘れ物、しちゃって。携帯電話と、財布と、鍵と、ハンカチと」

「ほぼ全部じゃないですか」

「お昼に移したの、忘れてて。つい、家まで」

彼女が握りしめている、小花柄の布鞄に視線を落とす。手縫いの巾着をそのまま大きくしたような形で、ポケットやファスナーがついているわけでもない。ここにそれだけたくさんのものを入れ忘れて、わからないほうが難しい気がする。

中沢さんが彼女をあまり好きじゃないらしい理由に、はからずも少しだけ察しがついてしまった。付き添うのも妙なので、あたしはその場で明かりの消えた自動販売機にもたれて、自分の席に小走りで向かうむくむくした背中を見守った。ほどなく荷物は無事に回収できたらしく、須藤さんはまた小走りで正面玄関に帰ってきた。そして、わざわざ最初と同じ位置に戻ってあたしに頭を下げた。

「ほんとに、ありがとうございました」

いいえ、と答えていちおう見送ろうとしたら、なぜかそのままニコニコしている。

「……なんでしょうか」

「染川さん、まだ、お仕事ですか？」

「いや、そろそろ帰ります」

「じゃ、ご一緒に、駅まで」

「いえ、一度開けたら中から施錠しないといけませんから。お先に」

「えっ？」

こっちのほうがびっくりするほどの声で叫んで、須藤さんは目を丸くした。

「じゃ、染川さんは、どこから帰るんですか」

「裏の職員用通行口から。残業した場合タイムカードを押さないといけないので。で、セコムして帰ります。……須藤さん、もしかして使ったことないんですか？」

返事の代わりに、今度は目と一緒に口も丸くなった。うちの事務所では、パートやアルバイトといった非正規雇用の職員に残業をさせない。タイムカードも交付しない。だから、たしかにあえて裏口を使う必要はない。でもそれくらい、二か月以上働いていればだれかが教えてもよさそうなものだ。

見るからにしゅんとしてしまった須藤さんの姿に、余計なこと言っちゃったかな、となんだか申し訳ない気持ちになった。でも、彼女がへこんだ理由はあたしの想像とは違っていた。

「じゃあ、わざわざ、また開けさせちゃったんですね」

「ああ……いえ、大丈夫です。たいした手間じゃないんで」

「ごめんなさい。総務に、明かりがついてたから。だれだろうって、じつはしばらく見てたんです。そしたら、染川さんだったから。つい、よかった、って」

「なにが『よかった』んですか？」

あ、と須藤さんは口元に手をやった。その仕草でぴんときた。

「……堀さんじゃなくて」

「いえっ、そういう意味じゃなくてっ」

ぶんぶんと首を振った拍子に、毛玉だらけのマフラーと小学生みたいなオカッパもぶんぶん揺れた。でんでん太鼓みたいで笑ってしまう。そういえば須藤さんが採用されたばかりのころ、書類の記入を間違えた彼女に堀さんが「提出前に一度見直す手間くらい、やり直しの手間に比べたらなんてことないでしょう」と詰め寄っているのを目にした気がする。

結局その日は裏口の場所を伝えがてら、須藤さんと一緒に帰ることになった。あんまり長時間残業していると堀さんに不審がられるから、いつもどおり、前に帰った人の退庁時刻を確認してプラス十分でタイムカードを押した。これは内緒で、と須藤さんにお願いしておくか迷ったけど、相手が相手だけにあえて頼むほうが意味深になってしまいそうだし、なにより彼女自身が恐縮しきっていてそれどころではなさそうだった。駅まで徒歩十五分の道すがら、歩いているあいだも、信号待ちでも、駅に着いてからも、須藤さんは人目も構わず「本当に、わざわざお手数おかけしてすみませんでした」と連呼してあたしに頭を下げまくるので正直気が気ではなく、改札で「じゃあ、わたしはここで」と言われたときにはほっとして急いで別れた。

いくらなんでもそっけなかったかな、とホームへ続く階段の前で振り向くと、須藤さんはまだ同じ場所にいた。しかもあたしがそうするのを待っていたみたいに満面の笑みを浮かべて、胸の前で小さく手まで振ってみせた。とっさに振り返してから、恥ずかしくなってそそくさと階段を上った。手を振ってだれかと別れるなんて、久しぶりのことだった。

翌朝、自動販売機の前で鉢合わせした須藤さんは、昨夜あれだけ謝ったのを忘れたみたいにあらためて平身低頭しまくった。このままだと本気で菓子折りくらい持ってきそうな勢いだったのをなんとか押しとどめ、ようやく顔を上げてもらったとき、あたしは彼女が両手で持っていた紙コップに気がついた。中沢さんが言っていたバナナココアかなと思ったけど、蓋のついていないその中からは舌が染まりそうな水色が覗いている。

「それ、なんですか?」

「クリームラムネです」

バナナココアに引き続き、そんなものは初耳だった。そうですか、と答えながら、あたしは見慣れたはずの自販機をまじまじと眺めた。

たしかに、バナナココアとクリームラムネのボタンが一番上の列に並んでいる。その隣にはイチゴオーレなんていうのもあった。右端にイチゴオーレ、バナナココアは真ん中、左側にクリームラムネ。いつもは視界に入りやすい下のほうにある、普通のココアやコーヒーのボタンばかり見ていたから気づかなかった。

変わった人が職場に来た。

彼氏にそう伝えたら、大丈夫だったの、とまず心配させてしまった。ううん、違うの。新しいバイトさん。慌てて付け加えると電話口の声からはあからさまに力が抜け、あたしはそれには気づかないふりをして須藤さんのことを説明した。

――なんだ、心配したよ。また「お客様」に絡まれたのかと思って。

大学のときから付き合っている同い年の彼氏は、友達からよく優良物件だと言われる。実際、そうだと思う。博識で優しくて、時事問題からスポーツのルールまでだいたいのことは知っているし、映画を一緒に見ればその監督の作風や時代背景、制作の裏事情まで絡めつつ、あたしひとりではわからなかった正しい見方を教えてくれる。就職だって早々に公務員試験一本に絞ったあたしとは違い、数ある選択肢の中から見事に第一志望だった大手損害保険会社の内定を勝ち取った。いまは名古屋の支社に配属されて三年目、揉《も》め事の多さで悪名高い自賠責保険の担当として激務を乗り切っている。

ファーストフード店で「お客様」と交渉していたら怒号が響きすぎて店内から人がいなくなったとか、耳元で大声を出されつづけて騒音性難聴になりかけたとか、聞くだけで胃が痛くなるようなエピソードの過激さは話すたびに更新されていく。仕事の押しつけ合いも多く、しわ寄せはすべて年次の低い彼へと下りてくるらしい。そんな毎日でもどうにか頑張っているんだから、本当にすごい人だ。なによりすごいのがそこまできつい目に遭っているにもかかわらず、はるかに楽な日々を過ごしているあたしにも変わらず優しいことだ。

——頼りにされてるってことだよ。いいじゃん、それくらい。

一度、隣の席のお局様が厳しいからってみんなあたしに雑用を押しつけてくる、とこぼしたとき、彼はまんざらお世辞でもなさそうに言った。そのとおりだ、と思った。

——それに裕未には「お客様」の相手より、そういう仕事のほうが向いてるよ。

総務担当に配属されてから特に、あたしは愚痴や不満をあまり言わなくなった。彼相手に限ったことじゃない。公務員、実家暮らし、休日出勤もなし、残業は戸締り当番の一、二時間くらい。上司である課長も悪い人じゃないし、堀さんだっていくら怖いとはいえ、怒鳴ったり机を叩いたりはしない。これ以上望んだらきっと罰が当たる。

最近は会えていないけど、学生時代の友達もみんなそれぞれ大変な思いをしながら働いているらしい。月に一度休みがあればマシだという子、地方に配属されて慣れない土地でのひとり暮らしに毎晩泣いている子、フリーランスで不安定な収入に頭を抱えている子。忙しすぎる子に言わせれば他の友達は「テレビ見る時間あっていいね」、ひとり暮らしの子に言わせれば「淋《さび》しくなくていいね」、フリーの子に言わせれば「安定してていいね」となる。だれがより恵まれていてだれがそうじゃないか、それこそだれに決められるのかはわからない。でも少なくとも、決めていいのがあたしじゃないことはわかる。

みんなすごい。あたしなんか、全然恵まれていない。

彼氏に近況を訊かれて愚痴の代わりに須藤さんのことを話したのは、なんというか、ちょうどいいからだった。三十代も半ばを過ぎているのに小学生みたいな雰囲気で、服装も持ち物もお母さんの手作りっぽくて、地上なのに息継ぎしているような特有のペースでしゃべる。そしてしょっちゅう、ささやかだけど妙に目立つ失敗をする。シュレッダーを詰まらせたり更衣室のロッカーを開かなくしたり、そのたびに堀さんの眼鏡が光るのであたしはひやひやするのだけど彼にはやたらとウケて、この調子だとすぐに「きょうの須藤さん」のコーナーが週二回の電話の恒例になりそうだった。

「あ、こんな時間だ。ごめんね、つまんない話ばっかりして」

——全然。よかったよ、いつも「お客様」の殺伐とした話だけじゃ悪いから。

どんなに仕事で嫌な人に遭遇しても、彼は「お客様」という呼び方を崩さない。陰であだ名をつけたり汚い言葉で罵ったりするのが癖になると、交渉のときとっさに口に出してしまうかもしれないからと叩き込まれたのだそうだ。彼には言っていないけど、じつはあたしも入庁一年目のときに似たようなことを習った。公務員の基本的心得というテーマの研修で、人事課から来たいかにも厳しそうな管理職の女性が講師を務めていた。

うまく取り繕ったつもりでも、日頃から考えていることは自然と態度に出ます。とっくに「お客様」との業務から離れたいまになっても、重々しく放たれたその言葉はいまだに忘れられない。

——いいなぁ。うちなんかみんなピリピリしてるから、そんな余裕なくてさ。

悪意のない口調で言われて、なんとなく、なにか「そうだね」とか「大変だね」以外の返事をしなくてはいけない気がした。

「でも須藤さん、職場の人たちからはあんまり好かれてないみたい」

——そう？　なんか癒されるじゃん、そういう、マスコット的な人がひとりいると。

癒される。それは昔から、彼があたしに対してよく使う言葉でもあった。
「うちの課長はね、須藤さんにはアーヴィングの感があるって」
言ってみると、ああ確かにね、とあっさり返された。どういうことなの、と訊けばいつもどおり教えてもらえただろうし、現に口に出したときにはそのつもりだった。でも、須藤さんに会ってもいないはずの彼があまりに簡単に納得したのを耳にして、あたしはなぜだか急にそれを訊きたくなくなった。

電話のネタにしたいから、というわけでもないけど、あたしは須藤さんをよく目で追うようになった。

特に、自販機の前にいるのを見るとつい寄っていってしまう。そこで観察した結果、中沢さんの言うとおり、彼女の好みがだいぶ偏っていることがわかった。バナナココア、クリームラムネ、イチゴオーレ、その三つのあいだで指をうろうろさせてから、思い切ったようにどれかひとつのボタンを押す。多いのはやっぱりバナナココアで、たまにクリームラムネ。イチゴオーレはほとんど選ばないらしい。両手で紙コップを持って自分の席に戻り、大事そうに何口かちびちび飲んでから、よしっ、とひとつ息をついてようやく仕事にとりかかる。

あたしは須藤さんが飲み物を買い、完成を待つあいだに少し話をする。それだけだと不自然なのでついでに自分もココアを買う。紙コップを取り出して「お待たせして、すみません」と毎回律儀に頭を下げる須藤さんは、あたしにとって飲み物のほうが「ついで」だとは当然気づいていない。きょうはどれにしたんですか、といちおう訊くと、妙に嬉しそうな笑顔で「バナナココアです」とか「クリームラムネです」とか答えてくれる。

「あたしも今度買ってみようかな」

一度、自分のココアが完成するのを待ちながら言ってみたことがある。

その日の須藤さんはクリームラムネを買っていて、あたしの言葉を聞いてぱあっと顔を輝かせ、それまでで一番弾んだ声で「ええ、ぜひ！」と答えた。正直なところ沈黙を埋めるために言っただけだし、もっと正直なところ、青い飲み物なんてちょっと生理的に受け付けない。でも、あまりに素直な須藤さんの反応を目の当たりにして、いい加減な社交辞令を口にしたのを後悔した。

他の場所で話す機会は、ほとんどない。あれ以来帰りの時刻も合わないし、お昼休みも一緒に過ごしたことがない。あたしはたいてい電話番をしながら席でお弁当を食べるし、彼女のほうは十二時になるといつもそそくさと出て行ってしまう。鞄と同じ生地でできた巾着袋を持って、正面玄関から。

「さあ。うちにでも帰ってるんじゃない？」

昼休みに休憩室に残っていた田邊さんに訊いたら、あっさりとそう返された。

「須藤さんの家、ここから近いんでしたっけ」

履歴書は総務で保管しているけど、さすがに住所までは覚えていない。知らない、という田邊さんの答え方はいかにも適当で、この話題に興味がないことを隠そうともしなかった。

「悪い人じゃないんだけど、なーんかこう要領悪いよねえ。おんなじこと何度も訊いてくるし、電話が鳴ってもなかなか出ようとしないし。やる気あるんだかないんだか、あれでお給料一緒じゃやりきれないよ。ねーえ、いっつもケチってる予算でさ、ちょーっとこっちの手当にだけ色つけてくれるとかないの？」

「いや……」

田邊さんにはあたしと同い年の娘さんがいるらしく、現にこの事務所に来た当初はよくお世話をしてもらった。それ自体はありがたかったし、だから嫌いじゃないけど、こういう大味な軽口にはどう反応すればいいかいまだにわからない。気遣いの一種かもしれないと思うとあまりすげなくはできないし、かといって微妙に本音っぽいので友達のノリでウケてみせるのも違う気がする。

「そういえばさ。前に頼んでた回転式の電話台、発注してくれた？」

「ああ……すみません。単価が大きいので、なかなかすぐには」

「そーお？　ネットで見たけど、あんなの安いのなら数千円単位でしょ」

「ひとつ買い替えると、他もすべて買い替えなきゃいけなくなるので」

「うちの担当は特に電話が多いんだし、例外って言えばいいじゃない」

「……堀さんに確認してみます」

とりあえず口角を上げて答えると、肩をすくめて首を振られた。

「ま、別にこっちは構わないんだけどさ。環ちゃんが大変そうなのよねー」

環ちゃん、とは、中沢さんのことだ。さすがというか、田邊さんとも良好な関係を築いているらしい。

「彼女、それこそ須藤さんと席が隣でしょ？　電話機もふたりのあいだにあるから、結局いっつもひとりで対応してんの。だからせめて場所が動かせるようになれば、ちょっとは須藤さんも受話器を取りやすくなって環ちゃんが楽かなーって思ったのよ」

毒舌な田邊さんらしからぬ、親身な口調だった。あたしと同い年だという娘さんは当然中沢さんとも同い年のはずだから、明るくて優秀な彼女を自分の娘と重ねているのかもしれない。無理もないことだった。

「苦労してるのよ、あの子も。うちら下の人間に指示出して、自分の仕事もこなしてさ。同期のよしみでそれくらい、便宜を図ってあげてもいいんじゃない？」

そう言って田邊さんは、決して娘には向けないだろう目つきであたしを見た。

「裕未ちゃーん、ちょっと来てくれるー？」

飼い犬でも探しているような、甲高い声が響いてきた。

これが他の人の声なら、助かった、と思えたかもしれない。堀さんはなぜか、こうして遠くから呼びつけるときだけあたしの下の名前を使う。とっさに首を縮めると、田邊さんがそれこそ犬に行き先を教えるように廊下のほうを指さした。

「ほら、ボスがお待ちよ」

休憩室を出る直前、ドアの隙間から失笑が漏れてきた気がした。まるで、部屋自体が呆れてあたしを締め出したみたいに。

事務所の多くの人がそうであるように、田邊さんは堀さんを嫌っている。現にあたしが知っている堀さんに関する情報は、ほとんどが田邊さんから教えてもらったものだ。彼女は昼休みごとに休憩室で開かれる女性職員の集まり、通称「女子会」の中心人物で、堀さんをはじめ、そこで槍玉《やりだま》に上げられるような人のネタ元はだいたいこの事務所にだれより長く勤めている彼女だった。

あたしがその場に足を運ばなくなった理由は、いつだったか中沢さんが同期のよしみでこぼしたように「貴重な休み時間をつまんない噂話で潰してなにが楽しいのかわからない」からじゃない。ましてや（たぶん田邊さんが考えているように）堀さんの子飼いになったからでもなかった。表向きには、総務の電話番があるから、ということにしている。

「遅かったわね」

きっと一度も「女子会」に参加したことがないだろう堀さんは、あたしの顔を見て神経質そうに眼鏡の縁を持ち上げた。

彼女の用件は、総務でまとめて発送している所内の郵便物は、受付締切時刻の午後三時を過ぎたら受け取らないように、という注意だった。業務の性質上どうしてもその日付けの消印を押されなくてはいけない書類というのがあって、あたしはそういうものをよく中沢さんや田邊さんなんかに「所長の決裁が遅れて」とこっそり渡されては、近所の郵便局まで直接出しに行ってなんとか間に合わせていた。だけど堀さんに言わせれば、そもそもそこまで念頭に入れた上で逆算して仕事をすべきなのだから知ったことではない、らしい。

「そんなのどうでもいいって思っているかもしれないけどね。たとえたったひとつのルールでも、一度なあなあにするとそこからいろいろなことが崩壊していくものなの。それくらいわかるでしょう？　そうなったら、あなたに責任が取れるの？」

堀さんはよくこうやって、ひとつの文章で質問を重ねる。でも「それくらいわかるでしょう？」を肯定して「責任が取れるの？」は否定できる（できれば「そんなのどうでもいいって思っているかもしれないけどね」も一緒に否定できる）簡潔な返事を、半年以上も隣の席にいてあたしはまだ思いつけない。

「すみません」

「すみませんじゃなくて」

注意はしばらく続いたけど、一服し終えた課長が席に戻るころになってようやく話題が他に移った。来月の新年会の予算、席順、挨拶する職員の確認。どっちにしろ、わざわざ昼休みに呼ぶほどの内容でもない――そう思いかけたとき、新人研修で習った言葉が天啓みたいな唐突さで頭をよぎった。

うまく取り繕ったつもりでも、日頃から考えていることは自然と態度に出ます。

ぎゅっと口を強めにつぐむ。あたしが「日頃から考えていること」を見破ったが最後、堀さんはきっとまた「そんなのどうでもいいって思っているかもしれないけどね」から続く、長いお説教を始めるだろう。神妙にうなずきながら、うつむいた前髪の下で横目を使って初動担当のほうを見る。

須藤さんはやっぱりきょうも外に出たらしく、彼女の机はまだ空席だった。


机を叩く音と怒号が、空気を震わせた。

「てめえ、どういう了見だよお！」

年末が近づくと、なぜかああいう「お客様」が増える。今年もこの季節か、と卓上カレンダーをちらっと見てから、あたしは自分の悠長さが後ろめたくなった。隣の席で、堀さんが電話をかけようとしていた手を止める。心配だったのかもしれない。窓口にいる中沢さんが、じゃなくて、罵詈雑言《ばりぞうごん》に通話を妨げられることが。

納税部門はふたつのグループ、初動担当と実動担当に分かれていて、初動は読んで字のごとく最初に動く担当、つまり「お客様」になってまだ日の浅い人への対応を主な仕事としている。差し押さえを代表とする「実動」にかからないといけないほどの相手に比べればまだやりやすいと思われがちだし、現にあたしもはじめは同じように考えていた。だけど実際には、催告書が届いたとか延滞金が高いとか、そういうことにいちいち激昂《げきこう》しやすいのは滞納自体に慣れていない「お客様」のほうだ。

ここにいてさえ耳を覆いたくなる怒鳴り声を至近距離で浴びても、中沢さんに怯えている気配はなかった。背筋を伸ばし、冷静になにか説明しようとしている。その声の調子もいつもと変わらない。トゥイーティー、とまた思った。でもこの席からだけ見えるカウンターの内側、「お客様」からは死角になっている場所で、彼女の靴のヒールは間断なく上下に動き、言葉を遮られるたびにぎりぎりと床を踏みにじっていた。

また「お客様」が机を叩く。さっきよりも大きな音がした。単に興奮で手が動いたのか、悪意を持ってそうしているのか、この職場にいると嫌でも聞き分けられるようになる。初動担当の課長がその音を合図に立ち上がり、中沢さんのもとへ向かった。他の人たちは、表面上は無反応を貫いている。でも田邊さんをはじめとする何人かは我慢できずにちらちらと様子をうかがっていたし、少なくともみんな、意識は窓口のほうに向けていた。

あたしだけがそこから目を逸らし、必死で集中して須藤さんを見つめていた。

彼女は自分の机に大量のクリアファイルを集め、透明なものを左側、色のついたものを右側に置いているところだった。でもそんな単純作業ですらままならないらしく、完全に動きを止めて窓口のほうを見ている。手に持ったファイルで鼻から下を覆っているけど、そこから覗く目は恐怖に見開かれていた。無理もない、と同情しつつ、あたしはパソコンに向き直った。お酒を飲んでいても自分より酔った人を見ると素面《しらふ》に戻るとよく聞くけど、あれは事実なのかもしれない。

交渉とも言えない交渉は、結局、小一時間ほど続いた。

最初よりは多少落ち着いた「お客様」がそれでも椅子を蹴立てて去っていくと、フロア全体がほっと人心地ついたのが肌でわかった。席に戻ってきた中沢さんに、待ちかねたように田邊さんがなにかを話しかける。中沢さんがいつもの笑顔に戻りかけた、そのタイミングで今度は初動担当の直通電話が鳴った。

須藤さんが、ためらいがちに受話器を取ろうとした。

でも、はずみで腕を机いっぱいのクリアファイルにぶつけ、ばさばさと床にぶちまけてしまった。屈《かが》んでそれを拾うか電話に出るか、須藤さんがおろおろと迷っているあいだに、中沢さんがさっと受話器をひったくった。ちょっと話してから頭痛をこらえるように額を押さえた仕草を見て、よくない連絡だとすぐにわかった。あの担当にいるとそういう日がある。というより、だれにでもあるだろう。なにもかもがうまくいかない日。

やがて受話器を置き、中沢さんは無表情でパソコンに記録を入力しだした。

あたしには須藤さんが電話の半ばあたりから、ずっとなにか訊きたそうに中沢さんのほうを見ているのがわかっていた。やめとけー、やめとけー、と念を送って、でも当然ここから止めてあげることはできなくて、彼女はやっぱりクリアファイルを何枚か手に持ったまま、中沢さんのほうに向き直ってしまった。

「そんなことを気にする暇があるなら、もうちょっと電話を取ってくださいよ！」

須藤さんの質問は聞き取れなかったけど、中沢さんの答えはしっかりと響いた。

「こちらに来て三か月になりますよね？　わからなければ折り返させるって言えばいいだけじゃないですか。少しは頭を使ってください、まわりをよく見ていればなにを優先すべきかわかるでしょ？」

ずっと耳元で怒鳴られつづけて、音の感覚が狂っていたのかもしれない。いつもより大きな声で言ってから中沢さんはふいに口をつぐみ、凍りつく須藤さんから目を離してフロアをさっと見渡した。彼女にしては珍しく、しまった、という顔をしている。見てはいけないものを見た気がして視線を外そうとしたとき、その視線を掬《すく》われるように中沢さんと目が合いかけた。

急いで伏せた額のあたりに、痛いほどの圧を感じた。

あたしはどこにも向けられない視線を、なんとか目の前の仕事だけに集中させようと努めた。パソコンの画面には、エクセルで作成中の新年会の席次表が表示されている。前回までクジ引きだったけど、いろいろあって今回から座席を決めておくことになったのだ。一階と二階を合わせて四十人近くいる職員を各テーブルに五人ずつ分け、折り合いが悪い人たちの席はなるべく離し、酔うと説教癖が出る上役を女性のいないテーブルに隔離する。いつものメンツで固まると親睦が深められないという所長の意向で、同じ担当の人ばかりを集めるのも禁止されている。すべての地雷を避ける作業はまるで難易度の高いパズルだ。

学生時代は、社会人になれば個人的な好き嫌いなんか気にならなくなると思っていた。仕事という名目があれば、そんなものは自動的にどうでもよくなるのだろうと。

「お若いわね」

隣の席で、堀さんが乾いた声でつぶやいた。それが中沢さんに対しての言葉だと、あたしはしばらくのあいだ気がつかなかった。

午後じゅう課長の前で「頭が痛い」と言い張り、あたしは久々に定時で退庁した。おだいじにー、とのほほんと言う課長の隣で、戸締り当番を代わりに任された堀さんはこちらを見ようとしなかった。明日が怖くないわけではなかったけど、どうしてもきょうだけは、そうしなくてはいけない気がした。

おかげで意外と早く、庁舎を出てひとつめの横断歩道で、信号待ちをしていた須藤さんに追いつくことができた。青信号の灯《とも》った車道には、見渡すかぎり車どころか自転車ひとつ通っていない。この人らしいと思った。

須藤さん、と呼びかけると、彼女は振り向いてぱっと笑顔になった。

「染川さん！　お疲れさまです。きょうは、早いんですね」

「あ、はい。……大丈夫ですか」

「え？　なにがですか？」

「いや、ええと。午前中の」

須藤さんは無邪気にまばたきをしている。困ったあげく、単刀直入に訊いた。

「落ち込んでませんか。あの、中沢さんの件で」

ああ、とようやく察したらしく、須藤さんの視線が泳いだ。

「わたしは、大丈夫です。大変だったのは、中沢さんですから」

「あー、そうなんですけど……あの、須藤さん、叱られてたみたいだから」

「いえ！　叱るだなんて、そんな。中沢さんの、おっしゃるとおりです。わたし……まわりが見えなくなる、癖があって。指摘してくれて、ありがたいなって。ほんと、中沢さん、すごいですよね。まだお若いのに、頼りにされて、みんなに好かれていて。

きょうだって、ずっと堂々と応対してらして」

さびれた町のさびれた車道なのに、ここの信号は赤が異様に長い。そろそろ職場のだれかが追いついてくるんじゃないかと背後が気になってくる。

あたしはとっくに見飽きた横断歩道の白線を眺めながら、須藤さんが息継ぎも追いつかないほど一所懸命に「若いのに頼りにされてみんなに好かれて」いる中沢さんを庇うのを片耳で聞いていた。自分から話を振っておきながら、横にいる彼女のほうに顔も向けなかった。

「むしろ、申し訳なくて。人にも信号機があればいいのに、って、思います」

「信号機?」

「はい。青信号の人は、元気そう、とか。赤信号だと、いま、大変なんだな、とか」

「……ああ、はい。たしかに事前に予想できれば、まだ傷つく準備もできますしね」

須藤さんは無邪気に、そうなんです、とうなずいた。

「自分で、よく見ればいいんですけどね。わたし、人の気持ち、わからないから」

「それはそうですよ。わかろうって思うことが偉いじゃないですか」

心から言ったけど、彼女は悲しげに「でも、すぐ忘れちゃうから」とつぶやいた。

「信号って、いいですよね」

「はい？」

「守っていれば、安心できますし。迷惑も、かけなくて済むし」

車道側の信号が、やっと黄色から赤へと変わりだした。

「わたし、すぐにパニックになって、まわりに迷惑をかけてしまうので。いろいろ言ってもらっても、それでよけい動揺してしまって。そういうときにとりあえず一個、これさえ見ていればいい、っていうものがあると、すごく落ち着きます」

「一個、ですか」

「はい。あれもこれも、って思いすぎると、結局、忘れちゃうから。だから逆に考えれば、自分からもきちんと、そういう信号みたいなものを発したほうが、かえって迷惑にならないって。えっと……知り合いに、教えてもらったんです」

「……あたしもそれ、聞いたことがあります」

知り合いに、と付け加えたあたしに、偶然ですね、と須藤さんは笑った。

「中沢さんってトゥイーティーに似てませんか？」

歩道の信号が青になった。これ以上同じ話を続けたくなくて、あたしは歩き出しながら話題を変えた。

「え？　ああ。あの、小鳥の。ええ、言われてみれば。かわいいですよね」

「あたし好きじゃないんです」

須藤さんが立ち止まる気配がした。

「トゥイーティーが」

「……ああ」

「アニメ、見たことありますか？　悪役の猫がいて、シルベスターっていうんですけど、その猫がよくトゥイーティーを食べようとするんです。で、毎回失敗して仕返しされる。ありがちですよね？　でもあたし、子供のころにあれを見て、すごく怖かったんです」

返事はない。小走りに追いついてきたから、息が切れたのかもしれない。

「なにもそこまで、ってくらい、めちゃくちゃするんです、トゥイーティーが。シルベスターはしょっちゅうまわりから信用をなくすし、痛い目にも死にそうな目にも遭います。結構頻繁に、実際死にます。アニメだからすぐに生き返りますけど。そういうとき、トゥイーティーはすっごい嬉しそうなんです。罪悪感もなにもなく、キャッキャしながらかわいい声で『さようなら猫たん』って笑って終わり」

「まあ。……でも」

「そうなんです。自分が食べられちゃいそうなんだから、なにもしないわけにはいかないんです。でも、この子は『だって食べられちゃいそうだったから』っていう理由で際限なくひどいことができるんだって、あたし、そう思ったらぞっとしたんです。途中からトゥイーティーは明らかに身を守るのが目的じゃなくて、単にシルベスターが苦しむのを楽しんでケタケタ笑ってるんです。それが『トゥイーティーよかったね』で済まされているのも怖かった。人は、って人じゃないですけど、理由さえあれば、どんなことでもしていいんだって」

しゃべっているあいだ、あたしは一度も須藤さんのほうを見なかった。

「それに、猫もなにかを食べなきゃ死んじゃうじゃないですか。そりゃ悪役だから性格はよくないかもしれないけど、そこまでされなきゃいけないとはどうしても」

「染川さんは、優しいんですね」

ぷつんと、それこそ優しい手つきで糸を切られたみたいだった。

「……え？」

「考えたこともなかったです。すごいですね。昔から、いろんなことに目を配って、気を配ってたんですね。わたし、子供のころから、そういうの、全然駄目で。しょっちゅう叱られてたんです。見習わないと」

中沢さんを褒めたときと同じ、一所懸命な口調だった。

「相手がすごくて自分は駄目だから、なにをされてもいいんですか?」

でも、それがこっちに向けられたからってちっとも嬉しくなかった。まわりと比べて自分は駄目だとか、簡単に言わないでほしかった。この人には。

「自分だけが我慢すればいいなんて、簡単な話じゃないですよ。少なくとも、そうやって我慢する人がいるから、そこにつけ入る人や八つ当たりする人もいなくならないんです。それどころかますます調子に乗って、同じことを他の人にもして、悪い流れがどんどん広がっていくんですよ」

「……そうですね。ごめんなさい」

須藤さんはちょっとうつむいたけど、あたしの後悔を察したように笑顔に戻った。

「でも、八つ当たりって、つらいってこと、わかってほしいからするんですよね。どこかに信号を出さないと、やりきれないから。みなさん、すごく頑張ってらっしゃるから。わたしが、怒るとか、責めるとか、そんな権利、ないと思うんです」

そんなことはないと、すぐに返せなかった。そして当然、その一瞬がすべてだった。

「本当に、わたしは大丈夫です。むしろ、中沢さんのほうが、大変なんだと思います。

聞いたんです。ふつう、正規の職員の方って、三年くらい一か所にいらっしゃるんですよね。でも、中沢さんは一年半で異動してきた、って。首席で合格するほど優秀で、前にいた部署も、花形のところだったのに……ご事情は、わからないけど……希望どおりのお仕事ができないって、きっと、つらいことですよね？」

本当になにも知らないらしい、無邪気な表情だった。

絶句するあたしには気づかず、彼女は「染川さんも、中沢さんも、お若いのにすごいです」と熱心に続けた。

「中沢さんはともかく、あたしはすごくないです。やりたいこととか夢とかもなくて、地元の役に立って親が安心するから、くらいの理由でしたし」

民間企業の就活をあきらめて公務員一本に絞ると決めたとき、彼氏にもそう説明した。やっぱり生まれ育った地元の役に立ちたいし、そのほうが親も安心するだろうし、そうと決めたら中途半端になるのは嫌だし。そうだね、と彼は穏やかにうなずいて、裕未みたいなおっとりしたタイプには、就活よりも自分のペースでこつこつ勉強するほうが向いてるよ、と言った。その瞬間、まるでなにかが許されたようにほっとしたのを覚えている。

「でも、同じように高い倍率の中で、頑張って合格なさったんでしょう？　それでちゃんとお仕事して、総務として頼りにされて、やっぱりすごいですよ」

三十八歳にもなって、この人はどうしてこんなにイノセントなんだろう。

たしか彼女の履歴書には、職歴の記載がほとんどなかった。書くほどの仕事をしてこなかったのかもしれない。きっともともと性格のいい人が、まったく世間の波に揉まれずにこの歳まで生きるとこうなるんだ。そう考えるとあたしは、須藤さんのふっくらした頬に爪を立てて思いっきり引っ搔きたい衝動に駆られた。

「染川さんは、大学でなにをお勉強されたんですか?」

「いちおう政治学です」

「まあ、すごい!」

「すごくないです、別に」

「専門とか、あるんですか?」

もう一度「別に」と答えるのは、さすがに気が引けた。

「専門ってほどじゃないんですけど、卒論はパノプティコンで書きました」

「……ぱの?」

「パノプティコン」

「かわいい、響き。童話の生き物みたい」

「それはリヴァイアサンじゃないですか?」

「何さん、ですか?」

「……なんでもないです」

須藤さんはちょっとのあいだ、いつもの巾着っぽい鞄を黙って小さく振っていた。縁日でヨーヨーをもらった子供みたいな動作で、その愉快な響きをわらべ歌みたいに内心繰り返しているらしいことがわかった。ぱのぷてぃこん、ぱのぷてぃこん。

「それって、どういう意味ですか？」

しばらくしてからそう訊かれたので、あたしはそれが監獄のシステムの名称であること、その仕組みについて簡単に説明した。しゃべるにつれて鞄のリズミカルな揺れは収まっていき、須藤さんがぽつんと相槌を打ったときには完全に静止していた。

「そうなんですね」

マフラーに顔が半分埋まっているせいで、表情はよく見えなかった。

「そうなんですよ」

あたしはなるべく平然と答えた。なにも知らない子供にサンタクロースが実在しないことをわざと教えたら、きっとこんな気持ちになるんだろうなと思った。

須藤さんは、いつもどこでお昼を食べているんだろう。

このあたりは駅前まで出ないと飲食店どころかコンビニすらないから、たしかに自宅が近くにあるならいったん帰ったほうが効率的かもしれない。でも、一回くらいは「お弁当忘れちゃったので一緒にどうですか」とかなんとか、誘ってみてもいいはずだ。きょうが無理だとしても、約束くらいはできる。

そう決めた翌朝、あたしはいつもより三十分早く出勤して、堀さんが目を留めるだろうこまごまとした仕事をあらかじめ済ませておいた。フロアを換気して、給湯室のガスの元栓を開けてポットにお湯を補充して、OA機器や空調の電源を入れて、窓口の机の水拭きをするついでに職員のデスクまで拭いた。始業後もできるだけきびきびと立ち回り、電話が鳴ると離れた場所からでも駆けつけて、堀さんより先に受話器を取った。

「昨日はずいぶん具合が悪そうだったけど、すぐによくなったみたいでなによりね」

「ご心配かけてすみません」

皮肉っぽい台詞にも、笑顔で返すことができた。

昼休みまでこの調子でいれば、一日くらい電話番を放棄しても大丈夫だろう。そもそも電話番といったって、行くところがなくて席にいたら暗黙のうちに定着したものだ。命令されたわけでもないし、機嫌さえ損ねなければしかめっ面くらいで済む。そう自分に言い聞かせながら顔を上げると、ちょうど席にいる須藤さんの姿が視界に入った。珍しく顔を上げて、ななめ向かいにいる田邊さんとなにか話をしている。

　そういえば、けさは須藤さんもいつもより少し早く来た。もしかしたら、あたしと同じ気持ちなのかもしれない。

　午前中いっぱいフル回転で働き、これくらいでポイントは稼げた、となんとなく確信したタイミングでお手洗いに立った。

　昼休みが近づくにつれ、なぜか落ち着かない気持ちになっていた。片思い中の女子高生じゃあるまいし、と個室でひとり笑ってしまう。声をかけて驚かれたら「お弁当を忘れた」を口実にしようと思っていたけど、よく考えたらそれ自体は理由になっていない。駅前にあるのはわざわざ誘うまでもないファーストフードかチェーン店ばかりだし――ああ、でも住宅街の途中にぽつんと建っているタイ料理屋らしき店、あそこには一度行ってみたいと思っていた気がする。ひとりだと入りづらくて、と言えばいい。

　そこまでシミュレーションを済ませてやっと安心して出ようとしたとき、

「だーかーら。そんなの、裕未ちゃんに任せればいいじゃん」

　大きな声とともに、ばたんと外のドアが開いた。

　あたしは鍵を外す手を止めた。

明らかに、台詞の主は田邊さんだった。ただ、普段の彼女はあたしを「染川さん」と呼ぶし、この職場に他の「ゆみ」はいない。知らないだれかのことかもしれない、とも一瞬思ったけど、彼女は「ちゃん」を粘っこく延ばし、ちゃーん、と口にした。堀さんがそうするのとそっくりな口調で。

続いて聞こえた声に、あたしはとっさに扉から離れた。

「……でも。染川さんも、大変そうですから」

「大変なことあるもんですか、それくらいやってもらわなきゃ。残ったらうちらに全部おっ被せて、こんな仕事できなーい、って逃げ出したんだから」

須藤さんは答えなかった。え、とか、そんな、とかつぶやいてはいたけど、少なくとも、田邊さんがしゃべるのを止めはしなかった。

「なあに、知らないの？　もともとあの子、うちの担当にいたのよ。大学出てすぐ新卒で配属になったの。なのにすぐ使い物になんなくなって、環ちゃんが一年半で引っ張られてきたってわけ」

環ちゃん、の語尾は、裕未「ちゃん」みたいに粘っこく響かない。

「あのころは大変だったのよー。ただでさえ自分のことで手一杯なのに、いろいろ気を遣ってさ。そのぶん給料もらえるわけでもないのに。なのにあの子ったらどんどん落ち込んでしまいには潰れちゃって、ほっぽりだされた仕事の後始末はだれがつけたと思う？　だからさ、大丈夫。うちの担当からどうしてもって言えば断れやしないよ。ここじゃ働けなーいって総務に移ったんだもん、埋め合わせしてもらわないと損だってば」

昼休みのチャイムが鳴った。

いつもだったらあたしの仕事だけど、姿が見えないから代わりに堀さんが流したらしい。あたしはそれを合図に、個室の鍵を開けて、外に出た。

ふたりのほうを見ないようにしながら、洗面台で手を洗う。顔は上げなかったけど、少なくとも田邊さんの声は全然気まずそうじゃなかった。

「あらー、ちょうどよかった。ねえ裕未ちゃん、こっちの新入りちゃんがさ、お困りみたいなのよ。ちょっと堀さんに内緒で、話だけでも聞いてやってくんない？」

もう、人間扱いもされていない気がした。

でもしょうがない、田邊さんの言ったことは全部事実だ。事実を言っちゃいけない理由はない。

「わかりました。後ほど伺います」

棒立ちになっている須藤さんの脇をすり抜けて、女子トイレを出た。

戻ってきたあたしに堀さんは非難がましい一瞥を向け、お昼が待ちきれなくて外に行っちゃったのかと思った、とぼやいた。返事をする気力もなくて、黙ったまま全然急ぎじゃない出勤簿の確認を始めると、意外にも彼女はそれ以上なにも言わずに離れていった。その背中を見送ってからまた目を伏せたとき、電話が鳴った。

なにも考えずに左手で受話器を取り、所属と姓を名乗った。同時に右手でクリップで留めた裏紙のメモ帳を引き寄せ、ペンを握る。

『渡会《わたらい》と申しますが』

電話口の若い男は妙にはきはきと、陽気なほど明るい声で名乗った。

条件反射で「ワタライ」と走り書きしながら、嫌な感じがした。ここに楽しい用事で電話してくる人なんかひとりもいない。続けて男が挙げた名前を聞いて、胸騒ぎはさらに加速した。それは事務所の総務担当課長、いまもひとつ空けた隣の席でのんびりお弁当を広げている、あたしの上司の名前だった。

『替わってください』

男はそう言った。いらっしゃいますか、でも、お願いします、でもなくて。

「どういった、ご用件でしょうか」

最近たちの悪い営業電話が増加している、という注意喚起は、本庁の人事課からも来ていた。なかなか切ってもらえなくて業務を妨害されるのみならず、何度かけても通話中だったと一般の方から苦情が入るケースも多いらしい。疑わしい電話を受けた際は本人に繋がず、「折り返させる」と連絡先を聞き出すこと。本庁から送られたマニュアルをコピーして所内に配ったのはあたしだ。受け取るとき、田邊さんは「こんなの当たり前じゃないの、ねえ」と失笑気味だった。中沢さんは冷めた目をしていた。

『いや、とにかく替わってくれればいいんですけど』

滑舌のいい口調に、微妙な苛立《いらだ》ちが混じった。動揺してはいけない。あたしはなるべく淡々と答える。

「申し訳ございませんが、その者はいま出られません。折り返させますので、ご用件とご連絡先を伺えますか」

『じゃ、その上の人出してくれる？』

敬語が消え、慇懃《いんぎん》さに覆われていたものがじょじょに滲み出てきた。

「どういった、ご用件でしょうか。それを伺いませんことには」

『だから、なんであんたにそんなこと言わなきゃいけないの？』

とっとと繋げよ、仕事遅えなあ。

噛み終わったガムでも吐き捨てるみたいに言われて、ああこういう日ってあるよなあ、と久々に思い出していた。なにもかもがうまくいかない日、冗談みたいに悪いことばかり続く日。どこにいたって、そういう日は平等に訪れる。当たり前だ。場所を変えたって、自分が変わらなければなんの意味もない。

『あんた名前なんなの』

「染川です」

『そめかわぁ？』

男はパパやママの苗字でもあるそれを、珍しい虫の名前みたいに口にした。悪魔に心臓を明け渡してしまった気分だった。鼓動が耳から遠のいて、そのぶん体の隅々まで相手の声がよく響く。

『あー、知ってるよ。染川さぁん、あんた去年、別の担当にいなかった？』

どうして知っているんですか、とは訊けなかった。それは社会人として適切な受け答えじゃない。地方公務員としても、県税事務所の総務担当職員としても。

でもそんな肩書で、受ける痛みは消えない。

『あっちからいなくなったと思ったら、今度はこっちに移ったんだ？』

急になれなれしくなった口調は、まるで幼馴染《おさななじみ》みたいに親しげだった。

『公務員はいいよねー、使えない奴《やつ》でもクビにできないもんね。ほんと恵まれてるよこのご時世に。あのさぁ、こっちはあんたの相手してる暇ないんだよ、どんな用件ってそりゃ営業だよ。ノルマがあるの、のーるーま。意味くらい知ってるでしょ？　辞めさせらんないからってだらだら居座ってるあんたとは違って、こっちはまじめに仕事しないと路頭に迷っちゃうわけ。家族も養わないといけないし、いろいろ責任があるわけ。わかったらとっとと繋いでよ。どうせそいつ、席にいるんだろ？』

なにひとつ、間違ったことではなかった。

使えない奴でも簡単にクビにできないから、あたしはここにいる。一度失敗したんだから取り返さないといけない。あんなふうに冷めた目で見られるようなこと、他の人ならだれでもできること。それをまたしくじるなんて、社会人としてありえない。

『なに黙ってんだよ』

どこかにやついていた声が、急に野太いものに変わった。

『早くしろよ、こっちはおまえなんかとしゃべる時間も惜しいんだよ！』

とっさに転送ボタンを押した。

事務所の保留音は「スタンド・バイ・ミー」。わたしのそばにいて、なんて、こんな職場でなんの冗談だろう。ひとりでに震える手で、続けて課長の内線番号を押す。左耳では受話器越し、右耳では課長の肉声が、無防備に「はい？」と答えた。

「あの、電話なんですけど」

「どなたから？」

「ワタライって名乗ってるんですけど、たぶん、その、営業なんです」

「じゃ、いないって伝えてくれる？」

これまでの会話は聞いていなかったらしい。叱責でも皮肉でもない、あっさりした口調だった。

「ごめんなさい、あの、止めたんですけど、聞いてくれなくて。すごいしつこくって、いないってちゃんと伝えたんですけど、全然、あの」

ごめんなさい、以外の言葉は、口に出したとたんにみっともない言い訳になった。そういう言葉を吐くあたし自身がみっともないんだと思った。でも、そんな状況なのに「できません」とは言えないことが、なによりみっともなかった。

いつもぼんやりしている課長は、明らかに「ぼんやり」だけじゃない沈黙を保ったまま、しばらくのあいだあたしのみっともない言葉を聞いていた。それから、淡々と答えた。

「とりあえず繋いで」

ありがとうございます、と言って、あたしは転送した電話を急いで切った。

その瞬間、どっと凍っていた感覚が復活した。乱れきった鼓動。べったりと掻いた手汗。受話器を持っていなかった右手は、握りしめたペンをいつのまにかメモ帳に何度も突き立てていたらしい。二枚めくっても三枚めくっても、真ん中のあたりに黒い跡が残っていた。それが消えるまでページをめくり、まとめて破ろうと力を込める。

「まだ使えるでしょ？　それ」

気づかないうちに、堀さんがこちらの手元を覗き込んでいた。

彼女はそうとだけ言ってまたどこかへ行ってしまったけど、あたしは黙ってメモ帳を元の位置に戻した。そのあいだにも、いつもと変わらない課長の声が聞こえてくる。だから、仕事中なもんで。昼休みって……じゃ、一時になったら切っていいんですか。はあ。いえ、別にからかっては……ですので、どれだけ伺っても……え？　いやあ、聞いてくださっていないのはそちらさんでしょう。とにかく、もう切らせていただきますね。

ときどき相手の声も漏れてくる。胸倉どころか、心臓を直接掴んで揺さぶるような恫喝《どうかつ》。本人の言うとおり生活がかかっているから、全力で牙を剝《む》いて突き崩そうとしてくる。ここで聞いていてさえ泣きたくなるのに、課長は平然とした態度を崩さない。

特に有能だったり切れ者だったりする人では正直ない、むしろ逆だと言われているけど、それでも見えないところで手汗を掻いたり、いちいち過去を回想したりしているとは思えない。

そうだよな、と納得した。これが普通だ。みんなこれくらい、自力でなんとかしているんだ。だって社会人なんだから。働いて、お金をもらっているんだから。

「もう一度言いますよ。もう、切ります。何度かけても、無駄ですよ」

のらりくらりとした口調にもかかわらず、その言葉は妙に大きく聞こえた。

あたしは手の震えを収めようとする。もしかしたら、またかかってくるかもしれない。かかってくればだれかが出なくちゃいけない。課長も、堀さんも、あたしが受話器を取らずにいればきっと気がつくだろう。一度仕事を放り出しておいてのうのうと戻ってきた、それなのに「嫌だから」なんて言って電話すら取らない。そんな職員になんの価値がある？

深呼吸して。お腹に力を入れて。自分を励ます声は、たしかに頭の中にあった。

それなのに、あたしはなにもせずにいた。横目で見ると課長は実際に電話を切ろうとしている。どこかに行ってしまいたい。でも、二度目の逃げは本当の逃げだ。

課長が、耳から少し受話器を離した。

あたしは反射的に、背中を向けるように椅子を回した。

そして席を立とうとした先にはむっくりと人が立ちはだかっていて、思わず小さく悲鳴を上げた。身をすくませて「あ、あの、すみません」と謝る声に、我に返る。

「あの。お忙しいところ、すみません」

立っていたのは、須藤さんだった。

「染川さん、自動販売機が」

「……なんでしょうか」

「お金入れて、ボタンを押したんです、けど」

たっぷり三秒も沈黙してから、ようやく彼女は泣きそうな声で続けた。

「出て、こないんです」

「……ああ。商品が出てこない」

あたしは半ば上の空で、し慣れた説明を繰り返す。

「よくあるんです。自販機の脇に業者の人あての用紙がありますから、そこに所属と名前と出てこなかった商品を書いて、同じ場所にあるプラスチックのケースに入れておいてください。翌日以降に、業者の人がデスクまでお金を返しに来ますので」

でも、須藤さんは納得した様子じゃなかった。なぜか目を潤ませながら、あたしの行く手を阻むように立ったままでいる。

「なんでしょう?」

「こういうことって、よく、あるんですか」

「よくっていうか、たまに」

「どれくらいの、頻度で、ですか」

「すみません。まあ、何回かに一回か」

「いままで、一度も、なかったんです。原因とか、あの」

「なんでそんなことが気になるんですか?」

須藤さんは泣きそうな顔をして、いつもの巾着をぎゅっと握った。あたしがあの電話を受けているあいだに、この人はこれに財布と携帯を入れて、お昼ごはんを食べに出かけていたんだ。もしかしたら、きょうはひとりじゃなかったのかもしれない。

——裕未ちゃんに任せればいいじゃん。それくらいやってもらわなきゃ。

「そんなに大事でしょうか、それ。いつものバナナココアですよね?」

「いいえ。違います、イチゴオーレなんです」

「どっちでもいいです」

声はどうにか抑えたけど、手元のメモ帳、黒い点が残ったままのそれを机の角に打ちつけてしまった。ぱしんと乾いた音がして、須藤さんがはっと息を呑む。

「そんなこと気にする人、初めてなんですけど。それがないと働けないんですか？」

小学生じゃあるまいし、と付け足しそうになって、なんとか飲み込んだ。

うつむく須藤さんの胸元で、手に持った巾着がくしゃくしゃと潰れた。あたしは視線を外さず、メモ帳を一枚破ってぎゅっと握りしめる。だけど、続いた台詞を聞いて自然と拳から力が抜けた。

「……ごめんなさい」

感情が読み取れないほど、小さな声だった。

深々と頭を下げてから少し首をもたげて、でもこちらには顔を見せない角度を保ったまま、須藤さんはのろのろと自販機のほうに去っていった。その背中を見送ってから、あたしは机に体重を預けて突っ伏した。もう、いろいろなことがどうでもよかった。

また電話があったら、何度でも同じようにしようと決めた。出来の悪い機械になって、言われるがまま転送し直して、知らん顔で切ってしまおう。そしてどんなに白い目で見られても、きょうも定時で帰ろう。都合の悪いことは全部、人に押しつけよう。なんてことない、これまでだってずっとそうしてきたんだから。

伏せた頭を横向きに動かすと、視線の先に潰れたメモ用紙が転がっていた。

就職して最初の一年半、かつて中沢さんの席にいた日々については、あえて振り返らないようにしていた。思い出しそうになったらすぐに目を逸らし、他のものに意識を集中することでなんとか気を紛らわせてきた。そうでもないと毎朝あの職場に出勤して、あの席が視界に入る場所で、別の仕事をするなんてとても耐えられなかった。

その試みはうまくいっていた。だからもう、本当に忘れられたんだと思っていた。

そもそも、公務員を選んだのも消去法だった。地元の役に立ちたい、親を安心させたい、そうと決めたら中途半端になるのは嫌だ。もっともらしいことを言いながら、実際はちょっと食欲が落ちて眠れない夜が続いた時点で早々に就活をあきらめただけだ。特にやりたい仕事もないのにこれ以上頑張れないと思った。嘘をつくな、甘えるなといつかだれかに見破られるんじゃないかとずっと怯えていたけれど、親も彼氏も友達も、採用試験の面接官ですら、上辺《うわべ》は誠実そうに装ったあたしを疑わなかった。

だから、働くからには中身まで誠実になろうと決めた。そう誓った気持ち自体に、嘘はなかったはずだ。

配属先が決まったとき、まわりはみんな心配してくれた。裕未が取り立て？　大丈夫なの？　もちろん大丈夫ではなく、自分が正義の味方の器じゃないことはすぐに思い知らされた。怒鳴られればいちいち体がすくんで思考が停止したし、涙ぐまれたら動転して本音と建前の区別もつかなくなった。犬が吠《ほ》えてると思えばいいのよ、こっちは間違ったことしてないんだし。田邊さんは平然と笑いながらそう助言してくれたけど、どうやったら二足歩行で日本語を話す相手をそこまで割り切れるのか、理解できなかった。

若いねえ、優しいなあ、なんて職場で笑われながらも、なんとか自分に言い聞かせていた。強くなるのが無理なら、せめて目の前の相手に真摯《しんし》に対応しよう。ちゃんと話に耳を傾け、相手の立場になって考え、人対人として信頼関係を築こう。そうすることで、あたしは敵ではないとわかってもらおう。本来、それがこの仕事の正しい形のはずだと。

——善人ぶらないでよ。あなた、悪者になりたくないだけでしょう?

そう指摘したのは、あたしが警戒したような怖い「お客様」じゃなかった。もうそれまでに何度もやりとりしていた、息子さんの支払いを肩代わりしてしまったという、か細い声のおばあさんだった。

——わたしたちみたいな弱い人間からお金を奪う仕事だって、わかった上でいまいる場所を選んだんでしょう。あなたの魂胆なんか、みんなお見通しよ。

税金泥棒とか弱い者いじめとか言われたこと自体は、初めてじゃなかった。それまでも他の人よりは傷ついてきたつもりだったけど、あの言葉を聞いたときの胸を刺し貫かれるような痛みに比べれば、そんなものは肌を刃物で浅く撫でられる程度でしかなかった。

いまにして思えば、支払いの話をちょっと進めようとしたから苦しまぎれに抵抗された、それだけの話だったんだろう。でも、あたしは確信してしまった。この人は知っている。本当はこんなことしたくないんですと下手に出て媚びへつらい、不幸な身の上話に猫撫で声で相槌を打ってきた、こちらの「魂胆」を見抜いている。裕未が取り立てなんて大丈夫なの、と心配してくれた身近な人たちさえ気づかなかった、あたしの本性を。

いや、もしかしたら、みんなも最初からわかっていたのかもしれない。

——自分で選んだことの責任くらい、取りなさいよ。

すすり泣く声を聞きながら、そのとおりだ、と思った。あたしが選んだ。就活に挫折したから。でも働かないわけにはいかなかったから。早く自立して、親を安心させたかったから。あたしはどこで間違えたんだろう？　責任は、どこまで取ればいいんだろう？

迷いは仕事にも露骨に表れた。最初は頭を下げて必ず払いますと約束してくれた相手が、しだいに嘘をついたり、舌打ちや嫌味を飛ばしたり、夜道に気をつけたほうがいいと忠告してきたりするようになった。ただ人前で泣くのだけは駄目だとわかっていたから、どうしても耐えられなくなると地下にある書庫を使った。しょっちゅうは行かないようにしていたつもりだったけど、それでも目についたらしい。ある日「女子会」で、田邊さんに幽霊の仕草をしつつ教えられた。あそこ、出るって噂よ。もう何十年も前だけど、ちょうど染川さんくらいの若い女の子がね、仕事を苦に。取り憑かれないように気をつけなよ。

——その人、かわいそうですね。

あたしが言うと田邊さんは少し黙ってから、かもね、とそっけなくつぶやいた。

——でも、本当にかわいそうなのは残された側の人間じゃない？　ここじゃもう何十年もみんなが似たような苦労して、それでもなんとかやってるのに。まるで自分だけがしんどいんだって言いたいみたいでさ。なんか、ちょっとずるいよね。

いつもマイペースな彼女らしくない、厳しい表情と口調だった。その日以来、あたしは休憩室の「女子会」には参加していない。

もともと高くなかった成績はあっというまに底まで落ち、はじめは親切にしてくれた当時の上司や同僚の態度もどんどんよそよそしくなっていった。みんな実害を被っていたのだから責められない、腐ったミカンと同じ箱に入れたミカンにカビが移るようなものだ。気分転換を職場の外に求めて買い物に出かけても、財布から出した自分のお金に「お客様」の指紋がこびりついている気がした。明るい映画を見に行っても、楽しければ楽しいほど終わり際には現実とのギャップで涙が止まらなくなってまわりから不審がられた。久々に参加した同窓会では「裕木の支払いって税金でしょ？　うちらが奢《おご》ってるようなもんだよねー」と笑われて、その日から冗談だとわかっていても友達を誘えなくなった。登録していたSNSのたぐいも全部やめた。

ついにそれが起こったのは、そんな調子でどうにか一年半が過ぎたころだった。

この職場は、異動がだいたい三年周期で訪れる。これから同じだけの時間をもう一巡、とぼんやり思いながら乗った帰りの電車の中で、あたしはふと、自分が名札をつけたままであることに気がついた。田邊さんに「外でそんなのしてたら刺されちゃうよー」と笑われて以来、ずっと注意してきたはずなのに。わかりやすいゴシック体の所属とフルネームを胸にぶら下げ、自分はあなたがたのお金を奪う人間です、と無言で叫びながら、お金を稼ぐために働いて疲れきった人たちに囲まれた衆人環視の場に立っていた。

そう自覚したとたん、あたしはその場でうずくまって胸の名札を隠した。

しばらく動けずにいたら、だれかに腕を摑まれて引っ張り上げられそうになった。普通に考えれば急病人として運ばれかけたのだろうけど、理性より先に本能が叫んだ。殺される。刺される。必死で手を振り払い、まるで敵陣の真ん中で正体がばれて逃げ惑うスパイみたいに、一度も降りたことのない駅で強引に途中下車をした。

人気の少ないホームの端のあたり、白線の上にへたり込みながら、心臓が鳴る音を耳で直接聞いた。全身が痺《しび》れたように動かなかったのに、手だけはどうにか名札を外して鞄にたくし込もうとしていた。あたしの意識とは関係ないみたいに動くそれは、実際に意識とは関係ないところでぶるぶる震えていた。その手を見るともなく見下ろしながら、あたしはきっと一生こうして過ごすんだ、と思った。

そのとき頭上から、なにやってんだ、と聞きなじんだ怒号が降ってきた。

聞きなじんだ、といっても、単に凄《すご》まれることに慣れていたというだけだ。たぶん「お客様」でもなんでもない、普通の仕事帰りのサラリーマンだったと思う。どうやら自殺志願者と勘違いされたらしい。知らない相手に心配をかけてしまった、となんとか立ち上がって謝ろうとしたあたしに、その人は唾を吐くように叫んだ。

――てめえよりつらい人間なんか山ほどいるんだよ、甘えてんじゃねーよ！

いま考えればその声は、あの営業電話の男のそれに似ていた気がする。

翌朝から電車に乗れなくなった。正確に言えば、駅のホームに着くとそこから進むことも戻ることもできなくなった。ベンチにうずくまったまま何本も電車を見送って、ぎゅうぎゅうに詰め込まれていく乗客たちを眺めながら、みんな会社に行くんだな、と思った。嫌な目に遭ったり嫌な人に会ったりするのを知っていながら、それでも毎朝出勤するんだ。なんてすごいんだろう。あたし以外の人は、みんな。

そうだった。あれも、なにもかもうまくいかない一日の終わりだった。

たぶん今後も、似たようなことは何度でもあるんだ。何度でも。だって、これはみんながやっていること、みんなが我慢していること、みんなが折り合いをつけていることなんだから。ひとりだけこれ見よがしに立ち止まるなんて、許されないんだから。

翌日から須藤さんは仕事を休んだ。風邪を引いたらしい、ということだった。

本来なら心配すべきなのだろうけど、あたしはほっとしていた。もし顔を合わせたら、たぶん彼女は許すどころか「こちらこそ気が利かなくて」とかなんとか謝り返すだろう。そんなの田邊さんあたりと陰口でも言ってくれていたほうがよっぽどマシだ。

そしてその日から、あたしは自動販売機には一切近づかなくなった。

行ったらとりあえずココア、が使えない通勤電車は、殺気の塊だった。

足を広げて座る無職っぽい男の人や、金切り声ではしゃぐ女子高生の集団なんかと同じ車両に乗り合わせると、いいなあこれから働かなくて済むんだ、と思ってあたしも殺気の一員になった。いくら楽しそうに見える人にもそれぞれ事情や悩みがある、なんて綺麗事《きれいごと》は足を踏まれたり肘で押されたりするたびにあっさり吹き飛んで、ただ、彼らを刺したり首を絞めたりしたら絶対に逮捕されるという事実が理不尽に感じられてしかたなかった。少しでも油断すると、前みたいにその場でうずくまってしまいそうだった。もしかしたら、もっと悪い事態さえ起こりうるかもしれなかった。

二度と同じことは繰り返せないという危機感と、もうすぐ年末休みという慰めだけを頼りに、あたしはどうにか暴れも倒れもせずに仕事納めの日を迎えた。

おざなりな年の瀬の挨拶を交わしながら職場の人たちを見送り、いつもどおりの仕事と戸締り当番を無事に終え、やっと庁舎を出ても予想していたほどには浮かれられなかった。ひとつめの横断歩道の信号はやっぱり赤で、だれも見ていないそれを眺めながら、あたしはここで須藤さんとトゥイーティーの話をした――というより、あたしがほとんど一方的に訴えたことを思い返していた。信号っていいですよね、と言われたことも。

一個、これさえ見ていればいい、っていうものがあると、落ち着ける。

同じことをあたしは、休職中に通っていた心療内科で教えられた。

赤が異様に長いのに車は通らない、この信号をちゃんと守る人はほとんどいない。それでも無視できないのはまだ新人だったころ、事務所あてに「そちらの職員がいつも信号無視をしているのを知っている」と匿名で苦情の電話があったからだ。みんなは受け流していたけど、あたしには「いつも」という表現が引っかかった。いつ、だれに、どこから見られているか、わからないんだと思った。もちろん、いま考えれば単なる言葉の綾《あや》だったんだろうけど。

その夜、彼氏から電話があった。

仕事納めが大晦日《おおみそか》だという彼は、さすが公務員だなあ、ともう休みに入ったあたしをうらやましがり、いつもどおり、きょうこなしたという交渉の一部始終を映画の話でもするみたいに語ってくれた。すごいね、大変だったね。本当にお疲れさま。そうあたしがつぶやくと、ありがと、とまんざらでもなさそうに笑い、それからお風呂に浸《つ》かったみたいにしみじみと息を吐いて、裕未と話してると落ち着くわ、と言った。

「なんで?」

——世界が平和に思える。

たぶん、褒め言葉のつもりだったんだろう。その声にはまったく邪気がなくて、むしろ優しかった。それなのに、携帯電話を握る手がふいに汗ばんだ。

「どういう意味?」

四時間に及んだという「お客様」とのやりとりを制した彼を、たしかにあたしは心から尊敬している。でも、ほとんど黙って聞いていただけのはずなのに、彼の中ではあたしたちは「話した」ことになっている。

——うーん。正確には、平和な世界もあるって思える、っていうのかな。

自分を責めてはいけません。つらいときにはちゃんと、つらいと信号を出しましょう。

もう名前も忘れてしまった心療内科のお医者さんは、一たす一は二、と理解の遅い小学生に説明するみたいな口調でそう繰り返していた。ひとりで溜め込まないで、信用できる相手に少しずつ打ち明けていきましょう。家族とか、お友達とか、だれでもいいんです。あなた自身が心を開いて話せば、きっとわかってもらえますよ。

そうだな、とあたしも思った。でも、つらいときにつらいと言ったところで、もっとつらい、が返ってくるだけで、あたしはやっぱり、そうだな、と思ったのだ。

——「きょうの須藤さん」は、どうだった?

背中を殴られたように、あたしは大きく息を吸い込んだ。

「あたしにも、大変なことくらい、あるよ」

つらいときにはちゃんと、つらいと信号を出しましょう。

「派手な大変さじゃないけど、たまにはあるよ。みんな頑張ってるし、こいつはどこに行ったってすぐ音《ね》を上げる駄目な奴だ、って思われたくないから、言わないだけで」

いきなり溢れたあたしの「溜め込んで」いたものを、彼は黙って聞いていた。

「だからね、癒し系、とかマスコットみたいに扱われても、そんなにいつもは応えられないよ。みんなほどじゃないかもしれない、けど、あるよ、いろいろ……」

そうだね、と、遮るように返事があった。ごめん、無神経なこと言って。

――裕未だって大変だよな。社会人だもんな。

いまのが正しい「信号」なんだろうか。

わからない。ただの八つ当たりにしか思えない。全然すっきりしなかった。彼の台詞が本心なのか、それとも苦情慣れしたが故の条件反射なのか、それさえわからない。これで彼は、もうあたしに愚痴を言えなくなってしまったんだろうか。あたしは単に、信号が出せない人をひとり増やしただけなんじゃないだろうか。

──それに、裕未は優しいから。いろんなことが人一倍引っかかっちゃうんだよな。なだめるというより、自分自身を説得するような口調だった。あたしの休職について考えているんだと、すぐにわかった。

「……そんなことないよ」

答えた声は、我ながら頼りなかった。裕未だって大変だよな、に、社会人だもんな、と彼が付け加えたとき、あたしは自分が通勤電車の中で、うるさい女子高生や働いていなさそうなおじさんたちを殺したいと強烈に願ったことを思い出していた。

須藤さんもあんな気持ちを、きょうは職場に着いたらバナナココアにしよう、いいえイチゴオーレかしらと想像しながら、どうにかやり過ごしていたのかもしれない。

彼はそのまま、妙に明るい口調で次に会うときの計画を話しはじめた。その声がなんだか恋人というより「お客様」用に近いことには気づかないふりで相槌を打ちながら、あたしはぼんやり考えていた。彼は信じるんだろうか、就職してから休職するまでのあたしがさして好きでもないセックスに妙に積極的だったのは、妊娠すれば仕事を辞められるかもしれないと思っていたからだと言ったら。真剣に望んでいたわけじゃないけど、自分からそれを持ちかけるときに頭をよぎらないことは一度もなかった。

もちろん、あたしから打ち明ける日は来ない。いずれにせよ、もうすぐ彼はあたしが「平和な世界」の住人ではないと知ってしまうだろう。

　年が明けてからも、須藤さんは事務所に来なかった。

　課長と堀さんは淡々と補充人員の募集の準備を始め、事情の説明も送別会もなく、まるで元からいなかったみたいに、彼女の存在はたちまち忘れ去られていった。まさかと思ってみても十分に一回は「あたしのせいかもしれない」という気がして、そのたびに罪悪感と、心配と、だとしてもそんなことで、という苛立ちが同時に襲ってきて心が三つに割れた。きっとあたしが休職したとき、まわりの人たちもこんな気持ちだったんだろう。

「聞いた？　須藤さんのこと。なにがあったのかな」

　一度、廊下ですれ違ったときに中沢さんから訊かれた。でも彼女はなんとなく上の空で、本気で知りたいわけでもなさそうだった。そして明らかに、須藤さんの苗字を「すどう」と発音した。

「わかんない」

　訂正するか迷ったけど、結局やめた。なぜかもう、あたしには中沢さんが、あまりトゥイーティーには見えなくなっていた。

しばらくしてから、あたしは須藤さんが正式に退職したことを知った。

原因は心の病気の再発だった。社会復帰支援雇用促進プログラムという大仰な名前で「そういう」人たちを積極的に採用する運動が何年か前から全庁的に行われていて、もともと彼女はその枠でうちの職場に来ていた。でも、このたびの長期欠勤を受けて人事課の担当者が本人や家族と話した結果、継続して勤務するのは困難という結論が出たらしい。

詳細は職位の関係上、あたしには知らされなかった。課長と堀さんだけが、人事課から回ってきたという報告書を確認した。

「遅かれ早かれ、こうなっていたのかもしれないわね」

堀さんが背もたれに体を預けながらつぶやいたとき、最初は意味がわからなかった。

「なにかを続けたければ、たとえどんな形であれ、自分自身があきらめずに成長するしかないもの。あなたがそうしたみたいに」

それでようやく、さっきから彼女がおもしろくもなさそうにめくっていた書類が、須藤さんに関する報告書だと悟った。堀さんに褒められることなんてめったにないのに、成長、という言葉を聞いた瞬間、なぜか鳥肌が立った。寒気がしたというより、血の気が引いた。

成長。そんなもののために毎日働いているわけじゃない。あたしはあたしだ。たとえ変化があったとしても、それは人に、ましてや堀さんに、認めてもらうためなんかじゃ絶対にない。

「彼女はそうしなかった。できなかったのかもしれない。いずれにせよ、気の毒だけど、その時点で周囲の人間にしてあげられることはないわ」

「前から思ってたんですけど」

口に出してみて、その言葉の持つ卑劣さに自分で怯んだ。

「……なあに？」

堀さんは報告書を課長に渡してから、椅子を回して体ごと顔をこちらに向けた。

あたしは蛇に睨《にら》まれた蛙《かえる》、猫に追い詰められた小鳥同然だった。スポンジを飲んだように舌が回らない。せめてそのまま目だけは逸らすまいとしたけど、視線は堀さんの眉間のあたりに泳いでしまった。剣呑《けんのん》な空気が漂いかけたとき、

「苦いよねえ、いつでも」

のんびりした声が割り込んできて、あたしたちは同時に視線を外した。

「イノセンスの敗北は」

書類を眺めながらつぶやいたのは、大声で怒鳴りつづけている人が同じ空間にいて

も、悪魔みたいな営業電話にしつこく絡まれても、なんにも感じないような顔をしていた課長だった。

「……イノセンス」

「そう。小説でもよくあるでしょ。サリンジャー、フィッツジェラルド」

課長はミルミルをすすった。ずず、と、いつもより少し重たげに。

堀さんは興醒《きょうざ》めした様子で机に向き直ったけど、あたしは動けなかった。

「どういう、意味ですか」

「だれにだって、人それぞれ、いろんな事情がある」

当たり前だ。その程度のことを言うために、サリンジャーもフィッツジェラルドもいらない。そう考えてから、ふと気づく。どうしてあたしはいままで、そのとおりだ、と認めたが最後、全部黙って受け入れなきゃいけないと思い込んでいたんだろう？

課長はすごく重大な真実でも噛みしめるように続けた。

「でも、勝つか負けるかは、その人次第だから」

「――そんなの」

とっさに飛び出しかけた言葉を、飲み込んだ。

課長は横目であたしを見た。でも、答えられなかった。あたしは、そ、そんなの、ずるい、と、言おうとした。

だったら、あたしだって負けたかった。

イノセントだから、弱いから、病気だから、理由なんか、なんでもいい。みんなと同じことができなくても、人よりつらく思えても、しかたないんだという烙印《らくいん》を押してほしかった。また同じ失敗を繰り返すこと、今度こそ取り返しがつかなくなることに怯えながら、こんなふうに中途半端に、戻ってきたくなんかなかった。

そこまで考えたとき、裕未は優しいから、と年末の電話で彼に言われたこと、その、それこそ優しい声の記憶がいきなり蘇ってきて、自分が恥ずかしくて耳が熱くなった。

黙って机に向き直り、しばらくは三人とも無言で仕事をしていた。

昼休みの直前になったころ、のんきな音でお腹が鳴りだした。朝ごはんを食べそびれたせいかもしれない。あたしは足元に置いた鞄から財布を出して、久しぶりに自動販売機に向かった。堀さんの目が一瞬気にはなったけど、もうどうでもいいよな、と開き直った。

小銭を出して六十円を入れ、ミルクココアを押そうとした指を、止める。

須藤さんがいつも飲んでいた、三つ。そのボタンを、あたしは虚空でなぞった。

一番上の列、右端にイチゴオーレ。バナナココアは真ん中。その左にクリームラムネ。右から、イチゴ、バナナ、ラムネ。

赤、黄色、青。

――信号みたいなものを発したほうが、かえって迷惑にならないって。

刺激の強いガムを嚙んだときみたいに、急に鼻の奥から涙が突き上げてきた。

そんなことで、こんなことで、気がつくわけないじゃないですか。

苗字のふりがなだってろくに見ないような職場ですよ。わかるわけないじゃないですか。どうしてもっとはっきり言ってくれなかったの。心の中で叫びながら、でも、答えはいくらだって浮かぶ。みんな自分より大変だから。頑張っているから。忙しいから。つらいと発信したところで、もっとつらい、が返ってくるだけだから。

それはあたし自身が、ずっと考えていたことだ。

ごめんなさい。

あたしは、あなたを同類だと思っていた。だけどそれは弱い者同士、みんなが自分よりうまくやっているように見える中での、負け組としての同類だった。

あなたも現在進行形で戦っていることを、本当には、わかっていなかった。

あたしは親指で、ぎゅっと自動販売機のボタンを押した。

紙コップを手に、初動担当の脇を通った。中沢さんは窓口で来客対応をしていて、田邊さんは須藤さんがいつもやっていた入力作業を、彼女の倍くらいの速度でこなしていた。席に戻ると堀さんは電話中で、一瞬だけあたしのほうをちらっと見たけど、すぐに視線を逸らして裏紙にメモを取りだした。課長はまだ堀さんが回した報告書をめくっている。

中沢さんか田邊さんか堀さんか、だれでもいい。それはなんなのかと訊かれたら、堂々と「バナナココアです」と答えるつもりでいた。だけどみんなそれぞれに忙しそうで、そんなことを気にする様子は全然なかった。

堀さんが話し終えたのとほぼ同時に、また、けたたましく電話が鳴った。

あたしはバナナココアの紙コップをメモ帳の脇に置いて、お腹に力を入れながら、奪うように目の前の受話器を取った。

第三章　きみはだれかのどうでもいい人

あら、予定していた取引先からの入金がないんですか。それはさぞ、ご苦労されていることでしょう。そうですか、ご両親の介護で資金繰りが大変。お察しします。まあ、娘さんが運転中に事故を起こした？　相手方が入院して慰謝料が？　それは親御さんもご心配ですね。おつらいですねぇ。ええ、ええ。

『あんたさあ、どうせ他人事だと思ってんでしょ。これが自分の娘のことでも、そうやって関係ないから金払えって言うわけ？』

「申し訳ありませんー」

しおらしい声で答えつつ、内心でつぶやく。あいにく、うちの娘はそんなことにはなりません。そもそも免許も持ってないし。

「お気持ちはわかりますが、それはお支払いをいただかない理由になりません」

なんとか話がまとまってからも、向かい側では中沢環が通話を続けていた。口調こそ丁寧なままだけど、だんだん唇が尖ってきている。

「納税は、他のみなさまも平等に果たしている義務ですから」

あーあ、と肩をすくめてしまった。あなただけは特別ですよ、他の人よりずっとかわいそうで偉いですねって言ってほしくてたまらない相手に、平等だの他のみなさまだのそんな言葉、逆効果もいいところでしょう。優秀で恵まれたお嬢様にはわかんないかな？

「納税相談っていうより人生相談ですね、この仕事」

案の定、たっぷりと反感を買ったらしい。彼女がようやく受話器を置いたのは、こちらがさっきまでの通話履歴をパソコンに記録し終えたころだった。

「やっぱ、年末が近づくとみんなお金も余裕もなくなるのねぇ」

「最近特に多くないですか？　おかげで通常業務がぜんっぜん進まない」

「まともに相手してあげすぎてるんじゃない？　ああいうのは聞いてほしいだけなんだからさ、はいはーいって適当に受け流しとけばいいのよ」

「田邊さんはうまいですよね、そういう、あしらい方っていうか」

動物園に連れてこられた子供みたいな言い方だった。キリンって首が長いですね、ゾウって大きいですね、カモノハシって不思議な形ですね。なんであんな姿のまま、生き残ってこられたんでしょうね。そんな感じ。

そう特別なことじゃない。しょせんはパート勤務、面倒が起こったら人に任せればいいと思っているだけだ。代わりなんかいくらでもいる。必要以上に気負って潰れるよりも、自分の身を守りながら細く長く続けるほうがよほど賢い。

「亀の甲より年の功ってやつかしらー」

檻の中から愛嬌《あいきょう》を振り撒《ま》くように答える。中沢環は見るからに社交辞令で薄く笑った。

「だったら、わたしなんかがかなわなくてもしょうがないですね」

彼女は娘と同い年の二十五歳。こちらのちょうど半分。それを思うたび、子供のころに見たバネのおもちゃが頭をよぎる。テナガザルだのダックスフントだのの形をしていて、地面に置くとぱっちんと音を立ててひっくり返り、体長の距離だけ移動する簡素なおもちゃ。あなたたちは知らないでしょうけど、年齢なんかしょせんその程度のものよ。歳がひと巡りすれば新陳代謝で中身ごと入れ替わって、まったく違う人間か、人間以外のものに化けるとでも思ってる？

「早くこういう仕事は外部委託に切り替えればいいのに。勤務時間中は電話や来客の対応に追われて、残業しようにもワークライフバランスがどうこうって目くじら立てられて、それで業績が上がってないって言われてもそりゃそうですよ」

「まあねぇ」

「他の自治体ではもう増えてるらしいですよ。催告の電話をしたり問い合わせを受けたりするのは業者に任せて、専門的な案件だけ回してもらうみたいな」

パソコンで記録を打ちながらも愚痴を止めないのは、課長が出張中で席にいないからだろう。一見あけっぴろげに振る舞ってはいても、そういう部分は抜け目がない。

「だって大変は大変だけど、正直、だれにでもできる仕事じゃないですか？」

去年の秋、新しく来るのが首席入庁の女性主事だと知ったときにはどうなることかと心配したものの、幸い中沢環はそれほど扱いづらいタイプではなかった。というより、扱いづらいとまわりから思われることのデメリットを理解していた。いかにもノンポリ上がりという風情の現課長はもちろん、露骨に「そんなのが来ても逆に面倒だな」とぼやいていた前の課長ともそれなりにやっていたし、在職だけはだれよりも長い母親ほどの歳のパートという、ややこしい立場のこちらにも如才なく接している。なにをおいても我を通さずにいられない先人たちを、たぶん本庁で嫌というほど見てきたのだろう。

人当たりはもちろん仕事ぶりも優秀で、たった一年半で音を上げてしまった前任者との違いはもはや残酷なくらいだった。いざ出世街道を驀進《ばくしん》しようとする矢先に異動させられ、辺鄙《へんぴ》な地方機関で不毛な電話を受け続ける自分の現状に思うところがあっても当然だ。

「ま、おかげさまでこっちは助かってるけどね。だれにでもできる仕事がなくなったら、食いっぱぐれちゃうもの。いまさら新しいことも覚えらんないし」

こちとら未来のないおばちゃんだからさ、環ちゃんと違って。

そう付け加えようとしたとき、ぱーん、と背後ですごい音が響いた。

視線を飛ばした中沢環がこめかみを押さえる。つられて首を回すと、予想どおりの光景が広がっていた。カウンターの向こう側、待合スペースの入口あたりで、三か月前に採用されたアルバイトの須藤深雪がおろおろと突っ立っている。すみません、すみません、と周囲に頭を下げる彼女は手に折り畳み式のカートのハンドルを握ったままで、こぼれた資料が足元に盛大に散らばっていた。ペーパーレス化およびデータベース統一のための完全電子移行。少し前に本庁から通達されたそれは、言葉こそもっともらしいけど要は地道な手作業の連続だ。ああして古い資料を引っ張り出し、手打ちで入力して、終わったらまた元の位置に戻す。それだけ。だれにでもできる仕事の、最たるもの。

中沢環がすぐさま立ち上がり、須藤深雪のもとに向かった。仕事柄、ここの書庫にはあの手の「交渉記録」が膨大に眠っていて、だれが、いつ、いくら税金を滞納し、それを巡ってどんなバトルを繰り広げてきたのか見ただけでわかってしまう。昔のことはいえ、さすがに一般県民も出入りする場所にそんな情報を撒き散らしておくわけにはいかない。

「大丈夫ですか、須藤さん」

感情を幾重にも不透明な布で梱包《こんぽう》したような彼女の声色は、さっきまで電話口で出していたそれとほとんど同じだった。

昼休みのチャイムが鳴ったので、ふたりが戻ってくるのを待たずに立ち上がった。

休憩室は一階の奥、一般県民が出入りする待合スペースからは大きなキャビネットに遮られて死角になる場所にある。そのせいかどこか物々しく、存在自体が隠蔽《いんぺい》されているような印象を受ける。実際、そうなのかもしれない。善良なるお客様方は寸暇を惜しんで自分たちに奉仕すべき公務員たちが雑談をしたり、糖分や水分を補給したりするところを目にするのが大嫌いだから。

一時間の昼休み中、この事務所の職員はここで隠れキリシタンさながらつつましく身を寄せ合っている。いや、いまは五分前着席が義務化されているので五十五分――午前終業のチャイムを待たずに休憩に入ることは当然できないので、厳密には五十分くらい。

「けさのお客さん、大変そうだったわねぇ」

「ああ、書類が足りないって言ったら怒りだした人？」

「そうそう。やんなっちゃう、病院通いで歩くのもしんどい、忙しいんだから何度も来る暇なんかないって言うわりに、一時間立ちっぱなしで怒鳴り続けてるんだから」

窓際の一番大きなテーブルは、暗黙のうちに女性専用と決まっている。集まる顔ぶれは日によって違うものの、平均してだいたい四〜五人。特に、午前中にトラブルを抱えた人はたいてい昼休みになるとここを訪れる。それぞれ仕事内容は違っても、この職場にいる以上みんなロシアンルーレットの参加者であることは同じだ。やたらと被弾する人もいればめったに当たらない人もいるけれど、爆発の可能性自体がゼロになることはない。

「相変わらずそっちの上司は助けてくれないの？」

いつのまにか文句の対象が身内に移るのも、お決まりの流れだ。

「そうなのー！　ちらっと見たらね、絶対こっちが揉めてることに気づいてるくせに、そのタイミングで電話なんかかけだして」

「そりゃ腰も重くなるわよ、あの体つきじゃ」

控えめに言ってふくよか、流行りの表現ならメタボ、一部のお客様に言わせればもちろん「デブ」である彼女の上司の姿を思い浮かべながら、仕事と同じように適当に合いの手を入れる。そうするうちに、最初はどんよりとむくんでいた「きょうの被害者」の顔にもだんだん生気が戻ってくる。

「あそこまで太っちゃう前にさ、自分でも奥さんでも、これ以上は危ないなって思わないのかしらね？　あの人が座ろうとするとこ見るといつも笑いそうになっちゃう。腰を『下ろす』んじゃなくて、ひじ掛けのあいだに『ねじ込む』んだから」

こーんなふうにね、と腰を振って実践してやる。やだー、と風船が膨らむように笑いが起こりかけたとき、すうっとそれを刺し貫く声が割って入った。

「あの方、前に膵臓《すいぞう》の病気をなさったんですってね」

発言の主は、事務所の二階にある課税担当の女性管理職だった。歳は三十代半ば、たしか今年の春に昇進して赴任してきたばかりのはずだ。一瞬で場が静まったことに気がついていないのか、平然と子供用の小さなお弁当箱をハンカチで包んでいる。

「かなり危ない状態で、長く休まれたんじゃなかった？」

「……あ、そうなんだ」

「ええ。ここに配属されたのも、残業がなくて体に負担が少ないからみたい」

へえ。それっていつの話？　なんだ何年か前なの。再発を考えたらそんなに昔じゃないって、そりゃそうだけど。だれに聞いたの？　あ、そう、あの人の奥さん。前に同じ部署だったんだ。ふうん。正しいだけの受け答えのたびに、麻酔を注射したように空気が盛り下がっていく。そして、ついに真顔に戻った「きょうの被害者」が平板につぶやいた。

「だったらまあ、しょうがないね」

静寂の中、駅前のコンビニで買ったサンドイッチの最後の一口を食べる。再生紙みたいにぼそぼそとした食感だった。娘の高校卒業以来お弁当なんて作っていないし、自分のためだけにそんなことをする気も起こらない。

いい大人になってもなお、こうして「人の悪口に黙っていられない潔癖なわたし」をアピールせずにいられないタイプはたまにいる。自分の身辺ばかりすっきりさせて、廃棄物を抱えっぱなしになった側がどうなるか考えもしない。ゴミ箱も置かずに『ここにゴミを捨てないでください』と看板を立てまくるような、典型的なお役所仕事だ。

沈黙をもたらした張本人が平然と出て行くのを見送って、その背中に内心でレッドカードを突きつける。前からああいう傾向があるとは思っていたけど、もうアウト。そんなに毅然《きぜん》としていたいなら群れるのは性に合わないでしょ？

「立派よねえ。なんだか、うちらとは次元が違うって感じ」

たったひとことと、あの人は「違う」とさりげなくレッテルを貼るだけで、みんなひとりでに活気づいて自陣を守るべく動き出す。そこから不満が噴出するのは本人の責任だ。こちらはほんの小さな風穴を開けたに過ぎない。

「悪い人じゃないけど、なーんかこう杓子定規っていうかね」

「でも、こないだ見ちゃったんだけどさ。あの人、自分の引き出しにこっそりすごい量のお菓子を隠してるのよ。残業中とか、ことあるごとにつまんでるんだって」

「えー？　お客さんからクレームがあって以来、デスクに食べ物を持ち込むのって禁止されたでしょ。知らないのかしら」

「そんなわけないわよ。あたしも今年からだけど、初日に総務からみっちり注意されたもの。管理職が率先してルール破るのってどうなの？」

「あそこの担当、女性が彼女だけでしかも最年少だからね、大変なんでしょうけど」

「でもあの量は『ストレスでちょっと』なんてもんじゃなかったわよ！」

「あんな小さなお弁当箱にしたところで、それじゃ意味ないわよねぇ」

休憩室の隅にいた男性職員が、首を振りながら出て行くのが視界の端に映った。やれやれ、女は怖いね、とでも言いたげに。女は怖い、女は争う。そうかもしれない。

男をまともに相手取って頭を働かせることを、たぶん少なからぬ数の女はとうにあきらめている。

「――お楽しみのところ、悪いけれど」

冷や水どころか、ドライアイスをぶっかけるような声が入口から響いた。

たちまち凍りついた他の同僚たちは、噂の本人が戻ってきたと思ったのかもしれない。もちろんそんなヘマはしない。いま座っているのはドアさえ開いていれば廊下まで見える位置だから、堀主任が近づいてくることにはとっくに気がついていた。

「ポットを最後に使ったのはどなた？」

「……さあ。わからないわねぇ」

代表して答えると、眼鏡越しに視線が突き刺さってきた。相変わらず、加齢の悪例として化粧品の広告になれそうな表情だ。眉間の川の字、法令線、ファンデーションに走る亀裂。刻まれたすべてのシワが、人を威嚇することに慣れた顔であることを言外に物語っている。

「何度も言っているけれど、水が足りなくなったらちゃんと補充してちょうだい」

「はぁぁぁい」

わざと間延びした返事をすると、跳ね橋のように堀主任の眉が吊り上がった。

ただそれ以上はなにも言わず、ひったくるようにポットを持って出て行く。カツカツと音が響くのは別にピンヒールを履いているからじゃなく、靴の踵《かかと》が削れて金属部分が露出しているせいだ。威圧的なのに妙にわびしいそれが聞こえなくなるのを待って、ささやき合いがおそるおそる再開される。

「あの言い方！」

「あたしらにはつんけんするくせに、あれでたまに色目使うのよ。ほら初動の課長とか、気に入ってる相手には妙に甘いの」

「やだやだ、みっともない。とりあってもらえるわけないのに」

「まあ、しょうがないんじゃない？　あの歳で独身でさ、寂しいのよ」

あえて口火を切るまでもなく、堀主任の悪口はいつもとりわけ盛り上がる。職場に特定の親しい相手がいないことに加え、総務という仕事も他の担当から独立しているので角が立ちにくいのだろう。ただ、もちろん大方は自業自得だ。

「そういえば田邊さんって、堀さんと同期だったんでしょ？」

風船から空気が漏れるのを防ぐように、一瞬、口をつぐんでしまった。

「……ああ。そうよお。昔は正規採用だったから、そのときにね」

へー、というなにげない相槌が少し身構えて聞こえたので、即座に「別に接点なかったけどねー。こっちは子供産んですぐ辞めちゃったから」と付け足した。

「この人ねぇ、若いころはほんと、お人形さんみたいだったのよ」

いまもおきれいだけど、と、フォローまでとってつけられる。そう言った相手を見てもこの事務所以外で会った記憶はなかったが、別に驚かなかった。広いようで狭い職場だから、いつのまにか顔や名前を知られていてもおかしくはない。まして当時は女性の数自体が多くなかったし――実際、たしかに「お人形さんみたい」だと少しは注目を集めてもいた。

「あとほら、あれも同世代じゃなかった？　人事課の女帝様。氷の女って有名な」

「いまでこそあんなんだけど、あの人も昔はね……」

「やめてよー。ただでさえ我らが堀さんのせいで、かわいげのないハズレ世代って噂されてたんだから。ほんとはおしとやかな粒揃いだったのに」

精一杯冗談めかして言うと、また「やーだ、田邊さんったらおもしろーい！」と笑いが起こった。そう、悪口はせめて面白くないといけない。どうにか気を晴らして午後も生き延びるのが目的なのだから、言いながらますます暗く沈んでいくのでは意味がない。

「……てことは、あの世代？　この事務所で自殺騒ぎがあったっていう」

ふいにだれかが、なまぬるく吹き込む隙間風みたいにささやいた。なあにそれ、とだれかが言い、あら知らないの、と別のだれかが答える。つられてその場にいた全員が声を落とし、ひとつのロウソクに向かって身を寄せ合う百物語さながら、ぐっと肩をすぼめる。

そこへ、咎めるように昼休み終了十五分前のチャイムが鳴った。

「やだ、もうこんな時間？」

口々に言いながら、みんなが慌ただしく席を立つ。その喧噪《けんそう》に紛れて、思わずほっと漏らした息にはだれも気づかなかったはずだ。

追い立てられた羊よろしく去っていく同僚たちを、座ったまま見送る。ちょうどこのタイミングだと、化粧直しや歯磨きのために人が殺到して女子トイレは混雑する。それに、いまは一分でもいいからひとりになりたい気分だった。

隣にある給湯室から、笛吹ケトルの甲高い音が響いてきた。動かずにただそれを聞いていると、やがて休憩室の入口をだれかが小走りに横切っていくのが見えた。やかんの音が止まり、代わりに足音が近づいてくる。

「……お疲れさまです」

「あら、お疲れ。ごめんね、ちょっとぼんやりしてたー」

ポットをぶら下げた染川裕未に、さもいま気づいたように手を挙げてみせた。

いえ、と目を伏せる彼女は中沢環と同期で年齢も同じ、つまり事務所で最年少の若手であるにもかかわらず、どうも覇気というものがない。ここにいてすみませんと言わんばかりに背中を丸め、さほど低くない身長を一センチでも小さく見せようとつねに縮こまっているような挙動は、いつもヒールのあるパンプスを履いて胸を張って歩く中沢環とは対照的だった。当然気が合うはずもなく、ふたりのあいだに同期特有の親しげな空気はほとんどない――まあ、人のことは言えないけれど。

五年前にこの事務所にやって来た堀主任は、こちらの顔をまっすぐ見ながら「はじめまして」と言った。

「……あの、田邊さん」

ポットを置いてからも妙にぐずぐずしていた染川裕未が、意を決した、という様子で振り返った。また堀主任から小言でも預かってきたのかもしれない。やかんが鳴ったらコンロの火は近くにいる人間が止めに行けとか、なんとか。

「なぁにー」

「……須藤さんって、どこでお昼ごはん食べてるんでしょうか」

染川裕未はたいがいうつむき加減だから、意外と正面からちゃんと目を見た記憶がない。右目が二重で左目が奥二重。初めて知った。

「うちのバイトの？　なんで？」

「なんとなく……あ、いや、たいしたことじゃないんです。すみません」

責めているわけでもないのに、胸の前でぱたぱたと両手を振られた。

なんとなく、ねぇ。拍子抜けして適当に答えながら、そういえばふたりは似ている、と気がついた。歳も見た目も違うけれど、おどおどした態度とか、なにかと「すみません」を連呼してむしろ相手が悪いような気にさせるところとか。初動担当と総務担当はフロアの反対側だから、どこで接点があったのかはわからない。でも、友情なんて路肩の雑草みたいなものだ。厳しい環境でこそ、花を咲かせることもある。

美しい友情。ああ、美しいなあ。

そんな時代が、こっちだってなかったわけではないのに。

「……そういえばさ。前に頼んでた回転式の電話台、発注してくれた？」

ふと思い立って訊ねると、染川裕未は露骨に口ごもって目を泳がせた。

「すみません。単価が大きいので、なかなかすぐには」

まだ若い、目立ったシワもシミもない肌。新品のテーブルクロスみたいにぴんと張ったそれはたいていのものなら覆い隠せるはずなのに、一見控えめに振る舞う染川裕未の顔にはいつも、強引に絞り出したみたいに苦渋が滲んでいる。どうぞ見逃して、あなたはわたしの倍も生きているんだから。だってわたし弱くて未熟で肌だってこんなに薄いんです、ちょっとでもつついたら破れてしまいそうでしょう?

「そーお? ネットで見たけど、あんなの安いのなら数千円単位でしょ」

「ひとつ買い替えると、他もすべて買い替えなきゃいけなくなるので」

「うちの担当は特に電話が多いんだし、例外って言えばいいじゃない」

「……堀さんに確認してみます」

出た、と思った。伝家の宝刀だ。

備品の発注、締切を過ぎた書類の決裁、本来なら報告書を提出すべき些細なミスの後始末、その他諸々。口うるさいお局様の代わりに雑用を頼まれがちな染川裕未はたいていのことなら黙って応じ、のみならず、共犯者特有の周到さで隠蔽工作まで引き受けてくれる。ただ、いったん堀主任の名前が出されたら最後、その案件は決して通ることがない。

初動担当にいたときから、この子の手口は同じだ。ちょっと強く出られたら涙をためてうつむき、それでも駄目なら「上司に確認します」——もちろん、ひとつの処世術として否定はしない。

ただ、こちらもそれなりの対処をするだけだ。

「ま、別にこっちは構わないんだけどさ。環ちゃんが大変そうなのよねー」

中沢環の名前が出たとたん、染川裕未の笑顔が消えた。そのことには気づかないふりで、あら、どうかした？　というように微笑みかけてみせる。破れそうに薄い肌の彼女とは正反対の、面の皮の厚いおばさんとして。

染川裕未が仕事を休んだことを責めるつもりはない。だれにでも、できることとできないことがあるし、それは本人にはどうしようもない。うつは甘え、なんて言ってはばからない困った団塊世代もまだ多少は生き残っているけど、だいたい白い目で見られ、時の流れに任せた退場を待たれている。困った人には優しく、弱者には救いの手を、できることは補い合って。だって人間だもの。それがいまのトレンドだ。

でもたまには、そっちからもできることを返してくれたっていいと思うの。

そうじゃないとこっちまで共倒れしそうなんだから。

「裕未ちゃーん、ちょっと来てくれるー？」

ちょうどいいタイミングで、廊下の向こうから堀主任の声が聞こえてきた。

染川裕未の唇がきゅっと引き結ばれ、視線がさまよう。前門の虎と後門の狼《おおかみ》、どっちがマシかとでも考えているのかもしれない。ほら、ボスがお待ちよ、と入口を指さしてやると、ようやく飼い犬のように小走りで去っていってくれた。

時計を見ると、貴重な昼休みは残り十分を切っていた。五分前着席のぶんを差し引くと、歯磨きはまだしもさすがに化粧を直す時間はない。堀主任のファンデーションに走った亀裂を思い出し、閉じた口の代わりに鼻から息が漏れた。

開き直って座ったまま、コーヒーの残りを飲み干す。いつもよりいっそうまずく、腐ったような酸味とヘドロを彷彿とさせるざらつきが舌に残るのは、中身のなくなりかけたポットから無理やりお湯を絞り出したせいかもしれない。ただ、どういう淹《い》れ方をしたところでまずいことに変わりはない。消耗品や備品のたぐいは堀主任が価格重視で選んでいるらしいけれど、こんなところで予算を削ってもそのお金でなにができるというんだろう。

この部屋だって「休憩室」と呼ばれてはいるものの、本来は会議室だった場所に机と椅子を寄せ集め、ポットと冷蔵庫と電子レンジと分厚いテレビを置いただけの空間だ。どれもよく言えば年季が入った、はっきり言えば粗大ゴミも同然の代物で、いつからここにあるのかさえいまやだれも知らない。禁止される嗜好品、分刻みのチャイム、増えるばかりで減らないルール。まるで監獄。怒鳴られなじられ嫌味を言われ、頭を下げながら必死で掻き集めた末、電話台ひとつ買い替えてもらえずに浮いた金がどこへ行くのか。偉い人たちの考えは、だれにでもできる仕事しかできないおばさんには見当もつかない。

いや――どうでもいい話だ。

職場が、社会が、時代が、どんなに腐っていようが、給料さえもらえればいい。こっちにはもっと大切なことがあるのだ。絶対に代わりのいない、唯一無二の大仕事が。

五十代にして地方転勤が決まったと夫に言われたとき、最初はなにをやらかしたのかと肝が冷えた。セクハラパワハラモラハラ、ここ十数年でやたら聞くようになったその手のあらゆる単語が頭をよぎった。やりかねないと疑ったのではない。ただ、よぎったのだ。

現実には幹部への昇進を控えた社員が、育成の意味で地方に行かされることは珍しくないらしい。そんなことも知らないのか、と呆れる夫の膨らんだ小鼻からは自尊心が鼻息と一緒に漏れていて、まだ出世したいのかとこちらのほうが呆れた。当然この歳になるとついて行くとか行かないとかいう話にもならず、四月から初めてのひとり暮らしが始まった。

夫への気遣いなどとうになくしたつもりでいたが、それでも自分のためだけに肌着を手洗いしたり、肉をやわらかくする下ごしらえをしたり、そういう手間をかけるのは面倒というよりむしろ空虚な気持ちになった。開き直ってからは遠慮なくスーパーの総菜や冷凍食品に頼り、タオルも下着も見境なく洗濯機に放り込む自堕落な主婦生活を満喫している。亭主元気で留守がいい、とはよく言ったものだ。

いまや家でだれかのためにすることといえば、週に一度、都内でひとり暮らしをしている娘の電話を受けることだけになっている。

——きょうはね、朝は元気だったのに帰ったらくしゃみしてたって、その子のお母さんから電話があったの。わたしの後輩が担任だから、インフルエンザだったらおまえのせいだって怒鳴られたんだって。

念願の保育士として働きだして三年目、律子《りつこ》にも初めて後輩ができたという。ただ残念ながらあまり要領がよくないようで、最近の娘は彼女に同情しきりだった。しかも今年入った園児の母親にモンスターペアレントの気があり、運悪くその子供のクラス担任を受け持った結果、まだ若い彼女はすっかり目をつけられてしまったらしい。

「さっさと人に任せちゃえばいいのにね。上役なんてそのために高いお金もらってんだから」

——理事長の古い知り合いのうちみたいで、みんな見て見ぬふりなの。

「いやぁねぇ。りっちゃんは大丈夫？　そういう親にいじめられてない？」

うん、という返事に、とりあえずほっとした。

「そうよね。あんたはしっかりしてるから。その子も言い返してやればよかったのにね、インフルエンザが努力で止められたらノーベル賞ものですって」

――気の弱い子だから。強く出られると頭が真っ白になっちゃう、って。

「ああ、お母さんの職場にもいたわ、そういうタイプ。真面目すぎて舐められるっていうかさ……ちょうどりっちゃんと同い年かな。その子の場合、思い詰めちゃってあわや身投げ寸前ってとこまで行きかけたみたい。結局いまは別の担当に移ったけど」

染川裕未の末路は、律子に予想以上のショックを与えたらしい。痛ましげな沈黙の後、ひどい、と絞り出すような返事があった。

――かわいそうだね、その子。

「……まあ、クレーマーってつけ入る隙のある相手を嗅ぎ分けるからねぇ」

――なんで想像しないんだろう。目の前の相手が、自分の大切な人だったら同じことができるのかって。そのクレーマーだって、たとえば自分の娘が同じ目に遭わされたらどう思うか、少しも考えないのかな？

万事この調子で、娘は親の欲目を抜きにしても正義感が強い。特に子供に代表される弱者の不幸に敏感なのは、自分もアレルギーやら小児喘息《ぜんそく》やらを経験して人一倍体が弱かったせいかもしれない。昔から「きょう学校でなにがあった？」というお決まりの質問にも自分のことは後回しで、同級生がクラスで無視されている、部活の仲間が濡《ぬ》れ衣《ぎぬ》で顧問に叩かれた、と人の話ばかりしては本気で憤ってみせるような子だった。許せない。わたしは絶対、弱いものに八つ当たりするような卑怯者《ひきょうもの》にはなりたくない。

「そうね、たしかに。ひどい話よねぇ」

左手にリモコンを持ち、テレビの電源を入れた。

もともとボリュームは絞ってあるから、左耳からわずかなテレビの音、右耳から律子の声が入ってきて頭の中でほどよく混線する。チャンネルをザッピングするうちに、これまたほどよくつまらなそうなバラエティ番組に行き着いた。テロップがうるさいから、音が小さくてもどんな内容かわかる。ニート、フリーター、非正規雇用。ひな壇に集まった問題を抱える大勢の若者に対し、ご意見番の芸能人たちが物申すという構成らしい。

『いい歳して情けないと思わないの？』

覇気のないひな壇に向かい声を張り上げているのは、最近ワイドショーでよく見る中年の男性タレントだった。子役として芸能界に入ったものの成長するにつれて人気が落ち、起業したり選挙に出馬したりとひとしきり迷走しつつもしぶとく実体験をネタにして息を繋いでいる。たしか夫と同い年、かつては二枚目でならした彼も、いまやすっかり肥えて見る影もない。

『君たちより不遇な、働きたくても働けない人がごまんといるわけじゃん。立派に手に職つけて、自分にしかできない仕事をしてる人だっている。恥ずかしくならない？　いや、君たちはそれでいいかもしれないよ。でもさ、生んでくれた親の気持ち、ちょっとは考えたらどうなんだよ』

うちの職員が同じことを言ったら大問題だな、と思ったところで画面が切り替わる。もっともらしくうなずく「ご意見番」の顔ぶれは俳優だか歌手だか政治家だか作家だか、とにかく本職がわからない連中ばかりだった。なにがしたいのかさっぱりわからないこの手のタレントを片付けるために、ご意見番という肩書は使い勝手がいいらしい。また画面が切り替わり、今度は右から二番目の席に座っていた女性芸能人の顔がアップになる。

チャンネルを変えようとした親指が、無意識に止まった。

『……親御さんは、たしかに心配よね』

曖昧な表情で言う彼女もまた、波瀾万丈な経歴の持ち主だった。十代でアイドルとしてデビューしたあと女優に転身したが、所属事務所とのトラブルや度重なる離婚、それらを巡る裁判沙汰を経てすっかりまともな本業から遠のき、いまはこの手のバラエティで日銭を稼いでいるらしい。同世代だから、彼女のことはデビュー当初から知っている。

もちろん年相応に老けてはいるけれど、いまにもえくぼのできそうな頰や困ったように下がった目尻にはまだ昔の面影が残り、経験してきたはずの苦労を上手に包み隠していた。過激な自虐トークの印象が先立つがじつは歳のわりに美人、と称賛する意見を、そういえば以前、どこかで目にした気がする。

ああ、まだ芸能界にいるのか。生き残っているのか。

そう思って、なぜかほっと溜息が出た。

いまの半分の年齢だったころ、彼女は本当にきれいだった。この人に似ているということが、それだけでステータスになるくらい。

あの、華やかなりし時代。

――そんなことになったらどうしよう、お母さん。

はっと我に返る。ぼんやりしているうちに、娘の言葉を聞き逃してしまった。

「あんたもたいがい真面目ねぇ。もうちょっと力を抜いて考えなさいな。その後輩の子の代わりにりっちゃんが体調崩しちゃ、本末転倒でしょ？」

職場で磨いたスキルを利用して、適当に相槌を打った。こちらもそれなりに疲れているから、娘自身ならいざ知らず、赤の他人の不幸話をまともに受け止めたくない。

夫は律子が就職してから、飲食店やコンビニで若い女性店員がもたついていても大目に見られるようになったらしい。律子くらいの歳かと思うと他人事の気がしなくてな、なんて相好を崩していたけれど、単に堂々とやに下がるための口実じゃないかと思う。その程度でいちいち感情移入していたら身が持たない。よそはよそ、うちはうちだ。

テレビの中ではまた、くだんの元アイドルの顔がアップになっている。

『気持ちはわかるけど、あなたたちも世間と折り合いをつけることを覚えないと』

『折り合いってどの口で言うんですか？　三回も離婚した人が！』

重い空気を変える機会をずっと狙っていたらしい、司会の芸人がすかさず突っ込む。編集で笑い声を足しているかもしれないけど、それでも出演者たちがみんな笑顔になった。半泣きだった少女も、無気力な青年も、しかめっ面の中年男も、こぞって離婚を重ねたおばさんを容赦なく笑い者にして、そのことが当然のように話題は次へと移っていった。

あの、華やかなりし時代。

芸能人になるほどではないにせよ、わたしもそれなりには美しい娘だった。自惚《うぬぼ》れではない。容姿は人生を左右する死活問題だったから、当時の女はみんなないまより厳密かつ客観的に、鏡の中の自分と向き合う必要があったのだ。幸いわたしは行く先々で褒めそやされる程度ではあったので、それなりの男と結婚して家庭に入る将来が早々に決定された。母もそうだったので、当然だった。いつの時代も親というのは、子供にもっとも苦労が少ないとわかっている道を選ばせたいのだ。

短大卒業後、当時はエリートコースと言われた県庁に就職したのも、出会う「それなりの男」のレベルを上げるために過ぎない。アルバイトもしたことがなかったので、最初は失敗も多かった。お茶を出すとき重役を後回しにしてしまったり、サトウとカトウを聞き間違えたまま来客を取り次いだり。それでも「こんなのだれにでもできるだろ」と呆れられるだけでろくに叱られず、むしろ「すみません」と小首でも傾《かし》げれば場の空気が和むので、ちゃんとこなすよりもミスすることを期待されながら働いている気さえした。ただ、悩みがなかったわけではない。べたべたと体を触ってくる上司とか、こちらを露骨に無視するとうの立った先輩とか。

そういうときの拠り所は、同期の存在だった。

入庁当初は昼休みになると、よく本庁に配属された同期たちで職員食堂に集まっておしゃべりをしていた。そしてしばらく経ってからも、その習慣は仲のいい女子数名で細々と続いていた。残った子はみんなほどほどにかわいく、似たような学歴で、似たような家庭環境に育ち、部署は違っても似たような仕事——掃除をしたりコピーを取ったり——をしていた。だからだれかが愚痴を言ったらどんな相槌を打つべきか、その場にいる全員がつうかあで理解できていた。ひとり、期待と違う反応をする鈍い子もいたけれど。

——本当、ひどいよね。年齢や性別でこんなに対応が変わるなんて。公務員なんて社会の規範として、どこよりも平等じゃなきゃいけない職場のはずなのに。

彼女は仲間内では珍しい四大卒で、実際に頭がよく、入庁試験も一位通過だったと噂になっていた（入庁式で新人代表の挨拶をしたのは別の男の子だったので、真相はわからない）。そのせいか、いつもは普通にいい子なのにたまに皮肉っぽくなる癖があって、そういうときだけは妙にいびつな、左右非対称な表情を浮かべていた。わたしたちの軽い陰口とは違う、ずっしりと重たい不平不満が、せっかく親からもらったそこそこの顔を根っから歪めているように見えた。

――いまは我慢しよう、歯向かってもいいことないから。そのうち、女ってだけで差別されない時代がきっと来る。そのとき見返してやればいいのよ。

この子は親不孝だなあと思った。せっかく男の人たちが骨身を削ってくれているのに、なんでわざわざ同じ苦労を背負いたがるんだろう？　それに社会や時代について意見交換をしたいわけじゃない、いろいろあるけど午後も頑張ろうね、と励まし合いたいだけなのに。他の子を見るかぎり、わたしは少数派ではなかったらしい。多少ズレた発言もみんな暗黙のうちに受け流し、そうなると彼女も空気くらいは読めたのでいちおう口をつぐんでくれて、それでどうにかささやかな平穏は保たれていた。

だが、わたしたちの楽園にもしだいに暗雲が立ち込めた。

仲間のひとりが上司から「隣の部署にアイドル似のかわいい子がいる。ああいう子がうちにもいればやる気が出るのに」と言われたことを始まりに、ある同期の名前がよく話題に上るようになった。その美貌のみならず働きぶりへの評判が、プレッシャーとなってじわじわとわたしたちを追い詰めた。毎朝職場に花を飾り、相手の好みに合わせたお茶を出し、休日のスポーツ大会に手作りの差し入れを持参する。そしてなにより、どんなときでも憧れの芸能人に瓜二つ《うりふた》の、魔法のように愛らしい笑顔を振り撒いてくれる。もしかしたら、それだけでも十分だったのかもしれない。

——陽子《ようこ》ちゃん。あっちの部署にいる君の同期の子ね、毎日昼休みには席に残って電話番してるんだって。他の職員が休めるように。気が利くよねえ。

わたし自身、頻繁にそんな言葉を聞いてはうんざりするようになっていた。いまでは考えられないが、当時は職場でも「ちゃん」付けが普通だったのだ。もちろんそれで一念発起するほど殊勝でも真面目でもなく、愛想笑いでかわしては仲間のもとへ逃げ込み、ご機嫌とりに必死でぶりっ子はこれだから、と憂さを晴らす日々が続いた。

しばらく経ったころ、いつも使っていた給湯室のコンロが故障してしぶしぶ他の階まで足を延ばしたときに、わたしは初めて噂の張本人と鉢合わせした。

ひと目でわかったのは、評判どおり飛び抜けた美人だったから——では、なかった。彼女はコンロの前に立ち、顔が髪の毛で隠れるほど熱心に手元のメモを確かめていた。わたしが入っても気づく様子がないので後ろから覗き込むと、それは苗字の羅列に「濃いめ」とか「猫舌」とかいう注釈を添えた、まるっこい特徴的な字の手書きリストだった。

——あ、こんにちは。えっと、稲葉《いなば》さんだよね、同期の。

視線に気づいた彼女は覗き見に怒るでもなく、ただ恥ずかしそうにメモで口元を覆った。顔の下半分が隠れ、つやつやと潤む瞳の輝きが強調された。一度も話したことがないのに名前を覚えられていたことに驚きつつ、わたしは言った。

——たかがお茶くらいで、そこまで無理しなくていいんじゃないの。

彼女はメモを下ろし、くだんのアイドルと同じ位置にあるというえくぼを見せた。

——これくらいしかできないから。

自分だけに向けられたそれを目にしたとき、わたしは不覚にも「こういう子がうちにもいれば」と言ってしまう、少なくとも思ってしまう、男性陣の気持ちを一瞬で理解した。つまらない仕事も彼女がやると特別になる、その理由が少しわかった。でも、新たな疑問も湧いた。この笑顔があればお茶なんか熱かろうがぬるかろうが濃かろうが薄かろうが、それどころか雑巾の絞り汁だって喜ばれるだろうに、なんでここまでするんだろう？

答えは拍子抜けするほど単純だった。

——どうせなら、ちょっとでも喜んでほしいじゃない？

頭を抱えたい心地で、わたしは彼女を説得した。さすがに迷惑だとは言えなかったけど、似た表現は使ったはずだ。あまり頑張られるとこちらの立場がない、くらいは口走ったと思う。

——なんでも丁寧にやろうとするのは、すっごく偉いと思うけど。でも適当にしとけばいいんだよ。どうせ、だれにでもできる仕事なんだから。

それに対する返事がどうしてああなったのか、何度思い返しても謎だ。

――ありがとう。優しいんだね。

絶句するわたしの手を、彼女は握った。毎日時間をかけてお茶を淹れているせいか、熱が染み込んでくるような体温の高い肌だった。

むず痒《がゆ》さで身じろぎしたくなった。でも、決して力強くはない、むしろか弱いはずの手になぜか「なにも言わないでほしい」と訴えられている気がして、わたしは黙ったまま、いつのまにか絡まっていた指と指をしばらくのあいだ見下ろした。それに認めたくなかったけど、わたし自身、彼女の「優しい」という称賛を手放したくなかった。わたしがおざなりに放った「丁寧で偉い」と同じ、まるっきり見当違いの褒め言葉にもかかわらず。

そう自覚したとき、やっとわかった。たぶんいま、この子も同じ気持ちだ。

わたしたちはそれまで、お互いに「かわいい」以外の評価をまともに与えられたことがなかったのだ。他の価値が自分にあるなんて、想像もしていなかった。

まず総務担当の金庫から鍵を借りて、受付簿に名前と持ち出した時刻を記入する。

書類を積んだカートがあるから移動にはエレベーターを使う。もっとも普通のエレベーターは来客用だから、使っていいのは廊下の片隅にひっそりと残っている一基だけだ。明らかに荷物運搬用らしい、天井が低くてこころなしかひんやりとしたそれは、死体を墓穴の底に下ろすみたいにゆっくりゆっくり地下まで降りていく。

書庫に足を運ぶのは久しぶりだ。少なくとも須藤深雪が来てからは、データ入力用の書類の運搬は彼女の役割だった。分担を決めたのは中沢環だけど、きょうに限って「田邊さん、須藤さんが資料運ぶの手伝ってあげてください」なんてしおらしく頼まれたのはもちろん偶然でも親切でもない。

真っ暗な廊下に出たら、すぐに壁を手探りして蛍光灯のスイッチを探す。ただ、灯ったところでその光はか弱く、左手側に長く延びる廊下の奥、不穏な闇を際立たせるだけだ。実際にはボイラー室と非常階段しかないのに、なにかが飛び出してきそうな、あるいは引きずり込まれそうな、ひんやりと黒い予感がわだかまっている。目を凝らしてしまわないようそそくさと背を向けて、反対側の突き当たりにある書庫の扉に鍵を突っ込む。

「カート貸して。扉、押さえるから」

書庫の扉は重たい防火仕様で、いったん閉じてしまうと中から決して開かない。だから入るときには念のため、ドアストッパーを噛ませた上でカートを重石《おもし》代わりにするのだ。

扉を引きながら言っても返事はなく、ねえ、と振り向くと、背後にいた須藤深雪が無言でカートを差し出すところだった。いちおうハンドルを握ってはいるものの、押すというより力なくもたれるような姿勢は腰の曲がった老婆を連想させる。

「必ずカートはロックして。じゃないと、扉の重さで動いちゃうからね」

書庫の明かりをつけ、入口脇に置かれた脚立《きゃたつ》を持って中へ入る。床から天井まで棚一面にびっしり段ボール箱が並んでいて、それが入り組んだ壁になってそこかしこに死角を作っている光景は迷路さながら、ゾンビ映画のようにいちいち物陰に銃口を突っ込んで警戒したくなる。箱の表面には中身の内容と保存年数が書かれていて、記載された年数を過ぎたら廃棄する決まりになっていた。ただ、そうやって空いた場所にまたすぐ新しい書類を突っ込むから、慣れないうちはどこになにがあるのか見つけるのに時間がかかる。

本日分のノルマはちょうど一番奥の棚、天井に近い上段に並んでいた。

この歳で脚立の上に立って重い箱を引っ張り下ろすなんて、できればやりたくない。でも、ちらっと須藤深雪を横目で確認してあきらめた。ただでさえ鈍い彼女のこと、ハンプティ・ダンプティみたいに転げ落ちられたらたまったものじゃない。もっともそれで頭のひとつでも打てば、逆に少しはマシな表情になってくれるかもしれない。

「じゃ、こっちから渡す箱を下で受け取って。それをカートに載せたら、代わりに今度は入力が終わったのを持ってきてちょうだい。順番は適当でいいから」

脚立に上りながら言っても、須藤深雪は顔を上げなかった。もはやつむじしか見えない。やめてよ辛気臭い、と軽口を叩こうとして、飲み込んだ。それこそ幽霊じみた彼女の有様を見ていると、その程度の言葉でもいじめみたいになりそうだった。

午前中、須藤深雪は中沢環に叱られていた。

原因は思い出せないほど些末だ。朝から不機嫌だった中沢環を須藤深雪が空気を読まずに刺激して、少しずつ蓄積されていたらしい中沢環の彼女への不満が、それを機に全力で蛇口を回したホースのごとく暴れ出してしまった。ガラスどころか飴細工《あめざいく》みたいな心臓を持つ須藤深雪はすっかり縮み上がり、我に返った中沢環はといえば、しばらくずぶ濡れになった子供のように呆然《ぼうぜん》としていた。対岸で見ていた感想としては、若いわね、に尽きる。夫婦喧嘩にもありがちな、話すうちに「そういえばあれもこれも」と飛び火していくパターンだ。耐えられなくなるくらいなら、最初から無駄な我慢などしなければいいのに。

「ねえ、聞こえた？」

うなだれた肩がびくんと震えた以外、反応はなかった。

たぶん小さくうなずくとか、消え入りそうな声で返事くらいはしているのだろうけど、伝わらなくては意味がない。そうでなくてもこの場所は嫌いなのに、共同作業の相手がこれでは日が暮れるまで終わらないかもしれない。動作もいつにもまして緩慢だし、そもそもずっとこんな調子でいられたらこっちだって気が滅入る。

傷つきやすい人は苦手。自分が傷ついたという事実にばかりこだわって、その原因や周囲の状況にまるで注意を向けようとしないから。

軽く苛《いら》ついたところで、きのうの電話での律子の台詞を思い出した。

——目の前の相手が、自分の大切な人だったら。

「……そこまで気にしなくていいんじゃない？　タイミングも悪かったのよ」

「いえ……中沢さんのおっしゃるとおりです。わたし、本当に要領が悪くて」

そんなことないわよ、とは言えない。そうね、とももちろん言えない。ひとまず脚立の上から箱を手渡すと、よろけながらもどうにかのろのろと運びだした。その背中を見ていると、脳内に自然とドナドナが流れてくる。ちょっと実際に歌ってもみる。

「……あんなにしっかりした中沢さんを怒らせるなんて、情けないです」

須藤深雪が別の箱を抱えて戻るころには、ドナドナは二巡目に入っていた。重い足取りに比して受け取ったそれは意外と軽い。無意識に中身の少なそうなものを選んだのかもしれない、重いものから先にやっつけるほうが効率的だと思うけど。

「しっかりしてたって二十五かそこらだもの、八つ当たりすることもあるわよ」

「そんな、八つ当たりだなんて……」

手を伸ばして箱を棚の上段に戻し、代わりに別の箱を引っ張り下ろす。腰にずしんと負担が来た。平静を装ってどうにか抱え直し、振り向くと須藤深雪はまた、腕をだらんと下げてうつむいている。ねえ、と荒くなりそうになった声を、ぐっと抑えた。

「しょうがないって。環ちゃんもさ、ピリピリしてんのよ」

つむじしか見えなかった須藤深雪の頭が、少し持ち上がった。前髪からかろうじて目が覗いた一瞬の隙を縫って、すかさずその両腕にひときわ重い箱を押し込む。

「環ちゃん、首席で入庁試験に合格したエリートでね。最初は人事課にいたの。出世街道まっしぐらってやつ？　でもなんの因果か、たった一年半でうちに飛ばされてきたのよ。欠員が出たからしょうがないっちゃしょうがないんだけど、普通なら職員って最低三年はひとつの部署にいるもんなのに。ま、あっちでいろいろあったんじゃない？　だからさ、早くエリートコースに戻りたくて必死なわけ」

原因になったのが染川裕未であることも言いかけてから、そういえば仲いいんだっけ、と気がついてやめた。

「若いわよねえ。この時代、出世したところでなんにもいいことないのに。上からは責任押しつけられて下からは突き上げ食らって、板挟みで死んじゃうのがオチなんだから。できることだけやって適当に生き延びるほうが賢いのに、それがわかんないのよね」

「……死んじゃう、って」

「あーいや、なんでもない。比喩よ、比喩」

やっぱり、ここにいると調子が狂う。

「話が逸れちゃった。つまりね、こっちは大人なんだから広い心で見てあげなきゃ。ちょっと強く当たられてもすみませーんって言っときゃいいのよ。さ、仕事に戻りましょ」

棚のほうに向き直り、はいっ、と手まで叩いてみせたのに、須藤深雪は物音ひとつ立てなかった。なにか言うでもなければ、作業を再開するでもない。まだ足りないんだろうか。こんな単純な理屈のいったいどこに、そこまで考えることがあるんだろう。

そもそもなんで、仕事のできないアルバイトひとりを相手にこうも必死にならなければいけないんだろう。

だれかをこんなふうに説得しようとしたのは、いつ以来だろう。

「田邊さん、ありがとうございます」

一ミリも想定になかった返事だった。

振り向いて、今度はこっちが硬直してしまった。枯れかけの植物みたいにうつむいていたはずの須藤深雪は、いつしか水を得て太陽を仰ぐように、まだ充血の痕が残る目をきらきらさせながら首をもたげていた。

「……はい？」

「慰めてくださって。すごく、嬉しいです」

「や、そんなつもりじゃないけど。事実を言っただけだってば」

「はい。本当に、ありがとうございます」

通じない。なにがそこまで琴線に触れたのか、意味不明だ。

須藤深雪は深々とお辞儀をして、重い箱を抱えたまま、さっきまでの陰気さが嘘のようにちょこちょこと走っていく。その背中を見ながら頭に流れたのは、今度はドナドナではなく「天国と地獄」だった。律子が幼稚園のとき応援に行った運動会で、つたない足取りながら懸命にリレーに挑む姿を思い出したせいかもしれない。

「急ぐと転ぶわよー」

とっさにかけた声まで、寒々しい書庫の中でやけに慈悲深く響いた。

常日頃から、娘にこんな声音で呼びかけていたんだろうか。妙に気恥ずかしくなって、だれも見ていないのに腕を組んで首を捻《ひね》ってしまう。あーあ、懐かれちゃった。たまにいるのよね、こっちはなにも考えてないのに、必要以上に好意的に捉えて大袈裟《おおげさ》に喜ぶ人。ポジティブな分には構わないけど、勝手に期待してあとで失望するのは勘弁してほしい。

そうでないなら、悪い気はしないけど。

――ありがとう。優しいんだね。

須藤深雪はなかなか戻ってこない。憂いが晴れて体が軽くなってもマイペースぶりは変わらないらしい。やれやれ、と脚立のてっぺんに座り、その場で足を組んだ。

コンクリート打ちっぱなしの空間に、スチール製の無骨な書架。みっしりと立ち並ぶ資料入りの箱、その表面におのおの異なる筆跡で書かれた、差押とか処分停止とか滞納記録とかいう景気の悪い文言の羅列。いまにも切れそうに時折点滅する蛍光灯。いったん閉じたら内側からは二度と出られない棺桶《かんおけ》みたいな扉。ボイラーだか空調だかの運転音が妙な具合にごうんごうんと反響し、おかげで黙っていると耳鳴りがしてくる。

こんなところに望んで足を運ぶ気持ちなんて、ちっとも理解できない。

ふと、気配を感じて振り返った。

もちろんすぐ後ろは棚だから、視界に入るのは味気ない段ボール箱だけだ。差押調書、平成十七年度、保存期間は十五年。公的文書の保存期間はすべて法規で定められている。十五年はその中でも最長とされる年数だった。それでも、たった十五年。

あの子の手が直接触れたものは、もう、どこにも残っていない。

ここに配属されたときの彼女はちょうど、中沢環や染川裕未と同じくらいの年齢だった——あるいは、いまの律子とも。

ごうんごうん、に紛れて、ぺたぺたと扁平《へんぺい》気味な須藤深雪の足音が近づいてきた。


律子に電話をかけると、慣れ親しんだ電子音の代わりに音楽が流れだす。

CMにも使われていた若いロックバンドの曲で、世界中のみんながだれかの大切な人だ、君だって例外じゃない、という、よくある人間賛歌だった。待つ側を退屈させないためのサービスなのかもしれないが、だれに向けた配慮なのかいまだにわからない。好きな曲をかけたところで聴くのは自分ではないのだ。用件によっては相手の気分を逆撫でするかもしれないし、真面目に耳を傾けてみてもだいたいこうして中途半端に切れてしまう。

——お母さんからかけてくるなんて、珍しいね。

「まあ、ちょっとね。迷惑だった？」

声こそ少しくたびれていたものの、ううん、という返事に嘘はなさそうだった。

「いま帰ったところ？」

——うん。保育園の新年会の準備で。

「慌ただしいのね。昔は年明け早々なんて、仕事にもならなかったのに」

——時代が違うからね。

「お母さんが若いころなんか、女の子はみんな振袖で出勤するのがお決まりだったのよ。動きづらいし汚しちゃいけないから、ほとんどいるだけが仕事って感じだった」

うわあ、と律子は珍しく、虫のついた食べ物でも口にしたような声を上げた。

——そんなことまでさせられてたんだ。だれも反対する人いなかったの？

「……いなかったわけじゃないけど……」

予想とは違う反応に、言葉を濁す。実際に当時は面倒だと感じたこともあったにもかかわらず、こうあからさまに嫌悪を示されるとどこかむきになるような、庇い立てしなくてはいけないような気がした。それも「働かなくていい」以外の角度から。

「お母さんの友達に、すごくきれいな子がいてね。それこそアイドルみたいな。この子が着飾ったらどんなに素敵かって、想像するだけでみんながわくわくしたくらい」

へぇ、と答えた口調は平坦で、そんなふうに思わせるその子がどれほど美しかったか、微塵《みじん》も興味がなさそうだった。こっちはいくらでも語る準備ができているのに。暗闇から仰ぐ北極星のような光をたたえる黒目、息をするときさえ周囲を気遣ってきたようなつつましい鼻と唇、霧越しに垣間見《かいまみ》る薔薇《ばら》のような頰の血色。そこに左右対称に浮かぶ、指先をそっと置きたくなる愛らしいえくぼ。

――悪いけど、仕事しなきゃいけないから。用がないなら切っていい？

気がつけば律子は、最初に電話に出たときほど嬉しそうではなくなっていた。

「仕事？　帰ってきたんじゃなかったの」

――持ち帰りの分があるから。

「そんなに忙しいの？　お正月くらいは戻ってこられるのよね？」

――たぶん……。

「たぶんって。年末年始も休めないの？」

――どこもそういうものだから。……わたしの後輩なんて、いま、もっと大変だし。

出た、と思ったときには、テレビのリモコンを摑んでいた。

ようやく饒舌《じょうぜつ》にしゃべりだしたと思ったら、律子はやっぱり自分を二の次にしてその後輩の話ばかりだった。板挟みの毎日に、どうやら彼女は本格的に滅入ってきている。効率を重視すれば心がないと叱られ、ひとりひとりに気を配ろうとすれば手落ちが生じて責められる。苦情が苦情を呼び、仕事が滞って職場全体の空気まで重くなり、いまや上司や先輩たちからも冷遇を受けている。

どこかで見聞きしたような、おそらく実際に、どこにでもある話だった。

――最近では受け持ってる子供の顔が、その母親の顔に見えるらしいの。

「そりゃ、さぞ憎らしくなるでしょうね。子供に罪はないけど」

必要以上に感情移入しているせいか、娘の語り口には妙な臨場感がある。おかげでこちらまでだんだんと気がふさいできた。テレビに目をやると、討論番組で若者に説教をしていた例の男性タレントがきょうも映っていた。今度は健康番組の司会をしているようで、大騒ぎするひな壇の有名人たちに向かい『ちゃんと聞け!』と拳を振り上げている。

――ねえ、ちゃんと聞いてる?

「聞いてるわよ」

――じゃあ、どうしたらいいかもっと真面目に考えてよ。

「そう言われても……現にあんたは、同じ職場でしっかりやってるわけだから」

──関係ないよ。いまはよくても、これからなにが起こるかなんてわからないじゃない。いつ、わたしがその子の立場になってもおかしくないんだよ。

いつも聞き分けのよかった娘がこんなふうに絡んできたことが、かつて一度だけある。彼女が高校生のとき、夕食時にテレビをつけたらいじめを苦に自殺した子供のニュースが流れた。それを見た夫が眉をひそめ、死ぬ気になればなんでもできたのにバカなことを、とか、母親はなにやってたんだ、とか、とにかくそういうありふれた感想をつぶやいた。深く考えずに出たらしい言葉をこちらも深く考えないうちに流そうとしたところで、それまで反抗期もなかった律子がテーブルを叩き、わたしがその子の立場でも同じ態度がとれるの、と叫んで部屋にこもってしまったのだ。不機嫌になる夫をなだめ、なんとか娘を説得して謝らせるのにかなり苦労した覚えがある。

──ねえ、お母さん。もし、わたしがその子と同じ目に遭ったらどうするの？

しだいに、律子にこれほど心を痛めさせる後輩とやらに腹が立ってきた。娘がこんなに親身になってあげているのに、なにをそれに甘えて悪いほうへ悪いほうへと落ちていくんだろう。同じ職場にいる娘にも苦労がないわけではないだろうに、自分だけがかわいそうだとでも？

そういえば、染川裕未もそんなふうだった。こちらがいくら彼女の深刻な形相《ぎょうそう》を笑い飛ばし、真面目になりすぎないよう諭し、悩みを共有できる仲間に引き入れてやろうとしても、勝手にどんどん心を閉ざして、しまいにはあの体たらくだ。

画面に男性タレントの顔がアップで映された。テロップが表示される――「おまえら空気を読め！」。彼が定職のない若者たち、自分より弱い相手に誇らしげにのたまった言葉が急に頭をよぎった。生んでくれた親の気持ち、ちょっとは考えたらどうなんだよ。

「……お母さんは、あんたさえ無事なら他なんかどうでもいいわ」

返事はない。

「だいたいそんなに悪いことばっかり言われたり起こったりするなんて、その子にもなにかしら落ち度はあるんじゃないの？」

テレビの刺激を遮るために目を閉じ、聴覚だけに集中する。だが、そうしていると今度は染川裕未と一緒に中沢環の顔まで浮かんできた。まるで似ていない彼女たちには、娘と同い年という以外にも共通点がひとつある。ふたりとも初対面のとき、こちらが「じゃあ、うちのお嬢と同い年だわ」と言ったとたんに緊張気味だった表情をほっと緩めた。なんだ、それならわたしにも好意を持ってもらって当然ですね、あなたたち母親ってそういう生き物なんでしょ、とでも言いたげに。

——ごめん。もう切るね。

ほどなく律子はつぶやき、間を置かずそのとおりにした。

静かさに耐えかねて、テレビのボリュームを上げる。気分転換にチャンネルを変え、あの子に似ていた元アイドルの姿を探してみるが、きょうはどの番組にも出演していないようだった。そういえば女性タレントはあまり司会をしないな、と思う。単純に技量の問題だろうか。それとも、てきぱきと場をまとめたり鋭く切り込んだり、そもそもそういう役割自体が求められないんだろうか。

そんなふうに考えてから、これはいかにもあの女が言いそうなことだ、と気がついてぎょっとした。さっき、嫌な記憶を思い出したせいかもしれない。腹立ちまぎれにテレビの電源を切ってみても、いったん蘇った苦い後味を消すのはそれほど簡単ではなかった。

——お楽しみのところ申し訳ないけれど、ちょうどそのことで話があるの。

あの女がそう声をかけてきた瞬間を、いまも鮮明に覚えている。

わたしはいつもの友達といつものように食堂で顔を合わせ、まさしく御用始めの日に着る振袖について話し合っていた。面倒ね、早起き嫌ね、なんて口では言いながらもみんなどことなく浮ついていて、その華やいだ空気に呑まれたのか、いつもは文句ばかりの秀才女史もさすがに沈黙を保っていた。そして隣には、わたしが仲間に引っ張り込んだおかげですっかり打ち解けた、あの子がいた。

――みんなのきれいな姿、楽しみね。

無邪気に言う笑顔を見て、こっちの台詞だ、と思った。庁内の男たちもみんなこの子に同じ期待を抱いているんだろう、日頃の頑張りに免じて、彼らにもそれくらいのご褒美は与えてやっても構わない。そう、当然の権利のごとく内心で許可を与えたとき、水を差すどころかドライアイスをぶっかけるような冷たい声が降ってきた。

――御用始めの振袖着用の廃止について、署名に協力してほしいの。時代錯誤の悪習を断ち切るには、ひとりでも多くの同志との団結が必要です。

眼鏡をかけた地味な印象の彼女は、それまでろくにわたしたち同期と交流を持ったことがなかった。にもかかわらず、あまりよくない意味でちょっとした有名人だった。当時、庁内にはいわゆるウーマンリブ活動に熱心な派閥があり、入庁式のときからその他の組合に混じってビラを配り、廊下に「勉強会」の連絡を貼り出し、退庁時に若い女性職員を捕まえてかきくどいていた。たいていは鬼気迫る形相のおばさんで、もちろん大半の子から敬遠されていたけど、まんまと感化されてしまった子もいるらしいと噂に聞いてはいた。

――他の同期にはあらかた声をかけ終わって、あなたたちが最後なの。

だからわたしたちに重大な責任があるのだと言わんばかりの、意味深な口調だった。

渡された「女性差別を助長する和装義務の撤廃を」と題されたビラを読むふりをしながら、わたしたちはこっそりと目配せを交わし合った。どうする？　面倒ねぇ、とりあえず昼休みが終わるまで逃げ切りましょう。ちょっと、だれかなんとかしてよ。

わたしはさりげなく顔を上げ、いつも不満げな態度だった秀才の同期を見つめた。

実際、どう考えても適任だったはずだ。彼女が和装の義務を快く思っていないことは明白だったし、むしろなぜすぐに発言しないのか不思議なくらいだった。他の子も自然とわたしに倣い、雰囲気を察したのか、本人も気まずそうにみんなを見回した。やれやれ、これであとは志の高い者同士に任せられる。そう、だれもが安心しかけた矢先だった。

――ここまで言う必要はないんじゃない？

声を上げてその場の視線を集めたのは、よりによって、あの子だった。

まだ同期の集まりに参加して日が浅いから、まともに対応すべき相手とそうでない相手の区別ができなかったのだろう。あの子はわざわざ立ち上がって渡されたビラを指さしつつ、いつもどおりの無邪気な口調で意見を述べた。

——特にこの部分がね、怒りすぎな気がする。ええと……「これを黙認するのは、女性差別に加担していることに他なりません」……わたしもそうだけど、ほとんどの人は目の前の生活に精一杯で、社会問題とかそういうことを深く考える時間がないんだと思う。だから、いきなりこんなふうに犯人扱いされたらびっくりするんじゃないかな。

わたしたちは固唾《かたず》を呑んで見守ることしかできず、黙って耳を傾ける相手の感情は、光を反射する眼鏡に遮られて読めなかった。

——着るかどうかは自由にさせてほしい、くらいから始めたらどう?

——なるほどね。わかりました。

意外と素直な返事に、思わず拍子抜けした。

わたしを含めた何人かは、おそらくあのとき、北風と太陽の童話を思い出したことだろう。やはり彼女の笑顔には、どんなに頑なになった心も和ませる魔法の力がある。最初はどうなることかと心配したが、平和な解決のためには頭でっかちの秀才よりもむしろ、彼女のほうが適任だったのかもしれない。

ほっと胸をなでおろし、なにか援護する相槌を打とうと顔を上げかけたとき、わたしはようやく、眼鏡の光で隠れていたあの女の表情に気がついた。

――で、晴れ着姿でホステスよろしくちやほやされるあなたを後目《しりめ》に、平服のわたしたちが「あの子を見習いなさい」と言われてなしくずしになるわけね。

あなた、という呼び方だった。あなたたち、ではなく。

――ニコニコ笑ってだれにでもできることをやって、あなたは満足かもしれない。でも、たとえば十年後、二十年後はどうするつもり？　いまみたいに若くも美しくもなくなっても、同じようにだれかに縋《すが》っていればそれで済むと思うの？　この時代に生きるひとりの女性として、これを機に考え方を改めてもいいんじゃないかしら。

練習してきたような怒濤《どとう》の弁舌だった。実際、練習してきていたのかもしれない。それは正論で、正論だからこそ、わたしたちに逃げ道は残されていなかった。ただ自分のコートだけでもしっかりと押さえて、巻き込まれないよう身を固くしてやり過ごすしかできなかった。

――それに、こちらも困るのよ。あの子を見習って丁寧にお茶を淹れなさい、花くらいは持ってきなさいって、いちいちあなたが職場に持ち込む旧式な価値観を押しつけられるのは。口に出さないだけで、本当はみんな、そう思っているはずよ。

あの子がさっと振り向いたのがわかったけど、だれも声を上げなかった。

わたしはなぜか、大粒のダイヤモンドが粉々に砕け散る様子をスローモーションで想像していた。あの子がどんな顔をしているか、怖くてとても見られなかった。でも、本当に怖かったのは友達が傷ついていること自体じゃなくて、あの子の魔法が失われていくのを肌で感じることだった。

――お邪魔してごめんなさい。もちろん無理強いはしないわ。協力してくれる方だけ、連絡してちょうだい。わたし、堀といいます。


睡眠にも体力が要ると知ったのは、四十を超えたころだ。

夜になったら眠る。そんな当然の行為にさえ疲れている自分に気がついたときには愕然としたものの、初めての白髪や頬に浮かんだシミと同じようにいつしか現実を受け入れ、すっかり機械的に乗り切れるようになった。無理に眠ろうとすると気ばかり急《せ》いて逆効果なので、そういうときは布団に入ったまま、音楽を聴いたり本を読んだりする。スマホで動画配信サービスを見ることもある。かつて律子にそう伝えたところ、お母さんにそんないまどきのことできるの、と声をひっくり返していた。いまどきのこと。つまり彼女くらいの世代は、こちらを「いまの人間」とは思っていないのかもしれない。

　動画アプリを開き、検索欄に例の女性タレントの名前を入れてみる。

　上位に表示されたのは、テレビ番組の無断転載だった。大きく口を開けて叫び出す直前のような鬼婆《おにばば》じみたキャプチャ画像は、投稿者が意図して選んだのだろう。どれも「またお騒がせ発言！」とか「離婚の真相をぶっちゃけ」とかいうどぎつい題名がついている。当時彼女がＣＭに出ていた商品、レコードのタイトル、歌詞のフレーズ、そういったうろ覚えの検索ワードを何回か追加してみて、ようやく古い歌番組の映像が見つかった。

　まず目についたのは、黒々とした太い眉。いまなら中学生だってこんなに生やしっぱなしにはしない。頭のてっぺんに大きなリボンをつけてすだれ状に前髪を下ろし、肩のいかつい赤いワンピースを着て、棒読みで歌いながらぎこちなくステップを踏んでいる。実力にはまあ目をつぶるとしても、その姿はお世辞にも洗練されているとは言いがたい。自分もこんな化粧や髪型だったのか、それで胸を張っていたのかと思うと恥ずかしくすらなる。

　ただ、それでも。時代遅れの化粧で、時代遅れの髪型で、時代遅れの衣装で、時代遅れの歌を歌って踊るあの子にそっくりのアイドルは、いま見ても、とてもかわいい。

でも「いま」を生きる、少なくともそう自負して高みから見物を決め込む連中に、きっとこの輝きは永遠に届かないだろう。

須藤深雪はもたもたと手を動かし、入力済みの資料を箱に詰め直している。出したものを戻す、そんな単純そうなことに苦戦する様子を、中沢環が横目で一瞥したのがわかった。

「ちょい待ち。それさ、コツがいるのよ」

ぎっちり箱詰めされたまま時が経った資料は、いったん外に出すと無理な圧力から解放されて少し膨らむ。結果、収まっていたはずの場所にうまく戻らなくなることがよくあるのだ。だれにでもできる仕事とはいえ、それでも傍《はた》で見ているだけよりはいろいろと気を遣う。

「……はい。これでこの年度分の入力は終わり？　早いじゃないの」

「ありがとうございます。ちょっと、慣れてきました」

おや、と思った。珍しく自信ありげな発言。でもたしかに、半日以上かかるだろうと見込んでいたデータ入力は昼休みまでかなりの余裕を残して終わっていた。

「田邊さんの、おかげです」

「そんなことないけど。じゃ、午後に入力する資料を持ってきてくれる？」

わかりました、と微笑んだ須藤深雪の目尻は火であぶったチーズみたいにとろんと下がり、心なしか血色もいい。カートを押していく背中をなんとなく眺めていると、いつのまにか中沢環が横に立っていた。

「……須藤さん、元気そうですね」

「年末も近いからねぇ。環ちゃんは、お休みどうするの？」

「実家にいても暇なので、友達と旅行でもしようかと思います。久々にスノボとか」

「あら楽しそう。親御さんは寂しいかもしれないけど」

「いいんです、妹が家にいるはずなので」

「それとこれとは別でしょー」

「……そうでしょうか」

ピンポン玉がいきなり硬球にすり替わったみたいに、返事が重くなった。

「どんな子供でも、母親だったら平等にかわいいものですか？」

「……そりゃそうでしょ。ましてや、環ちゃんみたいに優秀なお嬢さんなら」

中沢環は愛想笑いを浮かべたものの、こちらの返事に納得したふうではなかった。なにが不満なのかわからない。これ以上の答えがあるなら逆に教えてほしいくらいだ。

「どうしたの、急に。親御さんと喧嘩でもした？」

「いいえ。あの……友達が最近、そういうことで悩んでるみたいで」

「あ、そう」

首席の頭脳はどこへ行ったのかと言いたくなる。友達がね、や、知り合いの話だけど、を前置きに始まる妙に重たい相談や告白は、だいたい本人のことと相場が決まっている。自分の体裁を守りながらも相手の本音だけを引き出す、女同士の常套手段。

「田邊さんは、手がかかる子とかからなすぎる子、選ぶならどっちにしますか？」

当然のように人を試す権利が自分にあると思うのも、若さだろうか。

中沢環に限らず、若い人はたまにこういうことをする。協力して会話のラリーを続けていると見せかけて、いきなり鉛の塊でも打ち込んでくるような。つるつるに磨かれたその表面に映るものは、ありのままの姿のようでどこか歪んでいる。ねえ教えてよ、あなたはわたしの欲しい答えを知っているんでしょ、わたしには見えないものが、あなたには見えているんでしょ。だってあなたは、母親という生き物なんだから。

答えてよ、お母さん。

「……どっちだっていいわよ。生きてりゃ、それで」

見開かれた中沢環の目に映る、自分の顔から視線を逸らした。

「ま、うちのお嬢なんて環ちゃんと違って出来が悪いから。高望みするのもばかばかしいしねー。うちの子だから当たり前だけど！」

なにがあったか知らないけど、そういうのはそっちの親に頼んでよ。こっちは自分の娘だけで手一杯なんだから。

まだもの言いたげな中沢環を振り切り、トイレに向かった。総務担当の脇を通ると染川裕未は不在で、堀主任がみずから電話を受けている。そういえば染川裕未もきょうは妙に元気で、コピー機の順番待ちで彼女の背後に立ったとき、小声ながらもたしかに鼻歌が聞こえてきて耳を疑った。いつも陰気な須藤深雪や染川裕未が上機嫌で、きびきびした中沢環がふいに笑顔の仮面を外す。若い人たちはみんな、長い休みを目前にして気もそぞろなのかもしれない。

律子はいつ、うちに戻ってくるんだろう。具体的な答えは、結局聞けていない。

「……田邊さん！」

トイレの手前で呼ばれて振り向くと、地下書庫に行ったはずの須藤深雪がいた。抱きつかんばかりの勢いで駆け寄ってくる様子は、さっきまでとは一転していた。いまにも震えだしそうなくらい青ざめ、表情もすっかり強張っている。再冷凍したみたい、と思った。いったん解凍してからまた冷凍した肉や魚は、どんなにもったいなくても食べられたものじゃない。見た目は黒ずみ味も食感もボロボロで、おまけに腐りやすくなる。

「あの……鍵が、なくて」

「鍵？　なんて？」

ほとんど無声音だったせいか、とっさに聞き取れなかった。

「ポケットに、入れておいたのに、いつのまにか……あの」

「……もしかして、書庫の鍵？」

そんなわけがないという希望も込めてわざわざ確認したけど、残念ながら裏切られた。須藤深雪は乱暴に揺さぶられたようにぐらぐらと、薬局やケーキ屋の前にある頭の動く人形を思わせるぎこちなさで何度もうなずいた。

「そんなことってある？　手品じゃあるまいし、なんでポケットに入れといたものが消えてなくなるのよ」

須藤深雪が手をポケットに突っ込む。彼女がいつも穿《は》いている野暮ったいスカートに、そんなものがついていたことすらこれまで知らなかった。中からはもちろんビスケットも花束も出てこなくて、代わりに震えながら布地が握られていた――ひと目でわかるほど、大きな穴が空いた布地が。

天を仰いでしまった。ポケットを破るなんてやんちゃな真似、小さいころの律子でさえ一度もしたことがない。

「書庫の扉は？」

「開けてあります……カートで押さえて」

ひとまずほっとした。この子にしては上出来だ。あの扉はいったん閉じると自動的に施錠され、外側からも内側からも鍵がないと開けられなくなる。つまり鍵が書庫の中にある場合、扉を閉じたら終わりなのだ。

「どう、しましょう」

「どうって総務に言うしかないでしょ」

水銀の体温計をひっくり返したように、須藤深雪の頬からますます血の気が引いた。

「鍵を……借りるとき、注意されたんです」

「だれに。なんて」

「古い、タイプの鍵と、錠で……作り直しが、難しいって。なくしたら、まるごと交換になるかもしれなくて、いくらかかるか、わからないって……あの」

「……あー。はいはい、わかった」

だれに、のほうは聞くまでもない。

後ろから足音がして、須藤深雪が文字どおり飛び上がりながら振り返った。喫煙所に行くらしい男性職員が、うろんげな顔でこちらを眺めつつすれ違っていく。こうも露骨だとやましいことがありますと吹聴《ふいちょう》しているようなものだ。ひとまずトイレに入ることにして、突っ立っている彼女を目で促す。

「とりあえず、環ちゃんに相談してみたら？」

「……あの、中沢さんには……きのうのきょうで、迷惑かけちゃいけないと思って」

「迷惑っていうかさぁ……」

磁石で貼りつけたように頑なにうつむく姿を見ていると、難癖のひとつもつけたくなる。きのうのきょうで迷惑かけちゃいけない。それ、こっちには迷惑をかけてもいいって意味？　前回の迷惑から何日経てばもう時効っていったいだれが決めるの？　警察、裁判官、神様、それとも、あなた様？

「こんなに、何回も、言われたそばから、失敗してしまって……情けないです。わたし、わたし……クビでしょうか。やっぱり、わたしなんかが働くなんて、無理だったんでしょうか」

――目の前の相手が、自分の大切な人だったら。

律子の言葉を思い出し、あやうく出かけた皮肉をぐっと喉の奥へと押し込んだ。

「落ち着きなって。堀さんにどれだけ脅かされたか知らないけど、そんな深刻な話じゃないでしょ。あの人いっつも一円単位に目くじら立ててるせいで、言うことなすこと全部がこけおどしみたいなもんなんだからさぁ。それに、どうしても怖いんだったら怖くない人に相談すればいいじゃない？」

「……どういうことですか？」

廊下の向こうから、またたれかが歩いてくるのが見えた。女子トイレのドアを半開きにしてもう一度目配せをしたが、察しの悪い須藤深雪は動かない。業を煮やして手首を引っ張ると、はっと悲鳴じみた調子で息を呑まれた。

こんなふうに強引に人の手を取ったのは、娘が幼稚園に通っていたとき以来だ。昼寝の時間中、律子に当時患っていた喘息の発作が起きた。ちゃんと担任に薬を預けていたにもかかわらず、まだ若い彼女は別の子のトイレの世話にかかりきりで、見回りに行った園長が異変に気づいたときにはもう、救急車が呼ばれるほどの重症になっていた。こちらが病院からの連絡で駆けつけるころにはどうにか容態は落ち着いていたものの、さすがに腹に据えかね、制止する医者や園長を振り切ってその担任を問い詰めた。すると、それまでベッドで横になっていた律子が静かに起きてきて、青ざめる彼女に寄り添い、そっと手を握った。

次の瞬間、考える前に娘の腕を摑んで膝元に引き戻していた。

――ママ、なんでせんせいをいじめたの？

女学生のようで頼りなくて危なっかしい、とかねてから疑っていたその担任は、直後に園から姿を消した。それを知ってべそを搔きながら言う律子に、自分がなんと答えたかまでよく覚えている。

「だーかーら。そんなの、裕未ちゃんに任せればいいじゃん」

「……でも。染川さんも、大変そうですから」

「大変なことあるもんですか、それくらいやってもらわなきゃ。残ったうちらに全部おっ被せて、こんな仕事できなーい、って逃げ出したんだから。なあに、知らないの？　もともとあの子、うちの担当にいたのよ。大学出てすぐ新卒で配属になったの。なのにすぐ使い物になんなくなって、環ちゃんが一年半で引っ張られてきたってわけ」

あのね、優しいのは悪いことじゃないけど、それで自分が危ない目に遭ったら意味がないでしょ？　そしてママはね、りっちゃんがつらい目に遭うのが、自分がつらい目に遭うよりもずっと嫌なの。これはりっちゃんのためなのよ。

「だからさ、大丈夫。うちの担当からどうしてもって言えば断れやしないよ。ここじゃ働けなーいって総務に移ったんだもん、埋め合わせしてもらわないと損だってば」

昼休みのチャイムが鳴った。

須藤深雪がなにか反応する前に、奥の個室がすうっと開いた。そこが塞がっていたことにさえ気がつかなかったのに、話を聞かれていた事実に動揺は感じなかった。ましてや現れたのが当の染川裕未という展開に至っては、あまりにできすぎていて笑ってしまった。上等だ。神様かだれか知らないが、お望みなら演じ切ってやる。陰口が大好きで底意地の悪い、面の皮の厚いおばさん。若い観客が生卵や腐ったトマトをぶつけるために存在するような、そういう役には慣れている。

「あらー、ちょうどよかった。ねえ裕未ちゃん、こっちの新入りちゃんがさ、お困りみたいなのよ。ちょっと堀さんに内緒で、話だけでも聞いてやってくんない？」

「わかりました。後ほど伺《うかが》います」

社会人としては冴《さ》えなくても、相手役としての染川裕未は優秀だった。いつものおどおどした態度や卑屈な愛想笑いはなりをひそめ、青ざめた若い肌は感情を見事に覆い隠している。会釈しながら出て行く間際、彼女が横目で一瞥したのは須藤深雪のほうで、そのときだけは冷ややかな軽蔑を隠そうともしなかった。

「よかったわね。聞いてくれるって」

須藤深雪は目を瞠《みは》り、こちらを見つめている。その表情はさっき、一瞬だけ彼女自身が染川裕未から向けられたものにそっくりだった。自分のところに流れ込んできた汚い水を、そのまま垂れ流しているように。

「裕未ちゃん、また泣いてたのかしら」

なにか言われる前に、彼女が入っていた個室のドアを指さした。

「うちにいたときからそうだったの。お客さんに怒られるたびにすーっといなくなって、そこの個室にこもってさ。そのぶん代わりに仕事するのはこっちよ。もちろん迷惑とまでは言わないけど、少しくらい、できることで返してくれてもよくない？」

返事はないが、視線も逸れない。言いたいことがあるなら言えばいいのに。

励まそうが慰めようが聞く耳を持たない染川裕未に、途方に暮れたのはこっちだ。本来ならパートがやらなくてもいい仕事まで大量に回されて、一時的な措置だと聞かされていたけど案の定、後任の中沢環が来てからも配分は結局そのままだった。でもしょうがない、染川裕未は病気だったから。人よりずっと繊細で脆《もろ》い、そういう生き物だったから。そう自分に言い聞かせて、現実を受け止めた。

困った人には優しく、弱者には救いの手を、できることは補い合って。

その美しい言葉によくよく耳を澄ませてみれば、だからよろしく、と無責任にだれかの肩を叩く音が後ろで響いている。

「こんなとこで泣くなんて、要は見つけてほしいからでしょ。現に噂になってたし。ほんとにばれたくないなら、家でこっそり泣けばいいじゃない」

「家で泣きたくても、泣けない人もいます」

そこだけは、妙にはっきりした調子だった。ついさっきまで寄りかからんばかりにこちらに重心を傾けていた須藤深雪は、いまや決闘でも挑むように、対面に移動していた。

「そう？　ま、別にこっちは構わないんだけどさ。環ちゃん、かわいそうね」

「……え」

「だってあなた、環ちゃんのこと教えたときはそんな態度じゃなかったじゃない」

ダイヤモンドには一点だけ、撃てば粉々に崩れるという急所があるらしい。もともとわかりやすい須藤深雪の急所がどこにあるかなんて手に取るようにわかったし、そこをあやまたずに狙い撃つことにも、まるで躊躇《ちゅうちょ》はなかった。

「あのときはお礼までしたくせに、裕未ちゃんだと怒るの？　なんで？　裕未ちゃんとは仲良しで環ちゃんは意地悪だから？　環ちゃんは裕未ちゃんみたいに見える場所で泣いてないから？　だから大丈夫ってなんであなたが決めるの？　それとも自分に優しくしてくれる人が傷つかなければ、あとはどうなったって知ったこっちゃないってこと?」

須藤深雪の手を両手で握ってやると、案の定、氷みたいに冷たかった。

「かわいそうで大変なのは自分と自分の好きな人だけ、って、まあ普通、そう思いたいもんだけどさ。わたしだけは例外、みんな大好きです、みたいな顔しておいていきなり手のひら返すなんて、そういうのってずるくない? たまには、そうねたとえば、だーれも労《ねぎら》ってくれないかわいそうなおばちゃんにも親切にしてよぉ」

ありがとう。優しいんだね。

こんなふうに手を取りながら、そう微笑まれた日を思い出す。

優しくなんかない。ずっと自分のことしか考えてこなかったし、別にそれを隠そうともしなかった。だからこそ、こうして恥の多い人生を生き残ってこられたのだ。どうでもいいことで必要以上に喜んで、勝手に期待しておいて、あとから勝手に失望したと訴えられたって困る。裏切られたと言いたいのは、こっちのほうだ。

トイレから出ようと手を放しても、須藤深雪は棒立ちのままついてこない。もしかしていまから泣くの、と皮肉りたくなったけど、さすがにできなかった。ただ、いまさらフォローする気にもなれなかった。もともとこれまでが行き過ぎていたのだ。

身の丈に合わない期待なんて、引き受けるべきじゃなかった。

一度の失敗で懲りないなんて、本当に、愚かだった。

和装廃止の署名活動の成果は、御用始め当日の光景を見れば明らかだった。

色とりどりの振袖を着た若い女たちが味気ないオフィスや廊下を行き交う非日常感は、年末年始の長い休みが終わった憂鬱を多少なりとも忘れさせた。わたしたち着用する側としても、立てば「座ってていいよ」と言われ、座れば褒めそやされ、歩けば振り向かれるのだから、着付けの苦労を差し引いても悪い気はしなかった。

ただ、そんなふうにやに下がり、一部の平服派を「あの顔じゃなに着ても一緒だから」なんて笑っていた男たちも、自分たちのアイドルが初めてパンツスーツで現れたのを目にしたときだけは、こぞって変な顔で沈黙した。

雑巾の絞り汁でも飲んだようなその様子を見て、わたしはやっと「ウーマンリブ女」の真の狙いに気がついた。あいつらブスだから、ババアだから、悔しまぎれにあんなことを言うのさ、と笑い飛ばされないために、あの子は利用されたのだ。

昼休みが終わるタイミングを見計らい、わたしはあの子と出会った給湯室に久しぶりに足を運んだ。案の定、ちょうどあの子はお茶を淹れ終えたところで、着物姿のわたしに気づくといたたまれなそうに、あるいは嫌なものを目にしたと言わんばかりに、顔を伏せた。お茶はすべて同じ見た目で、いちいち渡す相手のことを思いやりながら淹れたとはとても思えなかった。

——本当によかったの？　振袖、楽しみにしてたのに。

彼女はさっと顔を上げ、やめてよ、と初めて聞くきつい声で言った。わたしはひっぱたかれたように息を呑み、そして、とっさに口を滑らせた。

——ご立派ね。あんたと違って男のために着飾るような尻軽じゃないわって？

それからは、一度もまともに顔を合わせなかった。わたしが相変わらず食堂で昼休みを過ごすあいだ、彼女は有志の勉強会や署名運動に精を出していたらしい。

あの子の次の異動先が地方の県税事務所だと判明したとき、仲間内ではきっと厄介払いだともっぱらの噂になった。あの魔法の笑顔と取り立てのイメージはまるで結びつかず、理解不能な前衛芸術みたいに不安を掻き立てたけれど、平気よ、なにせウーマンリブだもの、とみんなが笑い飛ばしたのでわたしもそう思っておくことにした。

それにわたし自身、すぐにそれどころじゃなくなった。二十五歳、当時としては決して早くない年齢で親に勧められた相手と結婚し、その年のうちに妊娠して産休に入った。娘が産まれてからは前日の記憶もなくなるほど目まぐるしく時が過ぎ、あっというまにあの子の存在など、頭の片隅にも上らなくなった。

耳元で能天気な音楽が鳴り続けている。

娘からの不在着信には、退勤間際に気がついた。一度ならず二度、どちらも中途半端な時刻だった。十四時二十四分と、十六時四分。胸騒ぎを覚えて定時ぴったりに席を立ち、裏口脇にある人気のない駐輪場から折り返しても律子は出なかった。

普段ならあきらめて電話を切り、また連絡して、とメールでも送って終わるところだ。それなのに真冬の屋外に立ちっぱなしで待ってしまうのは、繰り返される音楽のせいかもしれない。だれのためかわからなかったこのサービスは、もしかして、こういうときのために始まったんだろうか――たとえ電話に出なくても、待ち続けてもらえるように？

「……お取り込み中、申し訳ないけれど」

お互いあれから相応に老けたはずなのに、この声はずっと変わらない。人の気持ちに水を差すどころか、ドライアイスをぶっかけるような。

スマホを持ったまま目で訴えたものの、堀主任は表情ひとつ変えずに腕組みをして立っている。しかたなく、もうワンフレーズ分だけ呼び出してから電話を切った。

「書庫の鍵が戻ってきていないようだけど」

当時の近視用から老眼用になったのだろう眼鏡は、どちらにせよかなり度がきつい らしい。ただでさえ不機嫌にひきつった目元がさらに歪んでいる。

「知らないわよ。環ちゃんに訊いたら？」

午後中ずっと、須藤深雪は席を外しがちだった。たぶんひそかに鍵を探しているのだと思って無視していたものの、結局見つけることも打ち明けることもできなかったらしい。そのしわ寄せがいま、こちらに来たわけだ。

「資料の運搬とデータ入力はあなたたちの仕事のはずよ」

「きょう借りたのは須藤さんでしょ」

「彼女にも訊きます。あなたの心当たりは？」

「そんなのないってば」

わざとらしく足踏みをしてみせても、音は鳴らない。出産を機にハイヒールを処分してしまったことを後悔する。早く娘に連絡を取らなければいけないのに。確認すべきことはたくさんある。きちんと食べているか、眠っているか、子供たちから病気などもらっていないか。休みにはいつ帰るのか、食べたいものやしたいことはあるのか。どれくらい、一緒に過ごせるのか。

これまでもこれからも、自分だけの家に帰り、自分だけのために家事をして、自分だけのために生きて死んでいくこの女に、こんな気持ちはきっと永遠にわからない。

「午前中、あなたたちが廊下で話しているのを見たけれど。彼女が鍵を借りた後」

「……相変わらず頼もしいわね、なんでもない立ち話まで気に留めてくださって」

どこで見ていたのかと舌打ちしたくなる。だいたい、あんなの「相談」なんかじゃない。ひとりで抱えきれないものを押しつけられ、共犯者に仕立て上げられただけだ。

「持ち出されるわけないんだし、どうせ書庫にあるでしょ。ちゃんと探した？」

苛立ちまぎれに訊いたが、返事はない。珍しく目を伏せる相手の様子に、ふと、さっきまで気がつかなかった疑問が湧いた。

「見に行ってないの？　普通、そうするでしょ」

仁王立ちで腕を組んだまま、堀主任は微動だにしない。ただ、首が少し下を向いたせいで眼鏡に光が反射し、表情が隠れた。

確証はない。ただ、予感があった。

「もしかして、意外に迷信深いの？」

「……なにを言っているの」

「あそこ、出るって噂だもんね。二十年以上前に、若い女性職員が死んだって」

やはり返事がなかったので、予感は手応えに変わった。女子トイレで須藤深雪に感じたのと同じ、相手の急所を摑んだという手応え。

「気の毒にね。あたしたちの若いころなんて、その気になればただニコニコしてるだけでも生きてこられた時代じゃない。死ぬほど追い込まれるまでに、なにがあったのかしら」

あの食堂で美しい同期を責め立てたとき、もしかしたらこの女も似たような、暗い手応えを感じていたのかもしれない。そう考えるとますます過激な、取り返しがつかないほど酷いことを言いたくなった。構わない。だって、しょせんこの女は生きている。

「さぞ苦しかったでしょうね。あのころはいまに比べて、心の病気とかそういうものにも理解がなかったから。無理に向いていない仕事をさせられて、だれも助けてくれなくて、きっと、いろんな恨みつらみを残して亡くなったんでしょうね」

「違うわ」

ようやくうっすら開いた堀主任の唇には、爪痕のような縦じわが浮き上がっていた。

「彼女、あの場所で亡くなったわけじゃない」

「……は」

「時間外にあそこにいて、手違いで扉を閉められてしまったの。週末だったから見つかったときにはすっかり衰弱していて、救急車を呼ぶ騒ぎになったそうよ。幸い命に別状はなかったけどそれをきっかけに休みに入って、亡くなったのはその後……あなたはもう辞めていたくらいのときだから、知らなくてもしかたないわね」

「……あら、覚えてたの？　忘れたような顔してたのに」

「姓が変わっていたから、最初はわからなかった」

当然だ。大勢いた同期のひとり、しかもすぐ退職した上にふたまわり近く年齢を重ねている。だが、姓はもちろん顔も声も昔のままだった堀主任に、こちらだけが一瞬で気がついた。前から老けていた相手のほうが歳相応になったんだと内心で皮肉ってはみても、損をさせられたような、バカにされたような心地がした。

「堀さんは、変わらないわね。まるで、時間が止まってるみたい」

かつて軽蔑した「だれにでもできる仕事」をしてまで職場に居座り、周囲の鼻つまみ者にされ、若い部下には「堀さんに確認します」と盾にされている。人ひとりを巻き込んでおきながら、現実に一石を投じることもできなかったし、きっとこれからもできない。

かわいそうに。あんたのほうが死んでおけばよかったのにね。

「ねえ、そろそろいい？　うちに帰って娘に連絡しなくちゃいけないの。話を聞いてやらないと。仕事と違って、他に代わりがいないから」

「……ええ。引き止めて悪かったわ」

あっさり答え、堀主任は踵《きびす》を返した。

擦り切れた靴がいつもの突き刺すような金属音ではなく、濡れた死体でも引きずるようにざらついた音を立てる。それを聞きながら、そうか、覚えていたのか、とやっと気がついた。わたしが何者か、あの子になにが起こったか、最初からわかっていたのか。ああも詳細に語れるということは、たぶん、自分がなにをしたのかも。

だからといって、いまさら後悔も同情も感じなかった。その代わり、予想していた達成感も満足感も、暗い悦《よろこ》びさえなかった。ただ、こんなものが欲しかったんだっけ、とほとんど拍子抜けしながら、庁舎に戻っていく堀主任の、惨めに生き残ってしまった老兵のように憐《あわ》れな背中を見送った。

あなたは知らなくてもしかたない、と堀主任は言った。

それは間違っている。わたしはずいぶん早い段階で、事実を知らされていた。育休の延長を打診するために職場に向かう途中の廊下で、たまたま再会した同期の口から。

――子育てで大変だろうから、わざわざ嫌な話で連絡するのも悪いと思って。

そう言ったのは、わたしが内心煙たがっていた秀才の彼女だった。

——どれだけ悩んでいたのかはわからないけれど、みずから命を絶つなんてバカなことをする前に、なにかしらできることがあったんじゃないかしら。稲葉さんもそう思うでしょ？……ああ、ごめんなさい。いまは田邊さんだったわね。

「ちゃん」付けで呼び合っていたはずの友人たちは、たった一年あまりですっかり雰囲気が変わっていた。熟れた桃の甘くやわらかい部分だけをナイフで削ぎ落としたような、容赦のない変貌ぶりだった。それに比べて、あんなに使い込んでいたはずのわたしの言葉は、夫が夜までいない家で赤ん坊の娘とだけ過ごすうちに驚くほど鈍っていた。なんとか棘《とげ》を生やそうとしてみても、桃の産毛のように脆くて頼りなかった。

——かわいそうね、そこまで追い詰められて。だれのせいなのかしら。

案の定、相手はわたしのささやかな皮肉など気にも留めなかった。

——自分のせいに決まってるでしょ。

あの御用始めの日、彼女は結局ちゃんと振袖を着て出勤していた。そのことを蒸し返すにはもう時が経ちすぎていた。もっともらしく眉をひそめた顔を眺めつつ、せいぜい出世してますます左右非対称なブスになるがいい、とわたしはほとんど祈るように呪った。そこから会っていないので呪いが成就したかどうかは知らない。風の便りによればキャリアはいたって順調で、いまや本庁で人事を牛耳っているらしい。

その足で、自分の職場に向かった。動揺はしていなかったけど、元気溌剌《はつらつ》というわけにもいかなかったらしい。対応した職員はわたしが休みに入ってから来たという見覚えのない男女ふたりで、女のほうは親切だったけど、上司らしき男からは「顔色が悪いけどふたりめ？」とか「そういや結婚から産休まで短かったみたいだよな、まさか妊娠は入籍前？」とか遠慮なく質問が飛んできた。面倒になって青ざめている理由を正直に答えたら、あーキミあの世代かぁ、と溜息まじりに返された。ウーマンリブだかセクハラ防止だか知らないけど、カタカナでしか説明できないもんなんてどうせロクな代物じゃねえな。

――だから女に無理させてもいいことないっていうんだよ。

男は満足げな寝息にも似た音を鼻から漏らし、女のほうはわたしにだけ聞こえる舌打ちをした。その瞬間すべてがどうでもよくなって、話を退職の相談に切り替えた。どこに行っても同じことの繰り返しなら、もう、どこへも行きたくなかった。

帰り道で久々にひとり――たぶんだれかに頼んで預けていたのだろう、娘も抱いていない、本当のひとり――になったとき、わたしは歩きながらなんとなく、あの子に似ていた例のアイドルのデビュー曲を口ずさんだ。失恋を描いた他愛《たわい》ない歌詞のとおり「わたしはあなた以外どうでもよかった」と嘆いてみても、もう「わたし」にも、もちろん「あなた」にも自分を重ねることはできなかった。無感情に歌い続け、一番盛り上がるパートにさしかかる直前、二度と会えないけど忘れない、という部分を口にしたとき、やっとなにかが決壊するようにぼろぼろと涙が出た。でも、その水源は悲しみではなく怒りだった。ねえ、本当に死んだの。あんなやり方で手を握っておいて。このろくでもない、まだ見ぬ老いと苦しみがきっと幾重にも待ち構えている世界に、わたしを置き去りにして。

以来、まるで禊《みそぎ》が済んだとでもいうように、ぱったりと涙は出ていない。

連絡が絶えてずいぶん経っていたし、気まずい別れに対しても、早めに遠ざかっておいてよかったという安堵が後悔より勝っていた。なにより、人一倍体が弱かった娘を無事に育て上げるのに必死で、とても赤の他人のことまで背負いきれなかった。

律子が高校に入ったのを機に古巣である県庁に出戻ったのも、娘の将来に金銭面で制限をかけたくなかったからだ。一から新しいことをするより多少は有利だと思ったし、募集の枠がある中ではこの事務所がもっとも家から近かった。ほんの偶然だった。少なくとも、応募したときはそう思っていた。

採用された年の年度末、保存期限を過ぎた文書の廃棄作業中に持ち上げた箱の表面に、あの子のかわいい字で手書きされた「十五年」の文字を見つけるまで。

実際には家だか病院だか知らないが、あの子が死んだのは少なくとも、職場じゃなかった。そうだったらよかったのに、と思った。それなら化けて出られたのに。生き残った人間よりもずっと長く、その存在を、苦しみを、知らしめ続けられたかもしれなかったのに。

裏口から庁舎に戻ると、廊下に人気はなかった。

ひとりであのエレベーターに乗るのは嫌だったので、非常階段を使った。職員しか使わないそこは体のいい物置と化していて、山積みになった段ボールやら、丸めたポスターのはみ出した紙袋やらが踊り場の隅に押しやられている。節電のために蛍光灯を半分抜いてあるから、一歩ずつ降りるにつれて視界が少しずつ暗くなっていった。代わりに、ごうんごうんごうん、という例の音が近づいてくる。

廊下の電気はつけっぱなしになっていた。資料を積んだカートで押さえられた書庫の扉も、九十度に開いたままになっている。半ば呆れ、半ばほっとしながらそこに近づいて、扉の陰、壁に向かって死角になった部分をなんの気なしに覗き込んだ。

まるで首吊り死体みたいに、鍵穴からだらりと鍵がぶら下がっていた。

一瞬だけ思考が停止して、それから深々と溜息が出た——眼鏡をかけたまま眼鏡を探すとか駅の改札で職員証をかざすとか、なぜか不可解な行動をしてしまった経験はきっとだれしも皆無じゃない。鍵穴に挿したままの鍵をポケットに入れたと錯覚し、たまたまそのポケットが破れていたから落としたと思い込む可能性も、まあ、ゼロではないのだろう。

そう自分に言い聞かせ、鍵を半ば引っこ抜きかけたときだった。

ごうんごうん、に混じって、か細い嗚咽が聞こえた。

とっさに手を離し、息をひそめて中を覗き込んだ。入り組んだ棚と棚のあいだ、詰め込まれた箱と箱のあいだを縫って、書庫の奥が垣間見える。棚の前に置かれた作業用の脚立の上に、女の背中らしきものがうずくまっていた。ハンプティ・ダンプティみたいにずんぐりとした体つき、ぐらぐらと不安定に揺れる肩、古い箒《ほうき》みたいにぱさぱさと広がる髪。別人と取り違えるには特徴的すぎる、須藤深雪の後ろ姿だった。

ごうんごうんごうん、という機械音にも負けず、だれに聞かせるためでもないはずのすすり泣きは響いてくる。うっかり耳に入ってしまったプールの水みたいに、小さいくせに粘っこく人の気を滅入らせる。頭を振りつつ足を踏み出した。なんでこんなところで泣いてるの、仕事中も席に戻らないで、おかげでこっちまで嫌な思いをしたのに。そんなに泣きたきゃ、家で思う存分泣けばいいでしょ？

――家で泣きたくても、泣けない人もいます。

ひとりでに、足が止まった。

ごうんごうんごうん。その音はいつのまにか体を侵食し、きりきりと耳鳴りがしてきた。それは頭蓋骨を伝わり、目玉の奥から神経を揺さぶってくる。

最後に泣いたのはいつだろう。テレビや映画に涙腺が緩む頻度は増えたけど、そんなのはなにかの拍子にすぐ緩む古びた水道の蛇口と同じだ。まともに壁にぶち当たって泣いた記憶はもう、ずいぶん遠い。まわりだって若い娘ならいざ知らず、おばさんがめそめそしていたところで相手などしてくれない。たいしたことじゃない、もっとひどいことはいくらでもある、あんたが落ち込んでいたら娘はだれが守るの。そう自分に言い聞かせるうちに、いつしかそれが当たり前になった。

そして、そういう目で世界を見るのが当たり前になった。

律子はいつ帰ってくるのだろう。どうして帰ると言わないのだろう。家で泣けない人間は、泣きたくなったらどこへ行くのだろう。たとえばそこらの道端とか、公園のベンチで？　凍えるような風を浴びながら？　もっと冷たい世間の視線にさらされながら？

ふと、廊下を振り返った。

いま自分が来たばかりの場所なのに、伸ばした指先も見えないほど暗く感じる。なにかが飛び出してきそうな、逆に引きずり込まれそうな――でもきょうは、その闇は地獄の入口ではなくそれ自体が大きな生命体に見えた。蛍光灯の弱々しい光に散らされていたはずの暗い粒子ひとつひとつが、みるみるうちにぎゅっと黒く凝固して意志を持って震えはじめる。やがて真ん中に、ぎょろりと目が開いた。おどろおどろしい化け物のそれではなく、飴がけの黒糖みたいにつやつやと潤んだ、悲しげできれいな女の目。

なにかを訴えかけるような、あの子の目だった。

前を向くと、脚立の上にいるのは娘ほどの歳の若い女になっていた。

息を呑んでよろけた勢いで、カートに足がぶつかる。ガシャン、という音が世界を反転させる激しさで響いた気がした。実際にはもちろん世界は反転せず、むしろ正しい形に戻った。須藤深雪の肩が震え、顔を覆っていた両手が下がる。

振り向こうとするその顔を、見たくなかった。

身を翻し、さっき目を逸らした闇の中へと自分から飛び込んだ。そのままの勢いで非常階段を駆け上がる。律子、もし目の前の相手が自分の大切な人だったら、たしかに少しくらいならそう思うのは大事かもしれない。でも、四六時中そんなことを考えていたらとても生きていかれないわよ。いまお母さんに考えられるのはね、あんたがあんなふうに、暗い場所に追いやられてひとりで泣いていたらどうしようってこと。そこをだれか心無い連中に見つかって、好き勝手に言われたり思われたりしたらどうしようってこと。

だけど一番怖いのは、だれにも気がつかれないまま忘れ去られてしまうこと。

やっと階段を上がりきって白っぽく視界が開けても、ごうんごうん、という耳鳴りはずっと続いていた。それに紛れて自分の足音や心臓の音もよくわからない。久しぶりの全力疾走で息が切れていたけれど、そのまま速度を緩めずに裏口から外へと飛び出した。一刻も早く律子に電話しなくては。無理にでも、呼び戻さなくては。

あの子のようになってしまう前に。

年末が近づくにつれ、テレビは特番が増えてくる。

ほとんどが愚にもつかないバラエティで、くだんの元アイドルもたびたびゲストとして出演している。占い師に「来年はすべて失う」と断言されて「これ以上なにを?」と嘆いてみせたり、敬語を使えない若いタレントと大人げなく口論してみたりする。そのたびに周囲から笑いが起きる。たしかに、昔のようにただニコニコしているだけではやっていけなくなったのかもしれない。

だが、それでも彼女は生きている。

変わっていく身ひとつを武器に、ちゃんと生き残っている。

十分おきに電話しているのに、律子はいっこうに出ない。留守電にもならない。預かってる子が体調崩したとき、留守電も残せない親御さんが意外といて困るんだよね、なにかあったらって心配じゃないのかな。そう愚痴をこぼしていたのは、ほかならぬ娘自身だった。

次の特番との合間に、短い報道番組が流れた。ひとり暮らしの若い女性が元恋人に刺されて死んだ、とキャスターが伝える。大丈夫、うちの娘に同じことは起こらない。そんなことまでされるなんて、あるいはそんなことをする男と付き合うなんて、きっと本人にもなにかしら問題があったに違いない。そう思おうとしても不吉なビジョンは膨らんでいく。鈍く光る刃物、絹を裂く悲鳴。

なにが起こるかわからない世界でちっぽけな自分にできることは、せめて愛するものを守り抜くことだけだと思った。そのためならなんでもすると決め、実際にそうしてきた。あれほど大事にしていた若さや美しさを失うことも、かわいげのないおばさんになってだれかを敵に回すことも、娘のためであればちっとも怖くなかった。

もし彼女を失ったら、彼女が理由もなく不幸になるかもしれないなんて認めたら、この世界のなにを信じてこれから生きていけばいい？

ニュースが終わっても、呼出音は鳴り続ける。アーティスト名も曲名も一度律子に教えてもらったが、どちらも外国語とも造語ともつかない横文字で覚えられなかった。中年の耳には個性がわからない若い男性ボーカルが、君だってだれかの大切な人だ、と狂ったように人間愛を叫んでいる。短時間で聴きすぎたせいかだんだんと歌詞の意味が崩れ、いまにも違うことを言い出しそうに思えた。君はだれかの大切な人。きみはだれかのたいせつなひと。きみはだれかの——

曲が途切れた。

「……もしもし、りっちゃん？　ごめんね、何度も電話して」

反応はない。

「ほら、電話くれたでしょ？　どうしたのかと思って。あと、年末いつ帰るか確認したかったから。食事の用意もあるし。それとも、たまには外においしいものでも食べに行く？　近場に宿取って、温泉なんかもいいかもしれないわね。お母さんもさ、最近ちょっといろいろあって疲れちゃった」

娘はいつから、こんなに息を殺すのが上手になったんだろう？　聞こえないのは声だけではなかった。暖房の音、車の音、ヒントになるものはなにも伝わってこない。まるで音はおろか光もない世界にいるみたいに。たまりかねて目を閉じると、なぜか地下書庫のあの音が耳鳴りと共にぶり返してきた。ごうんごうんごうんごうんごうん。

「ねえ、聞こえる？　電波が悪いなら、またかけ直すけど。いまどこにいるの？　まさか職場？　早く帰りなさいよ、体を壊したら元も子もないじゃない。こっちまで心配で体調崩しちゃうわよ。お母さん、りっちゃんのことがなにより大切なんだから……」

——嘘つき。

その声は闇の底から聞こえた。

「……りっちゃん？」

——大切なのはわたしじゃなくて、いい母親やってる自分でしょ。

「ちょっと、急になに言ってるの。そんなわけないでしょ」

——知ってるんだから。いつも話してるあいだ、片手間にテレビ見てたでしょ？

びくりと電気を流されたように、閉じていた瞼が開いた。

同時に、色とりどりの映像を背景にしたグルメ番組が始まる。音を絞っていてもなお画面からこぼれ出る、華やかな笑い声とテンションの高いナレーション。逃げるようにリモコンを取ってチャンネルを変える。さっきと同じような無表情のキャスターが映り、さっきとは別のニュースを読み上げはじめた。

結局さ、と娘は冷たい声で吐き捨てた。

——お母さんは、娘をなにより愛する母親っていう肩書が欲しかったんだよね。それを言い訳にすれば都合の悪いことは考えなくて済むもんね。自分が受け入れられるものだけが大事で、それを裏切るようなことはなんにも知りたくなかったんでしょ？

「なんでそんな意地悪言うのよ……だってりっちゃん、聞こうにも自分の話なんかしてくれなかったじゃない。そりゃお母さんだって疲れるわよ、ただでさえ、仕事で他人の愚痴ばっかり聞かされてるんだから……」

テレビを消すことはできなかった。たしかに伝わっているとは思わなかったけど、だからってなにがいけないの？　ふたりして沈み込んで共倒れするよりマシじゃない。

平静を装いながら手がかりを求めるように画面を見ると、キャスターが新しい事件を伝えていた。シングルマザーが子供を虐待して逮捕。弱いものがより弱いものに暴力を振るう、娘がもっとも軽蔑するたぐいの人種。

「ねえ。りっちゃんのよく話してた後輩の子、なにかしちゃったの？」

あの律子がここまで荒《すさ》む理由など、それしか考えつかない。染川裕未の顔と、身投げ、という不吉な三文字が後に続く。

——ちがう。

思わずほっとした。そのことが気に入らなかったらしく、いい加減にしてよ、と間髪を入れずに律子が叫んだ。こちらの鼓膜を突き破ろうとするような、凄《すさ》まじくひび割れた声。そこに込められた敵意の強さ、そしてそれを突きつけることへの容赦のなさに、わたしはおそらく、初めて我が子に対して怯えた。

——こんなことになるまで、なんで気づかなかったの？

気づくってなにを、と訊こうとして、飲み込んだ。

テレビでは、キャスターが子供を殴った女の動機を伝えている。『「だれにも相談できず追い詰められていた」等と供述しており』——なにがあったのか、全貌がおぼろげに見えはじめる。だが、同時に思った。なぜ律子は「気づかない」という表現を選んだのか。なぜこんなふうに、試すような言い方ばかり繰り返すのか。まるで、友達が、と嘘をついてまでこちらの本音を引きずり出そうとした中沢環みたいに——

そうだ。

あのときは、娘でもない赤の他人の場合は、たとえ手がかりがなくても一瞬で気がついたはずだ。ばれないと思えるほうが不思議な、見え透いた女の常套手段だと。

「律子」

どんな子でも平等にかわいいものですか、と中沢環に訊かれたとき、どうして自分の親でもない相手にそんなことを訊くのかわからなかった。無遠慮で身勝手なやり方で人の心の奥に踏み込みたがる、その権利が自分にあると思い込んでいる傲慢さを、これが若さというものかと冷めた目で見ていた。

でも、それでも信じられなかった。

「あんた、ずっとお母さんを試してたの?」

まさか娘が、あの律子が、このわたしに、そんなことをするなんて。

「どうして? いつから? 嘘なんかつかなくても、お母さん、あんたの話だったらいくらでも聞いたのに――」

娘は答えない。なにがあったのか説明しない。なぜ嘘をついたのか弁解しない。納得できる理由を、悪い想像を打ち消す根拠を、与えてくれない。

――死にたい。

その言葉は、他人にとってはただの甘えでしかない。おまえよりつらい人間なんかいくらでもいる、それくらい我慢しろよ、としたり顔で軽蔑されるだけのこけおどし。

ただ、世界でひとりだけ、本気で傷つく人間がいる。

娘はそれをわかった上で、躊躇なくそこを狙っている。自分の身を犠牲にして命を奪う殺し屋のように。癇癪を起こしてぬいぐるみを引きちぎる子供のように。歳を重ねて傷つくこともなくなったはずの、母親という生き物の急所を貫く。

自分の望むままにめちゃくちゃにできるもの、まともに受け止めて一緒に壊れてくれるものなど、もう他に残っていないと知っているから。

「ねえ、律子」

リモコンでテレビを消して、また、目を閉じた。

「お母さん、あんたくらいの歳のころね。友達がひとり、死んだのよ」

電話の向こうから、反応はなかった。

「すごくきれいで、でも、バカな子だった。だって、自分にできることとできないことの区別もついてなかったんだから」

無音になったリビングで、まだ、耳鳴りは続いている。

「バカよねえ。あれだけきれいなら、やりたくないことなんか人に任せて、ニコニコしながら生きてくことだってできたかもしれないのに。社会なんか、時代なんか、勝手に変わっちゃうんだから。責任も取ってくれないものに流されないで、ただ生き延びさえすればそれで勝ちだったのに。本当に、バカよねえ」

律子が苦しげに呼吸を整える音がした。

その音は依《よ》り代《しろ》となっていろいろなものを呼び起こす。須藤深雪の嗚咽、閉じ込められたあの子の助けを求める悲鳴。しだいに死者と生者の声が混じり合い、ひとつになって響いてくる。ねえ、どうしてどうしてどうして。

どうしてわたしをこんな場所に追いやって、放っておくの。

「でもね。お母さん、まだわからないのよ」

あの子はバカだった。自分で自分を生かすこともできない、弱い子だった。

「……それがそんなに、死ななきゃならないほど、いけないことだったのかしらね？」

地下書庫の音は永遠に鳴り続ける。ごうんごうんごうん。それは自分の記憶というより、あの子が聞いた音のような、須藤深雪が聞いた音のような。悲鳴じみたそれを掻き消してほしくて、目を閉じたままで娘の次の言葉を待ち構えた。これだけ何度も電話しておいて初めて、律子がなにを言ってほしくてかけてきていたのか、理解できた気がした。

やっと聞こえた娘の声は、たぶんわたし自身の声と、よく似ていた。

『——だからなに？　そんなこと、わたしとなんの関係があるの？』

第四章　Forget, but never forgive.

どこにでもありそうなオフィスの片隅で、スーツ姿の若い女性が電話をかけている。

まだ幼さの残る顔立ち、まっすぐな黒髪、第一ボタンまで留めたシャツ。おそらく社会人になってまもないのだろう。真剣に働く彼女の背後に、薄笑いを浮かべた上司らしき男が近寄ってくる。そして、受話器が置かれると同時にぽんとその肩に手を乗せる。

「山田《やまだ》さん、明日の出張に同行してよ」

彼女は戸惑ったように振り向く。肩の上の手に視線を走らせながらも、拒否する勇気はないらしい。

「その件の担当は鈴木《すずき》君だから、彼が行く予定じゃありませんでしたか？」

「女の子がいると場が和むから。大丈夫、君はただ笑っていてくれればいいよ」

複雑な面持ちでうつむく彼女の顔を、男は身を乗り出して息がかからんばかりの距離で覗き込む。もちろん肩に手は置いたままだ。

「その後ついでに一杯どう？」

「……すみません、それは」

「上司の誘いなんだから付き合ってよ。それとも、彼氏と約束でもあるの?」

「あの……」

「つれないなあ。あんまりかたくなだと嫁に行きそびれるよ」

突然大きな音がして、バカヤロー、と怒号が響く。

少し視点をずらすと、奥の席に座った男が拳を机に叩きつけているのが見える。その前には部下らしい男が立って頭を下げていた。まだ青年と呼べるほど若く、怒っているほうの男の息子でもおかしくない年齢かもしれない。

「やる気あんのか! こんなこともできないなら辞めちまえ!」

「申し訳ありませんでした!」

「おまえの代わりなんかいくらでもいるんだぞ。わかってんのか?」

「はい……」

「まったく近頃の若い奴は……どんな家庭で育てられたか知らないが、どうせろくな親じゃないな」

頭を下げたままの青年を覗き込むと、彼もまた、地味だが誠実そうな顔立ちをしている。真っ白なワイシャツの襟元に控えめな色のネクタイをきっちりと締め、その佇まいは見ているほうが苦しくなるほど折り目正しい。唇を引き結びながら屈辱に耐え、震えるほど拳を握っているが、彼がそれをどこかに叩きつけることは決してないだろう。そう思わせるに足る痛々しい様子は、まっとうな人間であれば同情を誘われずにいられない。

「あーもういい、おまえきょう残業してこれ片付けとけよ。タイムカードは定時で切れ。おまえが足を引っ張ってるんだから、当然だろ？」

デスクに座った男はそう吐き捨て、手元の書類を青年の顔に叩きつける。

オフィス全体を俯瞰《ふかん》する。密着されて凍りつく女の子、罵倒される男の子、気づかないふりをしている他の職員たち。そしてふいにすべてが静止して、地獄のような光景が灰色に染まる。

【あなたもやっていませんか？　これらはセクハラ、パワハラです！】

生きづらい時代になったね、とだれかが言い、そうですね、とだれかが答えた。

廊下から聞こえたので姿は見えなかったが、前者はおそらく管理職らしい男性、後者は比較的若い女性の声だった。ふと考える、自分の人生に「生きやすい」ときがあったかどうか。乾いた声で相槌を打っていた女性のほうはどうか知らないが、少なくとも私には、あの男性職員のように聞こえよがしに懐かしめる時代はない。ただ、かといって「生きづらい」などという贅沢な感傷にもなじめない。

総務担当の筆頭主任（筆頭もなにも主任はひとりだが）という立場上、美化委員や挨拶委員といった、なにをするでもないがとりあえず職場に置かなくてはいけない役職はほとんど私が請け負っている。そのひとつにハラスメント防止推進委員というものがあるため、この研修の講師役も当たり前のようにお鉢が回ってきた。事務所を空にするわけにはいかないので何度かに分けて職員を会議室に呼び出し、専用のレジュメの読み合わせをして、ＤＶＤを視聴させる。資料のコピーや場所の確保、ローテーションの作成といった準備まで含めると何時間費やしたかわからないが、今回でようやく終わりだ。

人事課から貸し出された「働きやすい職場づくりのために〜セクシャルハラスメントおよびパワーハラスメント防止研修用啓発ビデオ」というＤＶＤのパッケージには、テプラで「必ず再生前の状態で返却してください」と書いてあった。これを貼った担当者はどれくらいの年齢だろう、と想像してみる。巻き戻しという言葉が死語になったのは承知しているが、手元のリモコンにある「早戻し」という表現にはいまだに慣れない。たったそれだけのことで、自分が旧時代の存在であると実感させられる。自分の時代だと言えるときなど、なかったと思っているにもかかわらず。

ＤＶＤを取り出してプレイヤーとテレビの電源を落とし、ホワイトボードの文字を消し、振り向くともうだれの姿もなかった。

無理もない。年明けから年度末にかけての三か月間は一般企業と同様、あるいはそれ以上にこの事務所が慌ただしくなる季節だ。通常業務が忙しくなるのに加え、徴収率が下がって本庁に絞られないよう職場をあげて追い込みをかける時期でもある。しかも地方機関の性質上、職員の約三分の一が三月末で異動するので、いちおう四月と五月に出納《すいとう》整理期間という猶予があるとはいえ、年度内が勝負であることに変わりはない。その貴重な時間を割いてこんな研修をいまさら受けさせられれば、うんざりしても当然だ。

ＤＶＤを再生しつつテレビの横から見た同僚たちはこぞって前のめりで、それは映像に手に汗握っているからではもちろんなかった。学生のように頬杖を突いたりあくびを嚙み殺したり、腕を組んだまま堂々と船を漕《こ》ぐ者もいて、私と目が合うと焦ったように画面に集中するふりをしていたが、心の声までは隠せなかった。また堀主任、うっとうしいお局様が、隙あらば揚げ足を取ろうと目を光らせている。ああいやだ。

別にいいじゃないか、これくらい。

そりゃあ構わないけれど、といまさら内心で答える。こちらとしても、好んで彼らのだらけた有様を観察していたわけではない。

この研修の本来の目的を、所内で知っている人間はごくわずかだ。私の上司である総務担当課長、さらにその上司である所長と副所長、そして私。ただ、それが元アルバイトの須藤深雪に関連しているということに、何人かはうすうす勘付いているらしかった。

一月も半ばを過ぎたころ、私は所長室に呼び出され、応接用のソファに課長および副所長と向かい合わせに座って事の顚末《てんまつ》を聞かされた。

「逆向性健忘?」

「つまり、俗に言う記憶喪失」

現実にあるんだねえ、とつぶやく課長の声は、どことなく浮ついていた。上役の手前、かろうじて深刻そうな顔を保ってはいたものの、非日常的な言葉に対する興奮を抑えきれない様子だった。

課長の説明によると、こういうことだった。年末から体調不良で欠勤が続き、そのまま年明けに退職した元アルバイトの須藤深雪は、数日前の早朝に自宅の前で倒れているところを発見された。状況からして、足を滑らせて頭を打ったらしい。幸いすぐに搬送先の病院で昏睡《こんすい》から目覚め、大きな怪我《けが》もなかったものの、様子がおかしいことに気づいた家族が専門の診療を受けさせた。すると去年の九月から十二月――要はここに勤務していた期間の記憶が、まるごと欠落していることが判明したという。

「最初は外傷性――つまり、強く頭をぶつけたのが原因かと思われたんだがね。治療を進めたところ、心因性――つまり、この事務所にいるとき強いストレスを受けたのだろう、という疑いが出たそうで」

いちいちまどろっこしい言い換えをしていたのは、テレビドラマめいた専門用語を口にしてみたかったからだろう。相変わらずの子供じみた感性に溜息も出なかった。

「場合によっては訴訟も辞さないと家族が申し出たんだ」

奥の席に座っていた所長が、しびれを切らしたように割って入った。

「それもうちの事務所に直接ではなく、本庁の人事課を通じて」

「慣れた手法ですね」

別に驚かなかった。仕事柄、訴えるだの出るところに出るだのといった言葉を聞くことは珍しくない。

「あちらの親族のひとりが、ちょっとした——うちの利害関係者でね。ああもちろん、採用そのものは正規のルートを通しているが」

それはそうだろう。公務員の不祥事に厳しいこのご時世、たとえアルバイトでもそんなぬるま湯のようなコネがまかり通るわけがない。須藤深雪が採用されたのはおそらく特別枠だからなおさらだ。しかもいま人事を切り回しているのは私の同期のひとりで、彼女は馴《な》れ合いや惰性を決して見逃さない厳格な仕事ぶりで名が通っている。しかしともあれあの須藤深雪が、無遠慮な所長でも言葉を濁すほどの権力者の身内とは意外だった。

「心当たりはないと答えたよ。当然。あそこの担当課長はつまらない面倒を起こす男じゃないし、だからこそ配属したわけだから」

「そうですね」

初動担当の課長もまた、私の同期だった。たしかに、この年代の男性管理職にありがちな迂闊《うかつ》な言動をするタイプではない。お世辞にも意欲的ではないがそのぶん常に冷静で、何事にも一定の距離を置き、淡々とした態度を保っている。やる気がなさそうなわりにいちおうやるべきことはきちんとやるのは、結果的に「つまらない面倒」を増やすのを避けるための予防策でもあるのだろう——人の記憶の三か月分が、そのひとことで片付けるに値するかは別として。

「ただねぇ……あの担当、前にも問題があったろう」

「問題ですか」

「ほら、いまは君のとこにいる」

「染川さんですね」

ああそうだっけ、と所長は曖昧に顎を撫でた。染川裕未は新規採用でしばらく初動担当に勤務後、休職を経て総務担当に配置換えになった。たしかに不在の期間が長いとはいえ、名前も覚えていないとは。

「まあ、あれはいまの課長の赴任前だし、今回の件とは関係ないんだがね……不幸な偶然が重なったよ。おかげで本庁も妙に勢いづいて、対策を立てないかぎりは当課も看過できないと。どっちの味方なんだか」

「いたずらに事を荒立てたくはないですが、実際に専門医の診断が出ている以上、事務所としてもこのまま放っておくわけにはいきません」

ずっと黙っていた副所長が、そこでようやく口を開いた。

あと二年ほどで定年退職を迎える彼は、体つきも肌や髪の色も声色も、すべてが薄い。威圧的な上司と日和見《ひよりみ》な部下に挟まれ続けて、心身共にすっかり摩耗してしまったようにも見える。そのときも最初から同席していたにもかかわらず、おそらく全員に失念されていたほどの存在感のなさだった。

「そこで、堀さんにもご協力いただきたいのです。真相の究明のために」

「……記憶喪失まで追い込まれる元凶に心当たりがないか、と」

まるでスパイだ。そう思ったのが顔に出たのか、副所長は慌てたように続けた。

「人事課も言っていたことですが、重要なのは犯人探しではありません。二度とこういう事態が起こらないよう、対策を立てるために原因を明らかにすることです」

なにが違うのだろう、という本音は、今度はどうにか押し隠せた。

所長室を出てから、周囲に人気がないうちに私は課長に訊ねた。

「彼女の容態はどうなんでしょうか」

「さあ、詳しくは知らないけど。ただ、健忘の他にもいくつか心因性の症状があるらしいよ。部屋のドアを閉めるのを怖がるとか、明かりを消されるとパニックになるとか」

「なるほど」

「たった三か月で、そこまでのトラウマができるとは思えないけどねえ」

それについては返事をせず、質問を重ねた。

「記憶、戻るんでしょうか」

「継続して通院してはいるものの、どうなるのかは医者にもわからないそうでね。まあ、だからこそあちらのご家族も気が気でないんであって。明日かもしれない、来月かもしれない、一年後かもしれない。もっとかかるかもしれないし、最悪、二度となにも思い出せないかもしれない」

「そうですか、それは」

うらやましいですね。

無意識に飛び出しかけた言葉を、寸前で飲み込んだのを覚えている。

会議室の消灯と施錠をして席に戻ると、染川裕未が電話を受けていた。

「……堀さん、お疲れさまです」

受話器を置きながら会釈されて、さっきまで見ていたDVDを思い出した。染川裕未はどことなく、新入社員役だったあの若い女性に似ている。スーツ姿でこそないが地味な服装、染めていない髪に薄い化粧、いかにも真面目で気弱そうな態度。あの映像の中で彼女が髪の色を明るくしていたり露出度の高い服を身に着けていたりしたら、またこちらに与える印象も変わっただろう。だからこそああいう演出がされたのだ。

だれにでもわかりやすい、被害者と加害者の構図。

「人事課から連絡がありました。来週の面談について確認したいそうです」

「そう。わかりました」

地方公務員の異動サイクルは三年から五年、三月下旬に内示が出される。その前に異動対象者には何度か意向聴取の面談が実施される。希望調書を見ながら健康状態や家庭環境などの情報を共有し、この時期になるとおおよそ決まった内容をもとに最終確認をするのだ。ここに勤めて五年目の私も今年の異動対象だが、いまさら緊張も高揚もない。どうせ直近の何回かと同じ地方機関の総務だろう。

染川裕末に渡されたメモを見て、私は眉をひそめた。

「染川さん、裏紙を使っていないの？」

人事課の担当者の内線番号と苗字が書かれているのは、見覚えのない真新しい付箋だった。経費削減のため、内輪のメモには使用済みのコピー用紙を裁断したものを使うように言ってあるはずだし、これまでは彼女もそうしていた。

叱責ではなく確認のつもりの問いに、染川裕末はびくりと首をすくめた。

「……すみません」

この席に来る前から、彼女は私に対して露骨に怯えていた。前の担当で田邊陽子にどんな話を聞かされてきたか、おおよそ想像はつく。特に復帰直後など、この調子では配置換えの意味があったのかと訝《いぶか》りたくなるほどの縮こまりようだった。

いちいち人の顔色を気にする手間が減るぶん、疎《うと》まれていたほうが楽だからそれは構わない。ただ、あまりに長引けばいつしか本当に相応の振る舞いしかできなくなる。

「だいたい、この付箋はいつ買ったの？」

「あ……ええと、このあいだ、課税の担当から必要だって頼まれて。まとめ買いしたほうが安いので、多めに発注しました」

「備品の購入は安易に受け付けないで。予算が潤沢にあるように錯覚されたら困るんだから。付箋なら、もうひとまわり小さいサイズのがまだあったでしょう。だいたい、先日も課税担当は新しいゴム印の買い替えをしたはずよ。備品の発注はひとつの担当につき月に一度。知らないわけじゃないはずだけど？」

「……はい。すみません。あちらの担当、お客さん用の書類がわかりづらいって言われることが多いみたいで。これから来客も増えるし、こういう大きめの付箋があると、説明を添えて渡せて便利だからって」

「言い訳は結構。そんなこと工夫次第でなんとでもなるでしょう。その場の感情に流されるなら、なんのためのルールかわからないじゃない」

「……でも」

風のない日の凧《たこ》のようにしおれていた声が、かすかにくっと持ち上がった。

「人が気持ちよく過ごせるようにするために、ルールってあるんじゃないでしょうか」

前から思ってたんですけど。

染川裕未がそう言って私を睨みつけたのは、須藤深雪の退職直後だった。

彼女の予想には反するだろうが、私は怒っていない。前から思っていたとかみんな言っているとかいった具体性のない言葉には慣れているし、むしろおどおどと機嫌をうかがわれるよりも潔く感じたほどだ。ただあれ以来、染川裕未はたまに私に向かってこういう態度をとるようになった。あの経験から勢いを得て、逆境に立ち向かう勇者にでもなったつもりらしい。

世間で言う「老害」として敵視されること自体に不服はない。そのとおりだからだ。

だが、そんな若い自己満足にいちいち付き合うほど親切でもない。

「違うわね」

「ルールは思考停止のためにあるの。時間短縮のため、トラブルを起こさないため。仕事のためだけに生きているわけじゃない人間が、少しでも仕事のことを考えなくていいように。あなたが好きな人や大切にしている人だけじゃなくて、嫌いな人や死んでほしいほど憎い人のことも、あなたの代わりにルールが相手をするの。あなたが自宅で余計なことを気に病んで、また体を壊さなくても済むように」

いつのまにか、事務所の中は少し静かになっていた。

「それに、あなたがルールを破るのは『嫌われたくないから』でしょう。ルール自体に納得できないからじゃなくて、こんなちっぽけなことはどうでもいいと軽く見ているからでしょう。覚悟がないなら安易な行動はやめなさい。あなたが周囲にいい顔をして積もりに積もった負担の、後始末はだれがつけると思っているの？」

「わかってます」

さっきの意志的な反発より、ずっと強い語気だった。

さすがに言葉を切ると染川裕未は気まずそうに、あるいは恥じ入ったようにうつむいて私の視線から逃れ、今度はいつもどおりの弱々しい声でつぶやいた。

「わかってるんです」

わかってるなら、と返そうとして、やめた。

受話器に手をかけながら顔を上げると、自分の席から田邊陽子がわざわざ振り向いてこちらを見ていた。対照的に、向かい側にいる中沢環はパソコンから目を離さない。

年末まで須藤深雪がいたはずの席はもう荷物置き場になっていて、地下書庫から運び出したらしい資料の山が、まるでずっとそこにあったような様子で積み上がっていた。

五番のレッスン室に入ると、中にいたふたりがぱっとこちらを振り向いた。

ハイ、セイコ、とホワイトボードの横でイギリス人のデイヴィッドが手を挙げる。両親亡きいま、聖子《せいこ》とまともに呼ばれるのはこの空間でだけだ。決して好きとはいえない名前だが、明らかに海外のアクセントで発音されるそれはどこか無機質でなぜか不快感はない。

「ソーリー、アイワズ、タイドアップ、ウィズ、マイ、ワーク」

ノープロブレム、とデイヴィッドが微笑んだが、謝罪は彼の前に座っているミナに向けたものだった。逆の立場で考えれば、私の不在にストレスを感じていたのは明らかに彼女のほうだ。

職場から自宅までの乗換駅が最寄りのこの英会話教室には、週に一回、木曜の夜に通っている。昨年末には三度目の契約更新をした。更新は十二月と六月、ちょうどボーナスの時期なのでそろそろ二年続けていることになるが、すぐに出るようになった言葉といえば「すみません、仕事で遅れました」と「すみません、もう一度言ってください」くらいだ。マンツーマンのほうが上達は早いとスタッフからは更新のたびに勧められるが、結局今期も少人数のグループレッスンを選択した。

『いま、尊敬する歴史上の人物についてミナに訊ねていたんだ』

こちらが着席してテキストや筆記用具を取り出すのを待ってから、デイヴィッドはそう切り出した。

〝So, Mina, why do you respect him?〟

理由を訊かれたミナが緊張で肩を上げた。スケジュールの都合上、最近のグループレッスンの相方はもっぱら彼女が多い。イラストレーターを目指して美術の専門学校に通っているという若い女の子で、毛先を赤く染めていくつもピアスや指輪をつけてはいるが、よく見ると素朴な顔立ちをしている。

「ビコーズ……アイライク、ヒズ、フェイマス、フレーズ」

彼の有名な言葉が好きだから。しどろもどろになりながらもミナは答えた。

〝What is his saying?〟

「うぇーる……フォゲット、バット、ネバー、フォギブ」

デイヴィッドが眉をひそめた。本人にとってはなにげない表情でもこちらを怯えさせるには十分だということを、若く屈強な白人男性である彼は自覚していない。案の定、気の毒なミナは針のむしろといった様子でかろうじて同じ言葉を繰り返した。

フォゲット、バット、ネバー、フォギブ。

唐突にデイヴィッドが手を叩いて笑いだした。

私とミナは顔を見合わせる。惜しい、というようなことを言いながら彼はおもむろにホワイトボードに向かい、ふたつの単語を並べて書いた。

forget / forgive

まず〝It means…〟と前者を指し、頭の横でぱっと手を広げて大袈裟に困り顔を作ってみせる。次に後者を指し、手のひらを上に向けてこちらに差し出しながら愛情深い微笑を浮かべてうなずく。

前者は忘れる、後者は許す。

私たちが納得したのを見て、デイヴィッドは満足そうに板書を追加した。

○Forgive, but never forget. /×Forget, but never forgive.

結局 forget と forgive の違いを説明しているあいだに一コマ目の終わりが来て、セイコの答えは次回にしよう、と言ってデイヴィッドは片付けを始めた。去り際、彼は思い出したように振り返って私に訊ねた。

〝Seiko, how is your daughter?〟

「……メイビー、ファイン。アイ、ホープ、ソウ」

たぶん元気、だといいと思う。毎回同じよそよそしい答えを不審がる様子もなく、あるいは単にさほど興味がないのか、彼は笑顔で親指を立てて教室を出て行った。

〝Why do you want to learn English?〟

二年前、初回の体験授業でそう訊ねてきたのもデイヴィッドだった。

なぜ？　頭が真っ白になった。理由なんかない。両親の介護や相続の後処理もひと区切りついて、持て余した時間を有益そうなもので埋めたかっただけだ。海外赴任などありえない五十がらみの地方公務員、仕事は国どころか県境すらろくに越えないドメスティックな総務、最後の海外旅行なんてもう何十年前のことだか。

「ビコーズ……ええ、マイ、ファミリー、リブズ、イン、アメリカ。マイ……」

〝Son? Daughter?〟

サンが男でドウタが女。思った瞬間、早く会話を終えたい一心で「ドウタ」と言ってしまった。姪《めい》という単語がとっさに出なかった、妹の娘と言い換えることも動揺して思い浮かばなかっただけで、私に娘はいない。そう訂正する語彙《ごい》力も勇気もなく、そのまま私はこの教室では「国際結婚してアメリカ在住の娘を訪ねるために、五十の手習いで勉強中の健気《けなげ》な母親」ということになっている。

娘は元気かと訊かれるとき、もう何年も会っていない姪の顔は少しも頭に浮かばない。存在すらしない彼女の無事を願う言葉を口に出すたびに、向ける対象のない慈しみとか情とかいったものが、体からわずかずつ発散されていく気がする。それがどこかのだれかに虚空を伝って少しくらい届けば、不毛な嘘も無駄にはならないかもしれない。そんな夢見がちなことまで考えるのは、嘘をつき続ける罪悪感をどうにか紛らわせたいからだろう。

ばかげた話だ。身近にいる人間だってろくに愛したことはないのに。

「……恥ずかしい。中学レベルですよね」

デイヴィッドの足音が聞こえなくなってから、おずおずとミナは言った。

「私も気がつかなかったから」

必要以上に優しい声で答えてしまった。派手な格好に反し、ミナの謙虚な態度やきちんとした敬語からは育ちのよさが隠しきれていない。外見から個性を装おうとする努力がいじらしくさえ感じられる。ただ初対面から彼女に臆さなかった理由はそれだけではなく、英語のレベルが似たり寄ったりだったせいでもあるかもしれない。ネイティブの講師——というより語学という共通の敵に、一緒に立ち向かっているような感覚。それはミナも同じなのか、休憩中や授業後もたまにこうして話しかけてくる。

講師にたどたどしい英語で伝える情報も含めれば、いまや彼女についての知識は断片的なぶん多岐にわたっていた。好きな食べ物はチョコレート、嫌いな食べ物はパクチー（ミナは言い換えに苦労していたが、私はむしろ coriander という英名のほうになじみがあった）。アルバイトは居酒屋とビル清掃。通っている専門学校はクラス担任が〝too bossy〟だが周囲の大人は「オンリーリードエアー」でだれも制止せず、彼女の友人を含む数名の生徒が一年も経たないうちに心を折られて退学したらしい。

「あんなとこ未来ないっすよ。大の大人が弱いもの見殺しにして、なにが芸術だか」

大変ね、とレッスン後にねぎらった私に憎々しげに答えたときだけ崩れた表情からは、いまどきの若者らしさと友情に篤《あつ》い古式ゆかしさが垣間見えた。

「でも、自分が作品を創る意味とかまでいろいろ考えちゃって。そのせいか最近、スランプなんです。早く現地でモチベーションを上げたいな」

彼女は私とは違い、本当にアメリカに行くためにこの教室に通っていて、今度のゴールデンウィークでついに長年の憧れだったニューヨークへのひとり旅を敢行するという。ずっと本場のアートに触れてみたかった、直前で尻込みしないようにもう飛行機も予約したのだと、航空費の高さに愚痴をこぼしつつ楽しそうに教えてくれた。

「ごめんなさいね、きょうは遅れてしまって」

旅行の準備について訊くべきか迷ったが、さすがになれなれしすぎる気がして結局無難な台詞だけ口にした。

「いいえ。やっぱり、年度末が近づくとお仕事も大変ですよね」

「そうでもないんだけど、このところちょっと予定外の業務が多くて」

「なにかあったんですか?」

「なに、というほどのこともないんだけど……」

じつは明日、職場の女の子の取り調べをするの。その準備があってね。

もちろん、そんなことを言うわけがない。デイヴィッドと私の恒例のやりとりを耳にしているはずだから、ミナも私を年頃の娘を持つ母親だと勘違いしているだろう。いまだにLとRの発音がうまくできずに何度も訂正されている情けないおばさんが、若い女性の部下を平気で涙ぐませるお局様だとは知る由もない。

ホワイトボードに目をやると、大雑把なディヴィッドが消し忘れていった板書が残っていた。古いペンを交換するのが面倒で強引に使っていたらしく、レッスンが進むにつれて無理やりインクを絞り出そうと筆圧が強くなっていく。特に最後に書かれた一文は、かすれているのにぎょっとするほど太い線で記されていた。Forget, but never forgive.

忘れるけれど、許さない。

所長室の隣にある資料室は、通称「説教部屋」と呼ばれている。窓口で暴れて手がつけられなくなった来庁者を連れ込んでなだめたり、職員が周囲に聞かれたくない秘密を上司に打ち明けたり、重大なミスが判明したときの対応を相談したりするときに使われる。話される内容自体が外に漏れることはない。ただし、ここが使用中なら「わけあり」だというのは周知の事実だから、なにが起こったのか臆測だけは大いに喧伝《けんでん》される。

小さな北向きの窓は、ブラインドを全開にしてもなかなか日光を通さない。リノリウムの床からはひざ掛けを席に忘れたことを後悔するほどの冷気が這い上がってきていたし、節電と称して二十二度以上に設定できないエアコンも、音を立てるばかりでほとんど意味を成していない。ただ、それにしても中沢環の顔色は少々白すぎるように思えた。

「須藤さんのこと、人事課から連絡があったんですか？」

私の隣に座る副所長からひととおりの（訴訟やらパワハラやらという物騒な単語は避けた）事情説明を受けて、最初に彼女が訊ねたのはそれだった。

「そうだよ。君の古巣だね」

副所長が穏やかに答える。中沢環はかろうじてうなずいたが、わずかに覗かせた表情はとうてい「古巣」に対する懐かしさなどという微笑ましいものではなかった。

「……なにか、心当たりはないかな」

実際の年齢差は親子ほどのはずだが、副所長の態度はほとんど反抗期の孫娘に語りかける祖父のそれに近い。男から女、年長者から年少者への問題行動が取り沙汰されがちな昨今、両方を兼ね備えているとなにかと神経を使うのだろう。机を平行ではなく直角に並べて相手の正面に座ることを避けたり、いちおう彼女と同性の私を書記という名目で同席させて一対一にならないようにしたり、圧迫感を与えまいとする配慮も涙ぐましい。もっとも、中沢環のようなタイプには逆効果かもしれないが。

「たとえば悩んでいるようだったとか、ふさぎがちだったとか」

「わかりません。個人的な話をしたことも、ほとんどありませんでしたし」

そうだよね、と相槌を打つ副所長に隠れて、中沢環から私の姿は半分程度しか見えないはずだ。その位置関係を利用してひそかに彼女を観察する。二十五歳、当代首席入庁。染川裕未の同期であり、彼女の後任として人事課から初動担当に配属されてきた。有能で人当たりもよく、次の異動で本庁の花形部署に引き戻されるのは確実と言われている。かつては若い女性職員といえば総務や秘書が一般的だったが、いまやこういう男顔負けの人材も決して珍しくなくなった。

組織としては歓迎すべきだが、かといって個人的な好意はない。要領よく振る舞ってみせてはいても、こちらが彼女にゴミの捨て方を注意したり、休暇や交通費の申請を訂正させたりするたびに垣間見られる「そんなどうでもいいことで時間を取られたくない」という不満に気づかずにいるのは難しい。それを愛嬌でカバーしようとする小器用さも癪に障った。彼女のほうもよく思われていないのは察しているらしく、それとなく、しかし明らかに私のことを避けている。

「彼女にいろいろ指導してあげていたのは、中沢さんだよね」

「はい」

うなずいた様子に気づいたのか、副所長は「いや、よく頑張ってくれていたという意味だよ」と言い添えた。

「だからこそ、須藤さんも君を信用していたんじゃないかと」

信用、と中沢環は苦い微笑を浮かべ、なにかに耐えるようにうつむいた。それからつと顔を上げ、急にはっきりとした口調で言った。

「須藤さん、染川さんと親しかったみたいですから。本当に信用されていたっていうんなら、彼女のほうなんじゃないですか」

副所長はこちらを振り向く。知らない、という表明に私は首を傾げた。どうやらその仕草が「本当かしら」に見えたらしく、中沢環は鋭い目つきで私を、そして私が手に持っているメモ用紙とペンを一瞥した。

「嘘だとお思いなら、本人に訊いてみたらいかがでしょうか」

「嘘だなんてだれも思わないよ」

なだめたのは副所長だったが、黙殺された。

「正直に言いますね。須藤さん、なかなか仕事を覚えてくれなくて、何度も同じミスをしたり頼んだことをやってくれなかったりするから、つい強く注意してしまったことがあります。その日以来、ちょっと怯えられていた気がします。それが記憶をなくすほどのストレスだったなら、わたしのせいかもしれません」

「……働いていれば、よくあることだよ。あまり気に病まずに」

「でも人事課が聞きたがってるのってそういうことですよね？」

「犯人探しをしたいわけじゃないんだ。ただ、事実確認を」

「なにが違うんですか？」

こちらが口に出せなかったことを、若い中沢環はあっさりと言ってのけた。

「事実確認をしたいのは、だれが悪いのかはっきりさせるためですよね」

「……いいや。同じ失敗を繰り返さないために、疑わしきは片っ端から潰しておきたいんですよね。それって犯人探しと、ていうか魔女狩りと、なにが違うんですか？」

「同じ失敗を繰り返さないためだよ」

「責めるべきは、個人じゃない。そういう事態を引き起こした組織、全体だ」

「でも組織を動かすのは個人です。システムは頭を下げません。その内部にいる個人がしかるべき報いを受けて、やっと機能するんです」

こう見えて荒っぽい一般県民相手に百戦錬磨のはずの副所長は、少なくとも表向きには狼狽《ろうばい》を顔に出さなかった。それでも今回のようなケースには免疫がないらしく、こちらが焦《じ》れるほど間を空けながら、どうにか当たり障りのない返事を捻り出していた。

「これだけは、誤解しないでほしいんだけどね。僕らも人事課も、決して君を疑っているわけじゃないんだ。むしろ、信用している」

「信用って便利な言葉ですよね。信じてるからって言えば放っておける。信じてたのにって言えば相手のせいにできる」

「中沢さん」

思わず口を挟むと、中沢環がはっと息を呑んだ。

まだなにか言いたげな彼女を、私は黙って目で制した。ただそんなことをするまでもなく、憔悴《しょうすい》して実年齢以上に老けて見える副所長の様子にさすがの中沢環も思うところがあったらしい。すみません、とつぶやいて嚙むように唇を結んだ。

「……不快な思いをさせたなら、本当に申し訳ない」

今度こそ完全に、中沢環の顔から血の気が失せた。

うなだれて手元を見ていた副所長本人は、おそらく自分がもたらした変化に気がつかなかっただろう。ご不快な思いをさせて、申し訳ありません。それはこの仕事をしていればだれもが承知しているはずの、厄介なクレーマーに対する常套句だった。

「長い時間、すまなかったね。今度は、田邊さんを呼んできてくれるかい？」

はい、と、存外素直な返事があった。

そこからの彼女の動作は、憑き物が落ちたように冷静だった。立ち上がって椅子の位置を戻し、一礼して踵を返す。ドアを開けて振り向いたときにはもう、表情まで完璧にいつもどおりだった。しゃんと背筋を伸ばしてから、マニュアルどおりの角度で頭を下げる。

「取り乱してしまい、失礼いたしました」

音もなくドアが閉まったとたん、副所長はふーっと長い息を吐いた。

「……最近の若い女性はすごいね」

私は返事もせずに、結局なにも書かなかった手元のメモを置いた。相手に逃げ道を残さない論調、言葉数で上回ることで優位に立とうとする手法、曖昧を許せない狭量と潔癖。すべて、最近の若い女性ではない私自身にも覚えがあった。

忘れたくても忘れられない。結果として、それで人がひとり死んだ。

そうでなくても、年若いころの自分の未熟さなどたいていの人間は思い出したくもないはずだ。人事課で一緒になったとき、彼女もさぞ中沢環の存在が煙たかったに違いない。当時の彼女の胸中、そしておそらく中沢環に対して取ったであろう態度を想像して、私は不幸にも出会ってしまった双方に心から同情した。


最近、空気悪いよね。うちの職場。

隙間風防止のために窓を閉め切っているから――という話では、もちろんなかった。

スマートフォンを操作しようとした手を止める。休憩室と、その隣にある給湯室を隔てている壁は薄い。とりわけ、中年女性特有のトーンの高い声はかなり鮮明に漏れてくる。

——ほら、初動担当のバイトの人が年末からいなくなったじゃない？　スドウさんだっけ。あの件で、いろいろあったらしいよ。

よくも短期間でここまで話が伝わるものだ。いつもなら鼻白むところだが、今回は無理もない。妙な時期に開かれた謎の研修、副所長や総務担当課長による「さりげない」聞き込み——周囲に様子がおかしい人はいない？　悩んでいる同僚は？　少しでも気がついたことがあれば隠さず教えてほしい——。先月行われた新年会も、最初の挨拶で所長が「公務員への風当たりが強い昨今、各自が言動に責任を持つように」と威嚇したせいで葬式さながらだった。ただでさえ仕事内容が楽しいとは言えないのに、痛くもない腹を探られ、職場の雰囲気まで沈んでいれば原因を知りたくもなる。

立ったまま、しばし様子をうかがう。須藤深雪の記憶喪失についてはまだ明るみに出ていない。ただ、この職場で受けたであろうストレスを理由に辞めたという噂はもう公然のものとなっていた。彼女が社会復帰支援雇用促進プログラムの対象者だったことも併せて話題に上り、だれもがそれを聞いたとたん、まあ、と同情に満ちた溜息をついてみせた。

——なら余計、上司が気をつけてあげなきゃいけなかったんじゃないの？

——あそこの課長、定時で帰ること以外考えてないもの。中沢さんに丸投げで。

——中沢さんも、あれでわりと気が強いしね。なまじ自分が優秀だから、できない人の気持ちがわかんないっていうのかな……だれにも相談できなくて、つらかったんでしょうね、そのバイトさんも。

なにか不幸な出来事が起こったとき、そこには真っ先に理由が求められる。曖昧にしておけばまた同じことが、今度は自分の身に起こるかもしれないからだ。だが人の事情など深く考えるのは面倒だし、たいていの場合はそこまでの余裕もない。だから、なんとなく思い当たったそれらしき話をもとに憶測を膨らませ、後からならいくらでも言える「そういえば」の蒸し返しでささやかな安心を得る。

——案外、田邊さんの当たりがキツかったりもしたんじゃない？

食傷してその場を離れかけた足が、思わぬ名前に止まった。

——普段からここで、よく須藤さんの失敗とかネタにしてたでしょ。

——田邊さんね……悪い人じゃないんだけど、ああいうところは苦手。こう、人の弱点を笑いものにするっていうか。

——うん、聞いててちょっと疲れちゃうよね。

先日、染川裕未が事務分掌外であるはずの非正規雇用者の給与計算について確認してきた。不審に思い訊ねると、気まずそうに目を逸らしながら「田邊さんに訊かれたんです。娘さんを扶養に戻すかもしれないって」と白状した。その田邊陽子は、表向きは平然と毎日出勤している。ただ昼休みにはひとりで外に出て行くことが増えたし、面談のときも終始上の空で、須藤深雪の名前すら曖昧だった初動の課長以上に手応えがなかった。

――田邊さん、染川さんのことだって休む前はいろいろ言ってたし。

――染川さん？　大丈夫かしらね、あの子も。つい最近だって堀さんにいびられてたみたいじゃない。付箋がどうとか。どうでもいいのにね、そんな小さなこと。

――ストレスでまた病気にならないといいけど。

――いやな世の中。みーんな病気になっちゃう。

――真面目な人ほど潰れやすいって、よく言うものね。

――……でも、そんな言い方されるとさ。なんとか持ちこたえられてる人間は真面目にやってない、だからもっと我慢しろって言われてるみたいで、なんのために頑張ってるのかわからなくならない？

一拍置いて、そうね、たしかに、と口々に言う声は、さっきまでビーチボールのごとく軽やかだったそれに比して、放たれるそばからずぶずぶと地面に沈んでいくようだった。

──文句言われても、感謝はされないもんね。わたしなんかお客さんに怒られるたびに、これもお金のためー、子供を養うためーって自分に言い聞かせてる。

──わかる。旦那の給料だけじゃ、大学まで入れてやれるかわかんないもん……にしても、そう考えると。

神妙だった口調が冷笑を帯びた。裸足《はだし》で歩いていたなめらかな砂浜に、急にガラス片が混じっていたような感覚。本能で危険を察知したときにはもう手遅れだった。

──つくづく堀さんみたいな人って、なにが生きがいなのかしらね？

上がった笑い声はいかにも乾いていた。せめてもっと楽しげに話せばいいのに。身を削って悪意を娯楽に昇華することにかけて、善良な第三者の立場を捨てきれない彼女たちはまったく田邊陽子の足元にも及ばない。田邊陽子であれば、より辛辣《しんらつ》な言葉で追い打ちをかけて消化不良を感じる余地もないほど徹底的に笑い飛ばしただろう。あれだけみんなに嫌われながら生きるなんて普通の神経なら無理よね、くらいは言ってのけたはずだ。

──趣味でもあるのかしら、あの人。

──さあ、聞いたことがないけど。なににお金使ってるんだろう。

──やっぱり老後のための貯金じゃない？

——死ぬために生きるなんて、哲学ねえ。

昼休みに休憩室を使うのは女性ばかりではない。何人かは男性の職員もいるはずだ。だが、その声は一切聞こえてこない。平穏に残りの人生をまっとうしたいだけの彼らにとって、人の事情などどうでもいいことなのだろう。あるいはこうしているあいだにも、やれやれやっぱり女は怖いね、と素知らぬ顔をしながらしっかりと耳をそばだてて溜飲《りゅういん》を下げているのだろうか。

「……堀さん、すみません」

必要以上に勢いよく振り向いたせいか、染川裕未は怯えたように後ずさった。

「あの……明日の面談について、人事課から確認の電話が」

「折り返しにして。昼休み中だから」

はい、と首を縮めて染川裕未は小走りに去っていった。

これもまた、さっき彼女たちが言った「どうでもいいことでいびった」にあたるのかもしれない。いびったつもりはないが、前半はたしかにそのとおりだった。この仕事は、放っておけば「だれか」が「なんとか」してくれる程度の小さなことばかりだ。ちょうど手の空いている人、目ざとい人、他になにもできない人、立場の弱い人。

ひとつひとつは砂粒のように些末なそれはしかし、長い時間をかけて音もなく降り積もり、いつしか取り返しのつかないところまで至っている。ようやく我に返って助けを求めようとしたときにはもう、身動きすらままならない。

あれだけ賑《にぎ》やかだった壁越しの声はたちどころに静まり、今度はこちらが耳を澄まされている気配が伝わってきた。彼女たちの頭に浮かんだであろうイメージを私も容易に共有できる。壁にぴったりと頰をくっつけ、みずからの悪口に耳をそばだてるお局様。足音を立てて給湯室を出たそばから、なにを言われるのかも明らかだった。

若いころならいざ知らず、半世紀も自分自身と付き合っていれば人にどう見られているかはだいたい予想できる。どんなにひどい言葉が飛び交おうと、しょせん腹いせや馴れ合いのための陰口がその心の声を上回ることはない。だからいまさら傷つかない。

ただ、落ちてくる砂に埋もれて身動きがとれなくなるだけ。どこまでも変わらない光景を、崖から突き抜ける車のように振り切ってみたくなるだけ。

給湯室を出て、少し迷ってから女子トイレに向かった。

扉を開けると案の定、だれもいなかった。この庁舎内で昼休みを過ごす女性職員は、高確率で昼休み終了十五分前のチャイムまで席を立たない。聞き耳を立てられても困るが、かといってあまりに静かすぎても気が滅入る。

個室に入るか迷ったが、結局その場に立ったままスマートフォンを取り出した。ひと呼吸置いてから、昨夜付けで残された不在着信履歴にコールバックする。

妹はほとんど間を置かずに出た。

『……悪いわね、折り返させて』

「久しぶり」

『忙しかったのよこっちだって』

元気かと訊こうとした矢先に遮られて、苦笑した。

かつての彼女は、昔話の「素直で美しい妹」を地で行っていた。すべてを与えられるに値する愛らしさを持ち、実際に周囲から惜しみなく愛されていた。父も母も最後まで妹のことばかり心配し、自分たちの持てるものはなんでも彼女に与えた。彼女の美しさを引き立て、生活力のなさを補う小器用な姉――つまり私も、もしかしたら、両親が彼女のために用意した財産のひとつだったのかもしれない。

見目麗しいお姫様はその才能を最大限に活かし、自分と同じような見目麗しい白馬の王子様と出会って結婚した。だが、そこでハッピーエンドにならないのが現実の残酷さだ。王子様は甘い微笑や恵みの小銭を振り撒いて人々を惹《ひ》きつけるのは得意だったが、嫌われ役を買って出たり、一円単位まで金勘定をしたりすることには耐えられなかった。父が現役を退き、妹夫婦が後を継いだとたん会社はみるみるうちに傾いた。愛想を尽かした得意先や銀行が離れていき、父の代を支えた社員たちはさんざん利権を堪能したあげく、難破船から逃れるネズミのように去っていった。

折に触れ経営について義弟に忠告していた私はしだいに煙たがられはじめ、それは妹にも伝播した。ずっと人に頼ることで生きてきた妹にはもう、一度決めた相手を信じて運命を共にする以外の道が残っていなかったのだ。最終的には、私が財産を乗っ取ろうとしていると疑われて疎遠になった。

『いちおう、伝えておきたいことがあって』

わかっている。そうでもなければわざわざ電話が来る理由はない。どうせいい報告ではない身内からの連絡など、ひとりきりの部屋で聞く気にはなれない。その点、昼休み中であればどんな話でも一時間以内に終わるのだ。もしかしたら、こちらの様子を察した妹が早めに切り上げてくれるかもしれない。

『きのうも電話したけど出なかったから。どこに行ってたの？』

予定もないくせに、と続けたそうに聞こえるのは穿《うが》ちすぎだろうか。

「英会話教室に通いだしたの」

『……うちの子の影響？』

あからさまな警戒ぶりに、また苦笑する。海外で永住権を取得した姪に擦り寄ろうとするほど落ちぶれて見えるらしい。

「そういうわけじゃないけど。時間ができたら旅行でもしようと思って」

『優雅でいいわね、こんなご時世に』

母が病気で倒れたとき、妹は妊娠中だった。イレギュラーのつもりで引き受けた看病はいつしか恒常的な義務となり、長年にわたる入院生活の終焉《しゅうえん》、つまり延命治療の中止も私が決めた。棺《ひつぎ》にすがって心おきなく涙を流す妹を後目に葬儀を取り仕切ったあとは、引き続き、電子レンジも使えないまま家に遺《のこ》された父の面倒を見ることになった。精神だけは頑健だった父が老人ホームへの入居を拒み、妹夫婦も本人の意志を尊重したからだ。

その父も五年前に亡くなった。入口まで砂粒がびっしりと詰まっていた瓶に、ようやく空きができた。そこに自分の好きなもの、たとえば綺麗な貝殻を少々入れようとすれば、それが「優雅」になるらしい。

『公務員なんだから、その気になれば休みくらい取れるんじゃないの?』

「無駄話はいいでしょう。用件はなんなの」

チャイムが鳴った。午前の仕事が長引いたせいで席を立つのが遅れた上に、余計な話まで耳にしてしまったのが失敗だった。廊下の向こうから笑い声が近づいてくる。やはり外に出たほうがいいだろうか、と迷いだしたタイミングで、妹はついに本題に入った。

他の部屋は会議や打ち合わせの予定で埋まっていたので、人事面談はくだんの「説教部屋」で行われた。本庁からはまだ若い男性職員がふたり、公用車でやって来た。二の字に並べ直された長机を挟んで対面したうち、右側にいるいかにもエリート風の表情に乏しい長身は人事課直属、左側の、小太りのせいか肌つやのいい顔に愛想笑いを浮かべたほうは税務課の人事担当者と名乗った。揃ってまだ大学を出てまもないように見えたが、名乗られた職位からして三十は超えているらしい。

最近の若手は、たいてい見た目から予想するより実年齢が上だ。相手の歳を知るたびに「いくつのときに産んでいたかもしれない」とたわむれに考えることにも飽きた——というより、自分で考えるまでもなくその手の冗談が蔓延《まんえん》していて食傷した。いまは、返しそびれていた「セクハラ・パワハラ防止研修」用のＤＶＤをついでに持ち帰ってもらえないだろうか、その程度の融通はきく相手だろうか、くらいしか興味がない。

「えーと、次の異動先で定年でしたっけ？」

右側に座ったエリート風が平然と言ったとき、頼むなら左側だと思った。

「いいえ。もうしばらくあります」

「ああ、そうでしたね」

失礼しました、と付け加えられたのがなにに対する謝罪なのか、手元の資料に落とされた視線からは読み取れない。読み取るほどの意図もないのかもしれない。人のよさそうな小太りのほうが一瞬だけ、ゴミでも入ったように目尻をひきつらせた。

面談の内容は簡単なものだった。養うべき家族もなく、守るべき家もなく、生活環境を激変させる余地もないのだから当然だ。大病でも患えば話は別だが、現状その気配もない。世間話めいた受け答えがかろうじて五分ほど続いた末に、時間を持て余したらしい左側が「堀さんは、この事務所の総務を支えてくださった功労者なので」と微笑んだ。

「ぜひ次の職場でも、ご経験を活かしていただければと思います」

「職歴的に、これから新しい仕事を覚えるのも厳しいでしょうから」

あっさり言ったのはもちろん右側だった。年齢的に、と言わないだけ気を遣ったつもりかもしれない。

「……そういえば、こちらでアルバイトをされていた方の件ですが」

どうにか黙殺しながら、左側がおずおずとそう切り出した。

面談のスケジュールは異動対象者の職位順に組まれていたが、私だけはその法則を無視して最後に回されていた。重要度が低いからかと思ったが、どうもこれが本題らしい。

「なにかお心当たりは見つかりましたか？」

「どうでしょう。そこまで接点がありませんでしたし、担当も違いましたから」

そうですよね、とうなずきかけた左側が、右側の言葉で硬直した。

「総務として、職場全体の様子に目を配られてはいなかったんですか？」

部下のメンタルケアは上司の仕事だし、全体に目を配る、などという曖昧な仕事は事務分掌にはない。名前のないそれは当然のように、さらさらとこちらの足元を埋めてくる。

「しかも、あなたはこの事務所のハラスメント防止推進委員でもありますよね」

「だから気がつかなかった私のせいだと？」

そういうわけじゃないんです、と急いで左側がとりなした。

「ただ、さきほども申し上げたとおり、堀さんはこの事務所の総務として非常に優秀な方だと伺っていますので。こちらとしても、ご意見に信用を置きたいんです」

信用って便利な言葉ですよね、という、中沢環の台詞が頭をよぎる。

彼女は人事課時代、この右側の男と机を並べていたのだろうか。だとすればさぞ苦労も多かったことだろう。鼻持ちならないとしか感じなかった外面のよさも、いまにして思えば、彼女なりに周囲とうまくやろうと心を砕いた結果だったのかもしれない。

「まあ、本人が忘れているのならいいじゃないかとお考えかもしれませんがね。ご家族がだいぶ混乱されているんです、特にお母様が。あなたは独身だそうですが、世代的には親御さんの心境は私たちよりおわかりかと——」

「私のせいです」

右側が言葉を切り、ようやく資料から顔を上げた。

「はい？」

「私が、彼女を記憶喪失に追い込みました」

「……すみません、もう一度お願いします」

英会話教室で使うフレーズ、そのままだった。ソーリー、セイ、イット、アゲイン、プリーズ。

笑いそうになる。なるほど、外国人との異文化コミュニケーションだと思えば最初からここまで疲弊しなかったかもしれない。傍目にもわかるほど私の顔は緩んだらしく、その表情は相手をむしろ緊張させたようだった。

「この事務所の地下には、古い資料の保管された書庫があります。かつて自殺した職員の幽霊が出る、なんてくだらない噂もある陰気な場所です。用がないかぎりだれも足を運びません。そこで彼女を叱責し、詰《なじ》りました。なぜ、あなたのような役に立たない、他人の足を引っ張ってばかりの人が、平気な顔で生きていられるのかわからないと。いっそここに閉じ込めてやろうかと脅しつけさえしました。だれにも迷惑をかけない場所に、永遠にいてくれればいい。そう、魔が差したんです」

ふたりの男性職員は、同時にお互いのほうに首を向けた。

そのまま動かないのは見つめ合いたいからではなく、こちらを向くことを恐れているのだろう。相手がなにを言っているか、理解できないのに答えなくてはいけない。不安なのにそもそもなにを不安がればいいかわからない、それがまた不安でたまらない、そんな様子。英会話教室でのミナと私は、講師たちからこんなふうに見えているのかもしれない。

「記憶を失うほどのストレスを感じる理由としては、十分ではないでしょうか」

「……そんなまさか」

押しつけ合うような沈黙を経て、先にこちらを向いたのは左側のほうだった。

「ご自分でおっしゃったじゃないですか。あなたがたにはそこまで接点がなかったと」

「総務というのは、名もない厄介事がすべて回ってくる仕事です。彼女はそれを生み出す天才でした。この事務所の人間に訊いていただければわかります」

バカなことを、と右側が吐き捨てた。

「こちらは対応に追われているんです。冗談はよしてください。だいたいあなたのようなベテランが、それくらいのことでそこまで追い込まれるわけがないでしょう」

「それくらいのこと?」

うっかりチューニングを誤ったラジオのごとく、ひとりでに声がうわずった。

「それくらいとかそこまでとか、あなたになぜ決められるんです?」

会社をたたむことになった、と、きのうの電話で妹は言った。

たたむことにした、ではなく、そうなったと。いかにも彼女らしい言い方で、内容もおおかた予想どおりだった。父から受け継いだものは不動産も債権もほぼ残らない。実家も手放し、当面は義弟の親族を頼る。早々に海外離脱した姪はすでに相続放棄の意向を示していて、余計なことをしたら絶縁するとまで宣告されたという。

そのあたりで妹の声に嗚咽が滲み、女子トイレの隅で出るタイミングを逸したまま私はそれを聞いた。知らん顔で雑談をしつつこちらを横目でうかがっていた女性職員たちからは、きっと通販会社かなにかに問い合わせでもしているように見えただろう。

——なんのために頑張ってきたか、わからない。

妹はかつての無邪気な愛らしさをとうに失っていたが、その泣き声だけは少女のころと同じ可憐《かれん》さを保っていた。自分の涙が武器になることを知っている人間特有の、訓練された美しい泣き方。素直に同情を誘われはしたものの、かけたかったのは慰めの言葉よりも説教に似た本音だった。なにが起こってもおかしくはないこの時代、ゼロに戻れるだけ、マイナスを抱え込まなかっただけありがたいと思うべきなのだ。

——姉さん、父さんのお葬式で言ったよね。このままじゃ会社はもって五年だって。

弱々しく妹がつぶやき、そうだったかしら、と私は首を傾げた。たしかに父が死んだのは五年前だが、そんな席で皮肉を言う余裕がはたしてあっただろうか。

ただ、さすがに混乱している妹に記憶違いを追及する気にはなれなかった。たとえ断られても申し出ること自体に意味があるだろうと、なにか手伝えることはあるか、訊ねようとした矢先だった。

——ぜんぶ自分の予想どおりになって、さぞいまご満悦でしょうね？

「すべて私ひとりの責任です。もう、これでよろしいですか？」

「……もしそれが本当なら、あなたのしたことは許されません」

右側の男が初めて、はっきりと私に視点を合わせた。

「僕たちの使命は全体の奉仕者として、どんな相手も分け隔てなく守り労《いた》わることです。人には、だれでもその人らしく生きる権利がある。たとえなにがあったとしても、立場の弱い人間を攻撃するのは最低の行為だ」

これまでになく真摯な、しかし相変わらずの英文和訳調だった。ありふれたお題目に皮肉のひとつも返さなかったのは、一人称が変わったことに気がついたからだ。

「私もそう思います」

「事実であれば、あなたにこの仕事をする資格はない」

「あなたには、あるのでしょうね」

嫌味ではなく羨望、そして希望のつもりだったが、サイボーグのようだった右側の顔がやっと人間らしい嫌悪に歪んだ。耐えかねたように腰を浮かせながらその口がふたたび開かれかけたところで、左側が「とにかくきょうのところはこれで」と声を裏返らせた。

追い払われるように席に戻ると、染川裕未が目礼し、おつかれー、と課長が間延びした調子で言った。背後など確認するまでもなく、なにが起こっているかはわかる。「説教部屋」のドアが開き、さきほどのふたりが慌ただしく所長室に向かう。直後に課長あての内線電話が鳴るところまで想定内だった。

「面談の総括だって。ちょっと行ってくるねー」

「はい」

受話器を置いて立ち上がった課長はおそらく、次に戻るときにはこんな日和見な態度でいられないだろう。幾度となく苛立たされたのんきな顔も、見納めとなると名残惜しい気がするから不思議だった。

ふたたび電話が鳴った。今度は内線ではなく担当直通で、まず染川裕未が受けた。は、と言いかけたとたん、彼女の名乗りは相手に遮られた。

怒鳴ったり脅しつけたりしているようではないが、こちらまで漏れてくる程度のボリュームではあった。染川裕未の頬がひきつり、肩が震える。体調を崩す以前、大声で恫喝されるのが日常だったころのことを思い出したのかもしれない。

「はい――はい。少々お待ちくださいませ」

そのまま、送話口を手で覆った受話器が押しつけるように差し出された。

「堀さん、お電話です。……あの、人事課の」

みなまで聞かず、受話器を受け取った。

「もしもし、替わりました」

——どういうつもりなの。

質問の口調ではなかった。昔から変わらず、彼女は疑問形で話すときにも決して語尾を上げない。言葉を発するときにはもう、頭の中で確信を持っている。

「もう連絡が行ったの？　意外と仕事が早いのね、あなたの部下」

パソコンに向かいかけていた染川裕未が、露骨に首を動かしてこちらを見た。自分たちの人事権を握っている、しかも明らかに上機嫌ではない相手と、敬語も使わずに話しているのが信じられないらしい。

「あの様子じゃ、さすがのあなたも苦労しそうだと思ったけど」

——いちいち仕事の質を人間関係に左右されるべきではないでしょう。

思わず中沢環の席に視線をやったのは、さすがに意地が悪すぎたかもしれない。

——それより当事者となにがあったか知らないけど、私情を持ち込まないで。うっとうしい自己犠牲は問題の本質をぶれさせるだけで、保身しか考えない人間よりよほど足手まといなの。個人の犠牲で成り立つような組織なら、その未熟さをこそ是正すべきなのに。

「どう伝わったのかしら。心当たりを訊かれたから答えただけよ」

――あなた昔からそうね。自分さえ悪役になれば済むと決めてかかって、勝手に自暴自棄になって自己完結して。

なにを思い出しているか、お互いにわかっていた。

かつて、私たちは同じ時代を生きていた。そして選んだ道こそ違ったものの、おそらく同じ未来を夢見て、同じ理想を追っていた。だが、いまや絶対的な差が生じている。彼女は己の行くべき道を見失わず、むしろますます強固なものとしている。一方の私は、大きな犠牲を出した末にあっさりと目標を見失った。

あのときは、私のせいだと手を挙げることもできなかった。

――あなたと当事者とのあいだに、なにがあったのかは知らない。

彼女が似たようなことを二回言うのは、本当に珍しかった。

――そちらの人間関係までは管轄外だから。でも忠告するとしたら、力になりたいとか庇いたいとか認められたいとか、なんであれ、特定の個人の顔を思い浮かべながら動くのはやめることね。どんなに手酷く裏切られてもだれも恨まずにいられると、断言できるのなら別だけど。特にこの仕事なんて、必死で助けようとした相手に唾をかけられることのほうが多いんだから。

「……そうね。仕事以外でも、よくある話ね」

――たとえ見返りを求めていないつもりでも、他者を主体に行動した時点で期待が生じるものなの。だれかのため、なんて聞こえのいい言葉でモチベーションを人に転嫁するのは甘え。長年勤務しておきながら、そんなこともわかっていなかったなんて呆れるわ。

「そんな難しいことじゃないのよ。そちらとしても、責任の所在はわかりやすいほうがいいでしょう」

――あなたが引き受けているのは責任じゃなくてサンドバッグ。

「なにが違うの？」

――いまの言葉でわかった。あなたはね、単に面倒になったの。いつまで続くのかわからない現実から逃げたくなったの。消極的な自殺。巻き込まれたほうはいい迷惑。

「そうかもね」

平静を装いながらも、辛辣な指摘に苦笑した。

「でも、だれもがあなたみたいに強くなれるわけじゃないのよ」

珍しく、返事はなかった。

「いままで本当に線路に飛び込まなかっただけ、褒めてちょうだいよ」

その瞬間、ずっと聞かないふりをして目を背けていた染川裕未が、椅子ごと体を捻るようにしてこちらを見たのがわかった。

——対応は、組織として検討します。

彼女は大きく深い息をひとつ吐いてから、冷静な口調で言った。その溜息、そして直前まで続いていた罵倒と一緒に、同期に対する個人的な感情をも根こそぎ追い出してしまったような声だった。

「……そういえばお借りしている資料、あなたの部下に預けてもかまわない？」

ふと思い出し、デスクの引き出しを開けた。

放り込んだままだったＤＶＤのパッケージに貼られた、「必ず再生前の状態で返却してください」という注意書きは端が剥がれかけている。はじめ彼女はなんのことかわからない様子だったが、研修用の、と付け加えるとどうでもよさそうに許可をくれた。場違いに愉快な気持ちになる。私がハラスメント防止用の資料を手渡したら、あの若きサイボーグはどんな表情をするだろう。

「これ、前半のドラマが悪趣味じゃない？　ここまで大袈裟なものを見て『自分も加害者かもしれない』なんて悔い改める人はそういないわ」

——でしょうね。

「あなたの部下、面談で私に『これから新しい仕事を覚えるのは厳しい』って言ったの。もちろん、とるにたらない些末なことだけど」

――よく指導しておきましょう。

「ありがとう。こうしてどんどん世の中が生きづらくなるのね」

生きづらい時代になった、とだれかが言い、そうですね、とだれかが答えた。

あのとき、彼らがおのおの思い浮かべた「生きやすい」景色はおそらくまるで違う。だれもが過ぎ去った時代と未《い》だ《ま》来ない時代のあいだで板挟みになっている。個々に両側から受けるその重さが「生きづらさ」の正体だとすれば、彼らはそれを決して共有できない。

――それでも必要なの。声を上げたければ上げられると、だれもが思えることが。

そして、声の出し方を伝えていくことが。

「その声が人を追い込んで、また、別のだれかが犠牲になっても？」

問い詰めるというより、縋るように訊いた。答えには迷いがなかった。

――そう。声を出せずに犠牲になる、最後のひとりがいなくなるまで、続けるの。

通話が切れる間際、背後で所長室のドアが開く音がした。いつもの癖で、フックを指で押さえてから受話器を置いて振り返る。案の定、眉間どころか顔全体にしわを寄せ、見たこともない厳しい表情を作った課長が早足でこちらに向かってきていた。

地元に愛着はないが、いまさら東京に憧れる理由もない。県の郊外あたりにしたら、私程度の収入であっても中古マンションか一軒家くらい購入できるだろう。それでも学生さながら賃貸でひとり暮らしを続ける理由は、単純にそんな気になれないからだった。父の会社と妹夫婦の顛末を見るまでもなく、モノを残すこと、残されることの煩雑さは承知している。迷惑をかけたくないなどという殊勝な心持ちではなく、そこまでしてなにかを欲しがるのがもう面倒なのだ。

こうして自分の部屋を見渡してみても、家具といい家電といい、必要に迫られてしかたなく入手したものばかりが目につく。いらなくなれば明日捨てろと言われても未練はない。ただ唯一の例外は、二十代のときに買った北欧製のライティングビューローだった。小さな男の子が「気をつけ」で立っているような直線的で愛らしい佇まいと、使うほどになじんでいくというヴィンテージ感に惹かれて人生で初めて割賦を組んだ。夜中に温かい飲み物を片手にゆっくり手紙を書いたり日記をつけたり、そんな少女じみた習慣への憧れを捨てきれていない年頃だった——いや、実際に少女だったころの憧れをまだ取り戻せると思っていた、というほうが正確かもしれない。

長らく開きっぱなしの天板に置いたパソコンでインターネットをするだけの場所と化していたそれも、英会話を始めてからは多少出番が増えた。テキストの予習復習に加え、英語で日記をつけるという義務ができたからだ。君たちは自分で思っている以上にボキャブラリーがある、それを利用することに慣れるのが大切だというのが、この宿題を申し渡したディヴィッドの言い分だった。抜き打ちでたまにチェックするよ、とも言われたが実現はしていないので、おそらく彼自身はもう忘れているのだろう。それでも、学生時代以来に購入したA４の英習罫《えいしゅうけい》はそろそろ三冊目が終わろうとしていた。

ノートは過去の二冊も含めて、ライティングビューローの一番上の引き出しにしまってある。久々に取り出してめくってみたが、あきれるほどどうでもいいことしか書いていなかった。きょうは、卵のサンドイッチを昼に食べました。きょうは、シャツのボタンを縫い直しました。きょうは、電車から桜を見ました。我ながらこの程度の内容でよく三冊続けたものだ。複雑な出来事は言葉が追いつかないから端折《はしょ》られているに過ぎないが、これだけ読むと自分がずいぶん満ち足りた、慈しみ深い生活を送っているように思える。

英会話教室に行った日には、高確率でミナのことが書いてあった。ミナは、最近スターバックスのココアをよく飲みます。ミナは、新しいスニーカーが高価すぎて買えませんでした。ミナは、彼女の将来について悩んでいます。私は、彼女になにも言えませんでした。

ノートをしまい、次は真ん中の引き出しに手をかけた。

三段あるうち、ここにだけはいちおう鍵がついている。秘密めかしたそれも購入の決め手だった気がするが、いまやそんなものがなくても開くたびにギシギシと音を立てながらやたらと引っかかるので防犯対策は万全だ。使うほどになじんでいく、という売り文句と、その言葉にうっとりしていた頭の足りない小娘だった自分を思い返して苦笑する。年を経て味が出るのはメンテナンスを怠らなければの話で、いかに人目に触れさせ手塩にかけるかでアンティークとガラクタが道を分かつのは家具も人間も変わりない。

半分ほど開けたところで手を突っ込み、くしゃくしゃになった巾着袋を取り出した。色褪せた継《つ》ぎ接《は》ぎ風の花柄は、森の奥の屋敷で少女小説ばかり読みながらそのまま歳を取ってしまった老婆を思わせる。持ち主が握ったりもてあそんだりを繰り返したせいか、布地はすっかり手垢で黒ずみ、口を締めている紐も緩んでいまにも切れそうだった。ただ、持ったときの固さと重さに違和感を覚えてそれを開くと、外側にそぐわない冷たく黒光りする無骨な塊が現れる。

最初に目にしたときには、本当に拳銃に見えて一瞬ぎょっとした。似たようなものは仕事で何度も使ったことがあるし、現にいまの職場にも備品で置いてあるのに。議事録を書き起こすために重要な会議を録音したり、ややこしくなりそうな折衝の際に保険として持参したりする。だが、明らかに録音・再生・停止だけではないさまざまな機能を最低限の薄さと軽さに集約し、集音用の可動式マイクまでついた目の前の機械は、個人で所有するには少々高性能すぎるように思えた。

こんなものを本当に、テレビ番組の録画もままならないような顔をしたあの須藤深雪が使いこなしていたとは信じがたい。

袋の他の中身は、不動産の広告入りのポケットティッシュ、肉球のアップリケがついたタオルハンカチ、小銭(数えたら二百三十八円だった)、リップクリーム、そして個包装の飴玉がふたつだった。子供のおつかいでももっと重装備になりそうなものだが、たしかにこの機械を入れてなお目立たないサイズに収めるにはそれくらいが限界なのだろう。備えつけのイヤホンを片耳にだけはめて、録音モードから再生モードに切り替え、日付順に保存されているデータを上から選択していく。

よく聞き覚えのある声が、次々と流れてきた。

——そういうのってずるくない？

——それがないと働けないんですか？

——そんなの、知らねえよ。

何度聞いても、胃を全力でねじり上げられたような苦い息が漏れる。

彼女たちはこうやって、みずからの放った言葉を他人に聞かれているとは想像もしていないだろう。そこまで考えてからふと、そうだろうか、という気がした。ほかならぬこの私自身が、給湯室の壁越しに自分の悪口に耳を澄ましていたことを思い出す。

常にだれかが聞き耳を立てているかもしれない、少しもそう疑わずに過ごすことなど可能だろうか。どんなに言動に気をつけていても、その人物はこちらが毎日の繰り返しに疲れてふと油断する隙を見逃さない。警戒が緩んでこぼれ落ちたものをすかさず拾い上げて、振りかざし、襲いかかってくる者がいるかもしれない。そんな恐れや危機感を、わずかなりとも抱いたことのない人間がいるんだろうか。

最後に録音されたトラックだけは、まだ再生してみたことがなかった。

データを選択すると、しばらくノイズ混じりの無音が続いた。このまま終わってほしいと願ってもみたが、表示された録音時間からしてそうならないのは明らかだった。

——だれか、いるんですか。

案の定、その声は自分で耳にするのとは少し違っていた。いかにも他人事めいた冷たい響きは、扉越しであるせいばかりではないだろう。その直後、どうやらとっさに録音機能をオンにして様子をうかがっていたらしい須藤深雪の、たすけてください、という悲鳴が振り向きたくなるほど近くで聞こえた。距離感まで再現される高性能ぶりにあらためて驚く。鍵が開く音や扉のきしむ音、扉が閉じないようにカートで押さえる音などがそれに続いた。そしてまた、私自身の声がする。

――なにをしているんですか、須藤さん。

たまりかねたような嗚咽は、ずいぶんはっきりと響いた。あの書庫は空調やボイラーの機械音がうるさく、直接対面していたときすらまともに声が届かなかったのに。現に泣きじゃくりながらへたり込んだ須藤深雪がなにを言っていたのか、こうして聞き直すまでは確証が持てなかった。

――ここの、鍵を、なくしてしまって。探してたんです。そしたら、急に扉が、あの、押さえてたんですカートで、だって、一度閉めたら開かないって、あの、覚えてたんですちゃんと、でも閉まっちゃって、あの、カートも、ロックしてたのに、だれかがぶつかるみたいな音がして、気がついたら……。

――落ち着きなさい。……あなたがいると知った上で、だれかが扉を閉めたと?

――信じてください！　わたし、本当に、鍵を探して……。

――鍵なら扉の前に落ちていましたが。

短い沈黙があった。

――だれかがカートにぶつかったというのは、確かですか。きちんとロックをかけていなくて、扉の重さでひとりでに動いてしまったという可能性は？

わざわざ言わなくていいことを、と自分に辟易《へきえき》するより前に、ぐずぐずと泣く声がひときわ大きくなった。

――どうしていつも、こうなんでしょう。

たとえ涙に溺れていても、映画の台詞のようによく聞き取れた。

――わたし、なんで生きてるんでしょう。これまで、だれかの役に立てたことなんか、一度もありません。甘やかされたり、守られたり、そんなことはあっても、本当の意味では、わたしがいることで喜んでくれた人なんか、ひとりもいませんでした。いつだってだれかの邪魔をしたり、足を引っ張ったり、してばかり。わたし、生きていて、いいんでしょうか。

人には、だれでもその人らしく生きる権利がある。

あの若い人事課職員はそう言った。そのとおりだ。弱い人間、集団になじめない人間、みんな等しくその人らしく、自由に生きるべきだ。ただ、それが「こちらに迷惑をかけなければ」「目の届かない場所にいてくれるぶんには」という条件つきであるという事実からはだれもが目を逸らしている。水面下で押しつけ合いのロシアンルーレットは続き、銃弾が放たれたが最後、たまたまそれを手にしていた者が犠牲にならざるを得ない。

――そうですね。あなたは、邪魔です。

我ながら不気味なほど、優しい口調だった。

――代わりはいくらでもいる、どころか人に疎まれるばかりで、あなたでなくてはならない役割があるわけでもない。なぜ平気で生きていられるのか、まっとうな神経をしていれば悩む気持ちはわかります。自殺は後始末が大変なので、失踪がいいですね。お望みなら、もう一度ここに閉じ込めてさしあげましょうか？　だれにも迷惑をかけない場所に、永遠にいることができますよ。

だがしばらく聞いてみて、自分の声が妙に穏やかな理由がわかった。なにも取り繕わずに話しているからだ。説得したり言いくるめたり攻撃したり、そんな動機からではなく、ずっと昔から自分自身に対して繰り返し、とっくに体の一部となった思考を、眠る前に内省するように口にしているだけだからだ。

──ただ、急にいなくなられると残された側もいちおう探さなくてはなりません。ですから事前にしかるべき手続きをとることを勧めます。が、それもそれなりに面倒です。きっと担当者は舌打ちしますね。過労で倒れるかもしれません。あなたの都合で勤務時間が延びた結果、親の死に目に会えない人が出る可能性もあります。その人物はあなたのことを一生恨むでしょう。しかも、たとえ失踪したとしても根本的な解決にはなりません。辿り着いた先であなたはまた、同じような失敗を繰り返すでしょうから。そしてなにより、あなたがそうやって自分を否定することによって、あなたと似た境遇にある他の人間の存在も否定されます。大変な侮辱です。でも構うことはありません、そもそも人類自体が地球の害悪ですから。恥じ入って消えたくなるのはむしろ健全な発想です……しかしもちろん、これらすべての都合を汲むことはできません。どうなさいます？

苦笑する。どうなさいます、とはよく言ったものだ。選択肢さえ持たない人間が。妹も言っていたではないか。私は、人を愛したことが一度もないと。

──わかってたわよ、ずっと。姉さんが正しいことくらい。

自分だけが正解を知ってるって顔をして、外から好き勝手言うだけの身分はさぞ気持ちよかったでしょうね。でもね、人はそんなに簡単には割り切れないの。だれもが姉さんみたいに強くなれるわけじゃないの。そうやって高い場所から人を見下してなんでも理性で切って捨てて、それで結局、姉さんにはなにが残ったの？　ううん、残るどころか、失うほどのものも最初からなかったんじゃないの？　たとえ愚かでも間違いだらけでも、せめて大事なものを守ろうとしてこっちがどれだけもがいてきたか。そんなこと、きっと一生わからないし、わかろうともしないんでしょうね。

だってあなたは、自分以外を愛したことなんかないんだから。

わざとらしい二人称の呼びかけに、せめて最後に盛り上げるだけ盛り上げて精一杯傷つけてやろうという、健気な意図が透けて見えた。だが残念ながら的は外れ、かすり傷ひとつこちらに与えられなかった。私は、自分自身も愛したことなどない。

ずっと疑問だった。困難に立ち向かうとき、あるいは己を見失うほどの絶望から立ち上がるとき、人は「だれかのために」と言う。仲間のため、友達のため、家族のため、愛する者のため、あるいは彼らと生きる未来のため。では、だれの顔も思い浮かばない人間はなんのために頑張ればいいのだろう？　自分のため？

私でなくてはいけないと言ってくれる人など、この世のどこにもいないのに？

それでも社会に出たばかりのときは、目新しい思想に触れて少しは夢を見ていた。性別や容姿で差別され搾取されることの理不尽さを学び、あらかじめ失われた人生の重さを知り、それを取り戻すことはできなくても、せめて同じ過ちが今後繰り返されないようにと願った。だれの顔も思い浮かべられなくても、自分と似たような境遇の女性たち、その未来のためならば、人並みに情熱を抱けるのではないかと信じていた。だが、私は方法を間違えた。そして取り返しのつかないことが起きた。心が挫《くじ》けるにはそれで十分だったし、傷だらけになってでも己を奮い立たせ、同じ道に戻るほどの勇気も自信もなかった。

生きているかどうかもわからない未来より、すぐそばの現実に負けた。しょせん、自分より強く賢い他人から借り受けた理想など、その程度のものに過ぎなかった。誤った持ち主の手に渡ると砂になる、伝説の剣のように。

データの再生は、正しい持ち主である須藤深雪の返事を待たずに終わった。

犯人は現場に戻る、とはよく言ったものだ。この翌朝、私は事務所にだれもいないうちにふたたび書庫に行き、落ちたままだった鍵と、彼女の巾着袋を拾った。

これらの記録が公になれば、おそらく声の残っている全員が批判を浴びる。周囲の白眼視から社会的な制裁まで。インターネットにでも流出すればなおさらだ。だが、この中のだれかが――そう、たとえば染川裕未あたりが追い詰められた末にみずから命を絶とうものなら、今度は手のひらを返すように「そこまでしなくてよかったのに」と言い出す者が現れる。その時点で彼女は「行き過ぎた制裁で人生を狂わされた被害者」となり、今度は次の「加害者」たちが限界まで叩かれる。

それを繰り返すうちに、はじめになにが起こったのかは忘れ去られる。ただ、許してはならない、あれは責めるべき存在だという、その標的だけは決して見失われない。

Forget, but never forgive.《忘れるが決して許さない》

一見善良で弱々しい人間ほど敵に回すとたちが悪い、そんなことは長年この仕事をしていれば嫌でもわかる。それでも、録音機を持ち歩くことが須藤深雪本人のアイディアとはどうも思えない。彼女の家族、訴訟も辞さない勢いだという身内が持たせたというほうがしっくりくる。なにかあっても瞬時に立ち向かえるほど強くも賢くもない彼女が、後々からでも危機に対応できるように。

恥じることではない。弱い者が身を守るために知恵を絞るのは当然で、義務ですらある。それなのになぜか手の中の機械は、こんなにも冷たく重いまま肌になじまない。

イヤホンを外し、なじまなさを払拭するように機械のボタンに親指をかけた。

はじめはおそるおそる触っていたそれの扱いにもすっかり慣れ、いまやよそ見をしながらでも操作できる。録音データの削除の仕方も、マニュアルを調べるまでもなく自然とわかった。特に私の理解が早いのではなく、もともと最新機器というのはそうできているのだ。だれが見ているわけでもないのに機械から視線を外し、なにげないふうを装いつつ、保存されたデータの数だけ同じ操作をする。

日付が早い順にデータを選び、メニューから「削除」を選び、本当によろしいですか、という確認画面の左側に表示された「YES」を選ぶ。

情報の隠蔽が問題視され、すべての真実は白日の下に晒《さら》されるべきとされる中、この行為は明らかに許されることではない。どうしてわざわざ余計な秘密まで背負い込んでいるのか自分でもわからない。現にひとつデータを消すたびに、ずっしりと憂鬱な罪悪感で肩が重くなっていく。にもかかわらず、そのぶんふっと呼吸が軽くなる気もした。

指が痛くなるほど同じ動きを繰り返し、ようやく最後のデータまで辿り着いた。親指を止めて視線を戻し、画面に表示されたメッセージを初めてまともに読む。

『データは復元できません。本当に削除してよろしいですか？』

しばらくそれを眺めてから、YESもNOも選ばずに電源を切った。

面談から半月あまり、予想ほど大きな波風はなかった。

私は須藤深雪の記憶喪失を知らされたときと同じく所長室に呼び出され、課長が関与を拒むように座ろうとしなかった以外、それぞれが同じ位置に座ってあらためて話をした。私は面談で伝えた内容を繰り返し、所長はかろうじて怒鳴るのを我慢してはいたものの（パワハラにパワハラで返すことを禁じられたらしい）、不機嫌さが前回の比ではないことは時折聞こえる舌打ちから明白だった。背後にいたはずの課長はとばっちりを恐れてか完全に気配を消していて、残された副所長だけが、現実的に対処するべく立ち回っていた。

「処遇については追って沙汰されるそうです」

力ないつぶやきで放免になったとき、彼にだけは申し訳ない気がしなくもなかった。訴えられる前にパワハラを「自白」した例など前代未聞だし、本人の希望を聞こうにも須藤深雪はなにも思い出せない状態が続いている。だから、問題が解決していないことに変わりはない。だが隣にいる染川裕未の既往歴に配慮してか、騒ぎが大きくなるのを避けるためか、あるいは逆に見せしめか、私はこの多忙な時期に通常業務を離れ、ひとり「説教部屋」に隔離されることになった。だれよりも早く出勤し、新聞や郵便物を仕分けたり、税務署と間違えて電話してくる相手に正しい問い合わせ先を教えたり、他の職員となるべく関わらない雑用をして一日を過ごす。そして庁舎内に人気《ひとけ》がなくなるのを待ってから、ひっそりと帰宅する。

一度トイレで田邊陽子とすれ違ったが、彼女はこちらを横目で見ただけでなにも言わなかった。私がどうこう以前に、余計なことを考えさせるものを視界に入れたくないという様子だった。ただ私と目を合わせないのは彼女以外も同じだったから、深い考えもなく倣っただけかもしれない。そんな調子なのでだれかに直接訊ねるわけにもいかなかったが、責任の所在が明確になったことでひとまず犯人探しは終結し、事務所もなんとか「空気の悪い」時期を脱したらしい。日中は忙《せわ》しないながらもたまに笑い声が漏れてくるようになったし、給湯室の壁越しに聞こえるおしゃべりも、子供の卒業や入学準備、花粉症の苦労といった他愛ない話題が増えた（あえて確認に行ったわけではなく、三角コーナーの掃除やゴミ出しも私の仕事だった）。

ほら、と思った。物事は単純なほうがうまくいく。問題はひとつ、悪役はひとり。

「ソーリー、アイム、レイト」

〝No problem. But I think you look so pale. Are you OK?〟

ノープロブレム、と繰り返してみせる。顔色が悪いのはおそらくずっと室温の低い部屋にいるからだが、そこに至った経緯をデイヴィッドに伝えるのはいろいろな意味で不可能だ。単純に、アイムビジーアリトルナウ、と答えるだけで彼は大きくふたつもうなずき、三月と四月は日本人にとって忙しい時期だしインフルエンザも流行っているから気をつけて、と納得してくれた。制限された言葉による表現はぎりぎりまで削ぎ落とされ、人生をシンプルなものに思わせてくれる。

たしかにデイヴィッドの言うとおり、日本、特に役所の三月は忙しい。その慌ただしさに紛れ、終わった事件のことも不幸な被害者の存在ごと忘れ去られたようだった。

〝OK, let's continue our class.〟

電車の遅延があったせいで、残り時間はあと十五分もない。急いで席に座ると対面のミナがさりげなくテキストを指さし、開いていたページを示してくれた。ありがとう、の意味を込めて会釈すると（講義中の日本語の使用は禁止されている）ミナも控えめに微笑んだ。

私たちが指定されるのはたいていもっとも小さい五番の教室で、日中は子供向けのクラスに使っているらしく、ときどき床に英語の絵本やアルファベットの積み木が散らかったままになっている。根拠はないが、私たちふたりはたぶん劣等生の部類に入るのだろう。ミナはともかく、私は明確な目的があるわけでもないからなおさらだ。たまに「甘えが生じることを防ぐ」ために他の生徒と組まされることもあるが、ビジネスマン風の若者がこちらを無視して講師と経済談義で盛り上がるのを眺めるだけの時間を過ごして以来、そんな日は憂鬱でしかなくなった。

「こんな場所でくらい、日本人同士で協力し合えばいいと思うんですけどね」

ミナも似たようなものらしい。別々に受講したレッスンの翌週、夫の海外赴任に同行するという中年女性に「ここは本格的な英語教育が強みだから、あなたみたいな方は退屈でしょ」と皮肉られたと教えてくれながらそう言って笑っていた。実家の母親を前にした子供のような、安心しきった表情で。

もしミナが私の子供だったら、と想像してみる。

気難しい中年女と無邪気な若い娘。親和性の高い組み合わせだ。そして想像を深く推し進めるまもなく、その言葉は即座に英語に変換された。一昔前によく流れていた駅前留学のCMのおかげだろうが、簡単に構文が浮かんできたこと、その気になればすぐにでもそれを口に出せることにむしろ戸惑った。Mina, I wish you were my daughter.

〝Any questions?〟

結局、ほとんどしゃべらないうちに終了の時刻が来てしまった。

チャイムが鳴ると同時に、デイヴィッドに限らず他の講師たちも必ずそう確認する。たいていの場合、私たちはふたりとも首を横に振る。個人的な質問で相手の休憩時間まで削りたくないので、どうしても訊きたいことがあれば授業後に訊くようにしていた。そしてそんなことはめったにない。それはどうやらミナも同じだった。

しかしきょうは珍しく、向かい側で彼女が九十度に右手を挙げた。

『このあいだの授業で、forget と forgive について教えてくれましたよね』

発音はいつもよりなめらかでとっさに聞き取りづらいほどだったが、フォゲット、と、フォギブ、だけはどうにか捉えられた。

『get と give の意味は正反対なのに、forget と forgive は正反対とは言えない。この違いはなんですか？ forget はなにを得ることで、forgive はなにを与えることなんですか？』

かつてなく完成された文法と流暢な話しぶりから、彼女がこの質問のために事前にしてきた予習の量が推察できた。デイヴィッドはうなずいて、消したばかりのホワイトボードに黒ペンで「forget / forgive」と書いた。for の下に赤で、get と give の下に青で線を引く。

『そもそもこの前置詞は、いまいる場所から離れる、という意味だ』

そう言って、こちらにハグを求めるように腕を広げてみせる。焼く前のパン生地に似た質感の、白くやわらかそうな手だった。

『たとえば〝It is present for you.〟や〝I leave for America.〟といった具合に。ただ、

あくまで「そちらの方へ向けて放つ」というニュアンスで、そこがtoとは異なる』

これがtoならこんな感じ、と、デイヴィッドは今度は人差し指を前に突き出した。

『たとえば〝It is present for you.〟はあくまで「あなたへ向けて贈る」ということで、受け取り手は必ずしも「あなた」だとは限らない。もちろんプレゼントが横取りされるかそのままだれかにパスされなければそんなことは起こらないし、起こってほしくないけど――ところでgiveとgetは、厳密に言えばセットではない。一般的にはtakeがgiveの反対語とされている（ギブアンドテイクって言うだろ？）。でもたしかにgiveとgetは対として扱われることが多い。それでいてforgiveとforgetが対義語にならないのは、行為の対象が異なるからだ。forgiveで与えるのは自分自身、つまり「すべてを差し出す」というのが語源。それに対しforgetはgetという動詞そのもの……すなわち得ようとすること自体を手放す、やめることを意味する』

イラストやジェスチャーを交えながらの明快な説明は、私にすらよく理解できた。そういえば目の前にいるのはただのおしゃべり好きな白人男性ではなく、言語学の教育を受けたしかるべき人材なのだと再認識させられる。うなずくことも忘れて熱心に聞き入るミナの横顔を見ながら、私が考えていたのは須藤深雪のことだった。

彼女はなにを得ることをあきらめ、どこへ自分を差し出すのだろう。

『すべてを与えること《Forgive》、求めるのをやめること《Forget》。どちらも難しい、自己犠牲的な行為だ。このふたつは対義語でも類義語でもないけれど、非常に近しい関係にある気がするよ』

グッドクエスチョン、とデイヴィッドはミナに親指を立てた。サンキュー、という返事を聞いて、にかっとスマイルを作ってみせる。十分美しい歯並びだが、肌の色が白すぎるせいか少し黄ばんで見えた。これが欧米でオーラルケアの発達している理由かもしれないなどとばかげたことを考えていると、

「ディスイズ、マイ、ラストレッスン。アイ、リーブ、ディススクール、トゥデイ」

いつものたどたどしい口調に戻って、ミナはいきなりそう言った。基本的な文法と単語で構成されたその文章は、さすがに私程度のレベルでもすぐ脳内で翻訳できた──これは、わたしの最後の授業です。わたしはきょうでこの学校を辞めます。

〝Oh, really? I'm so sorry.〟

デイヴィッドも知らなかったらしく、福笑いみたいにしゅんと眉を下げてみせる。残念とごめんなさいが同じ言葉だなんて、英語はやはりいい加減だ。おかげで彼がミナを追い出すように思える。サンキュー、アイエンジョイドユアレッスン、とミナはデイヴィッドに微笑み、それからやおら「アンド」とこちらに向き直った。

「サンキュー、セイコ。アイ、エンジョイド、マイレッスン、ウィズ、ユー。アイ……アイ、ウィル、ノット、フォゲット、ユー」

グレイト、とデイヴィッドが拍手してみせた。

日本語で話していたら、この空間にふたりきりなら、目を見て、名前まで呼ばれて、こんなふうに言われる機会はなかっただろう。こうしてまっすぐに感謝を伝えられたことなど、もうずいぶんと遠いような、もしかしたら初めてのような気さえする。

ありがとう、一緒にレッスンできて楽しかった。わたしは、あなたを忘れません。

どうにか目を逸らさずに、ミートゥ、と答えるのが精一杯だった。

その夜、娘の夢を見た。

彼女は痛みを伴わない出産の時点で親孝行で、夜泣きもせず、危ない真似もせず、金銭的にも肉体的にもこちらに一切の負担を強いることなく、万華鏡をくるりと回転させるように鮮やかに若い娘になった。私はなにも自分から奪わなかった彼女を、すべてを捧《ささ》げることも厭《いと》わないほど愛していた。そして、かつて読んだ海外の物語に出てきた「母親」の行動をなぞることでそれを示そうとした。靴下を縫い、クッキーを焼き、自分が彼女くらいの年頃だった時代の思い出を話して聞かせる。だが、めまいがするほどよく揺れる安楽椅子に座り、膝元にいる娘にねだられていざ昔語りを始めようとしたとたん、自分が語るべき過去をなにも持っていないことに気がついて困惑した。

ぎゅうっと、催促するように足を引っ張られて膝の関節が痛んだ。たしなめても痛みは強くなる一方で、ついには大声で、やめて、と悲鳴を上げてしまった。返事がなかったのでおそるおそる見ると、娘はまだお姫様だったころの妹の顔をしていた。

その瞬間、母親としての温かい血を全身に巡らせていた私の心臓が、厳格な裁判官の木槌で殴られたように止まった。すべてを与えたいなんて、妹をそんなやり方で愛したことは一度もなかった。たとえ夢の中でもわかるほど、歴然とした事実だった。

彼女は恨みがましい眼差しだけを残して音もなく爆散した。

そこから、娘のイメージは開き直ったコラージュのようにばらけた。いまや彼女はあきれるほど巨大になり、ほとんど空に近い高さからこちらを、中沢環の暗く冷めた瞳で見下している。それでいて目尻からはだらだらと須藤深雪の涙が流れ、大粒の雫《しずく》が落ちたその場所は塩辛さにあてられて草木ひとつ生えなくなる。胸の前では、皺《しわ》だらけの手を小刻みにこすり合わせている。これは病床にいた私の母の腕だ。一見祈りのようだがその実、医者の目を盗んで甘いものを買ってきてくれと子供のようにねだる仕草だ。ああまた選ばなければいけない、鬼になるか悪魔になるか。呼吸が浅くなり、ひとりでに涙が滲む。

写真で見た若き日の母は妹に瓜二つの美人だったが、生まれつき法令線が深い口元だけは少し残念な印象だった。そして、その部分は見事に私にそっくりだった。どうやら、それは我が娘にも受け継がれてしまったらしい。間断ない呪いの言葉のせいで鋭い牙が伸び、きちんと閉じることすらできていない口がやおら開く。火の玉でも吐くのかと思いきや、代わりに飛び出してきたのは拙い英語だった。

アイ、ウォントゥ、ゴートゥ、ニューヨーク。

そう、私の娘もまた、海外に憧れている。ミナのように。あるいは、国を飛び出しさえすれば血の繋がりから解放されると信じたらしい姪のように。

気がつくと、私は職場の地下書庫にいた。

母親として、自分のなすべきことはわかっていた。奥の棚の裏にある隠し金庫を開け、そこにしまわれた公金をぶるぶる震える手で持ち出す。映画やドラマで見るような札束ではなく、わざわざ厳重に保管するのもばからしいほどの小銭だ。だが、とたんに頭が割れるほどの大音量で警報が鳴りはじめ、逃げようとした私は足がもつれて惨めに転倒した。

警報はそのまま、罪を糾弾する人々の声になる。天網恢恢《てんもうかいかい》疎《そ》にして漏らさず、正義の名の下に真実は光の速さで露呈した。新聞、テレビ、インターネット、街頭ビジョン、あらゆるメディアが私の悪事を喧伝し、私は世界中から失望したと罵声を浴びる。そもそも期待された覚えはないのに。誹謗《ひぼう》中傷に耐えかねた娘は、ついに私のもとを去ってしまう。

絶え間ない罵倒は一生続いた。それは消えない耳鳴りになり、耳鳴りは頭痛になり、頭痛は魂ごと吐き出したいほどの嘔吐感《おうとかん》になった。わずかでも体を動かすと、鼻の奥に死の匂いを感じた。これがラストチャンスだと思いながら力を振り絞って寝返りを打ち、枕元に置かれたスマートフォンに縋りついた。水でもなく、痛みを忘れる薬でもなく、せめて最後にひとことでも娘の声が欲しかった。

声は機械越しではなく、直接聞こえた。右からは妹の。左からは、かつての同期たちの声が幾重にもなって響いた。田邊陽子かもしれない、いまだに自分の志を貫く彼女かもしれない。あるいは、実のところもう声どころか顔もうまく思い出せなくなってしまった、あの子かもしれない。いずれにせよそれらは入り混じった結果、どういう化学反応なのか、冷ややかなミナの声になる。

――いまさらなんなの？

背後で扉が閉まる音がして、世界が闇に包まれる。いま、私は死んだのだ。うなだれた背中に、ふいにだれかがぴったりと寄り添ってきた。

人肌に安堵したのもつかのま、それはみるみるうちに濡れたように存在感を増していき、体がきしむほどの負荷となってずっしりとしなだれかかってきた。未来の罰も過去の罪も、すべてをこちらに委ねようとする全身全霊の重さ。首と肩と腰と肘と膝が割れんばかりに折れ曲がり、圧迫された内臓が縮んでゆくのを感じる。

振り向こうにも顔が動かないが、それでもわかる。彼女は娘だ。今後、赤ん坊のように母に背負われて生きざるを得ない、会ったこともない田邊陽子の娘だ。

母親になるためには毛糸のやわらかさもクッキーの匂いも必要ではなかったことを、私は初めて知った。圧力鍋にかけたように骨まで脆く崩れそうなこの重圧こそ、彼女たちにもっともなじみ深い感覚だった。

あと一秒で、本当に全身が潰れる。永遠の孤独を味わう余地もないほどばらばらになってしまう。そう思ったら、私はとっさに彼女を振り払い、突き飛ばしていた。そのたった一度の拒絶が致命的だと、気がついたときには遅かった。

よろけた拍子に視界に飛び込んできた光景は、よくある駅のホームだった。

私はホームの端、白線の内側に立ち、反対側の端に佇んでいる娘の横顔を眺めている。私と同じく白線の内側にいた彼女が、線の上に踵を乗せた。同時に、私の背後から電車が迫ってきたのがわかった。踏切のけたたましい警報が響き渡る。それに反応してふっとこちらを向いた娘は、染川裕未の顔をしている。

私は、彼女がなにをしようとしているか悟った。

叫ぼうとしたが、まったく言葉が出ない。まるで泣くことを知らない赤ん坊のように、情けない呻《うめ》き声が喉から漏れるだけだった。常日頃あれだけ無駄に言葉を使っておきながら、こんなときに使える言葉の持ち合わせがなにもなかった。

しかたなく、直接止めるために走り出す。走る前からすでに心臓は早鐘を打っていて、もう少しでも動いたら破れそうだと訴えている。だが、それでも。二度と後悔はしたくない。頼むから間に合ってくれ。そう願いながら汗まみれになって走るが、なぜかいっこうに距離は縮まらない。背後で電車の暴力的な気配だけが膨れ上がっていく。風圧を感じてぶわりと全身の毛が逆立つ。

娘は私に微笑みかける。心配いらない、すべてを許す、とでも言いたげに。そして気負いのない動作で一歩、まるでそのまま銀河鉄道にでも乗り込むように、白線の外側の虚空へと足を踏み出す。スローモーションで落ちていく華奢《きゃしゃ》な体を見つめながら思ったのは、いま、私が横に飛んで線路に飛び込めれば、ということだった。代わりに電車に轢《ひ》かれ、下敷きとなることで、娘のところに至る前にブレーキをかけられたら。たとえそのせいで百万人に迷惑をかけても、たったひとりを救えたら。

だが、たとえ夢の中でも、私の体がそのとおりに動くことはなかった。頭の中で机上の空論だけを繰り返しながら、私はむしろ到達点が遠ざかっていく一方の、直線の上を走り続ける。永遠に、走り続けている。

電車がついに私を追い越し、轟音《ごうおん》とともに影が娘の姿を覆った。

はっと目が開いても、夢と現実の区別がすぐにはつけられなかった。

ベッドの上で体を起こそうとすると、がつんと殴られたように頭痛がした。ふたたび倒れ込みながら現状を確かめる。耳鳴り、悪寒、熱を持った関節。夢の内容にも影響したらしいこれらは、どうやら現実のようだ。次に、なんとか腕を伸ばして枕元のスマートフォンを取り上げる。確認したが、妹にかけたときを最後に通話履歴は残っていない。ということは電話をしたのは夢だ。そして、公金に手をつけたのも夢だ。あの事務所に隠し金庫などという洒落《しゃれ》たものは存在しない。

あとの内容はぼんやりとしか思い出せないが、そこまでわかれば十分だろう。ほっとしながら、どうやらすべて夢だ、と結論づけようとしたところで間違いに気がついた。

「いまさらなんなの？　って、思いましたけどね」

ミナの台詞だけは、現実にこの耳で聞いたものだ。

「母親が体調崩しちゃって、人手が足りなくて。父は自分でご飯も炊けないし」

ミナからの質問で定刻を超過したせいか、レッスン後、デイヴィッドは彼女との別れを惜しむでもなく急いで教室を出て行った。ミナのほうも特段それを気に留めず、いつもと変わらない様子で帰り支度をしながら、今後は遠方にある実家に戻って家業を手伝うのだと教えてくれた。

「ご兄弟は？」

「いますよ。でもいざこうなってみると、他は結婚して子供がいたり、代わりの見つかる仕事じゃなかったりして。わたし出来がいいほうじゃないからずーっとほっとかれてて、それにかこつけて自由にやってたんでツケが回ったっていうか」

どこのおうちも大変ね、と何食わぬ顔をすることもままならなかった。

「ニューヨークもキャンセルですよ。バイト連勤しまくって頑張ったんだけどなぁ。でもしょうがないですね。自分で選んだ道だし、自己責任で」

自分で選んだ。自己責任。よく聞く言葉だが、そうだろうか。気がついたら選ばざるを得ない状況に追い込まれている、責任を追及されるような選択とは、往々にしてそういうものではないだろうか。

だめ、と言ってしまいそうだった。これくらい構わないだろう、そんなふうに少しずつ言い含められているうちに、気がついたら瓶の中は砂で埋まって身動きができなくなる。思いきり手足を振り回せる余白があるうちに、抵抗しなさい。

でも、そんなことはとても言えない。

私が彼女の親であっても、叶《かな》うかわからない夢を追ってふらふらされるよりは目の届くところにいてほしいだろう。家業を手伝わせるのも食い扶持《ぶち》に困らないようにという親心かもしれない。自分たちの死後、潰しのきかない夢追い人として東京で老いていく娘の姿などそれこそ想像するだけで悪夢だ。傍目にもミナのセンスは奇抜だが凡庸で、大成する可能性が高いようには見えない。私の審美眼などたかが知れているとはいえ、彼女の両親とはおそらく同世代、感覚は似たようなものなのではないか。

上京にあたって、ミナとその家族のあいだにどの程度の葛藤があったのかは知らない。ひょっとすると彼女の両親には理解があり、娘の人生だから好きにすればいいと快く送り出したのかもしれない。だが、もしミナが私の娘だったら。私はありったけ知恵を絞り、彼女が傷つかない道を用意して、さりげなく選択肢を奪うことでそちらに誘導するだろう。

もしかしたら、私自身の両親もそうだったのかもしれない。

「まあ、長い人生の何年かくらい、親孝行しないとですよね」

ミナは立ち上がり、教室を出ようとドアノブに手をかけた。出たが最後、彼女には二度と会わない。英会話という共通点がなくなれば、私たちは赤の他人だ。いまも他人だ。

赤の他人としてなら、なにができるだろう。

不遇な境遇の主人公の前に、突如として現れる謎の支援者。昔話の王道だ。金のかかる趣味もこれといってないから、しばらく彼女を海外に行かせる費用くらい、簡単とはいかないまでも出してはやれる。好きなところへ行ってらっしゃい、なにも返さなくていい、望むのならそのまま遠くへ逃げてしまいなさい。そう言って、すべてを与えてやることもできるのでは？

「なんか、ありがとうございます」

出て行きかけていたミナが、ふいに振り向いた。

「なにが？」

「こういう話って過剰反応されることが多くて、ちょっとうんざりというか、疲れてたんです。特におじさんおばさん世代とか、いちいち大袈裟で」

感情が表に出ないように、そう、とだけ相槌を打った。

「夢のこともわりと話しちゃってたんで、ホントにそれでいいの？　みたいな。よくなかったらなんだよっていう。かといって偉いとか親孝行とかやみくもに肯定されるのも、それはそれでバカにされてるみたいで。でも一番腹が立ったのは、さもわかったような顔で『そんな人生もあっていいんじゃないかな』って言われたときですかね。あっていいって何様だよ、あんたに認められなくたって、わたしはこの人生でやってくんだよって」

「……そういうものなのね」

「我儘《わがまま》ですよね。でも、その手の人たちって本当に親身になってくれてるわけじゃなくて、自分の若いころの苦労や心残りをこっちに重ねてるのがバレバレなんです。勝手に自己投影されても困るというか、しょせん他人のくせにって感じじゃないですか？」

だからなんていうか、適当に聞いてくれてありがたかったです。そうはにかんでみせたミナと、どんな顔で別れたのかは覚えていない。そのときにはもう、全身を走る悪寒でそれどころではなかった気がする。

駅で帰りの電車を待っているときには、すでにうずくまりたくなるほどの頭痛に見舞われていた。自宅へと続くはてしない距離、そこまでに遭遇するだろう酒臭くてやかましい酔っぱらい、そんなものを想像すると、すぐさま線路に下りて人生を早送りしてしまいたくなる衝動に駆られた。どうにか堪《こら》えて帰り着き、靴を脱いでふらふらと上がろうとしたところで私は足を取られて転倒し、したたかに膝と腹を打った。

振り向くまでもなく、つまずかされたものの正体はわかっていた——小型犬用の飛び出し防止フェンス。母の死後に妹が父の寂しさを紛らわそうと犬を購入したものの、結局、父が面倒を見切れなくなったので私が引き取ったのだ。ここに来たときにはもう成犬で、そのせいか短い同居生活の最後まで私には懐かなかった。

ふくらはぎほどの高さしかないそのフェンスを、いちいち撤去するのが面倒で放置していたのは自分の怠慢だ。だというのに、なんで私がこんな目に遭わなきゃいけないの、と思った。生活能力のなかった父に、甘ったれで考えなしの妹に、動物アレルギーの義弟に、恩知らずの犬に、焼けつくような怒りがいまさら湧いてきた。決して使ってはいけない、と英会話教室で念押しされた悪口雑言を覚えているかぎり掻き集めて吐瀉物《としゃぶつ》さながら床に垂れ流しつつ、それを慰めになんとか鎮痛剤を口に放って這いずるように布団に入った。

そして引きずり込まれた眠りの中で、娘の——娘たちの夢を見たのだ。

状況をやっと理解して感じたのは、悪夢から逃れた安堵よりも、深い疲弊だった。次に起きたときには薬がもう少し効いていることだけを期待して、ふたたび目を閉じる。苦痛から気を逸らすために、また夢に呑まれないために、なにか明るい現実を思い浮かべようと試みてもみたが、もはやそんなよすがにできるものに心当たりはなかった。

「それに正直、ちょうどよかった部分もあるんです。家族のためってことにしておけばまあ格好がつくっていうか、人生、たいていのことは言い訳がきくから」

専門学校の退学手続きの話をしながら、ミナは平然とそんなふうにも言った。

幸い、今度は夢を見なかった。眠るというより気絶に近い状態だったのかもしれない。ただ、幸いだったのはその一点のみだった。

翌朝ふたたび覚醒したときには、全身の痛みと吐き気、そして悪寒は引くどころか無視しがたいほどいや増していた。枕から頭をもたげるだけで非常事態を告げる警報が響き、関節という関節が悲鳴を上げる。なんとか体をなだめすかしながらコートを羽織って行った病院で、インフルエンザという診断が出たときにはむしろほっとした。

ここまで急激に体調が悪くなる理由など、そしてあんな安っぽい夢を見た理由など、そうでもないと説明がつかないと思った。

職場に電話をして課長に事情を話すと、あっさりと出勤停止命令が下りた。三月から四月にかけた一年でもっとも多忙な時期、そんなときに不可抗力とはいえまとまった休みをとるのは、長年の勤務で初めてのことだった。

「申し訳ありません。なにかあったらご連絡いただければ」

『とにかく休んでください。こっちのことは心配しなくていいから』

課長はそっけなく答え、返事を待たずに受話器を置いた。まあ、たしかにそのとおりだ。私はあの面談を機に通常業務から外れていたし、それに合わせて私しか把握していない仕事もなくなるように振り分けてある。もともと頭数には含められていないはずだから、課長と染川裕未の二人体制でもどうにか乗り切れるだろう。

その日のうちに副所長から電話があり、私はまたしても初めて、寝そべりながら異動の内示を受けた。

次の配属先は、この部屋からドアトゥドアで一時間弱の場所にある児童相談所の総務担当だった。意外性は特になく、左遷や島流しという印象でもなかった——自覚がないだけかもしれないが。先方には連絡しておくから心配しなくていい、という課長と似たような台詞に朦朧《もうろう》としつつ謝意を伝え、通話を終えてからふと、そういえば英会話教室にも連絡しておいたほうがよかっただろうかといまさら考えが及んだ。

ミナに、そしてデイヴィッドをはじめとする講師やスタッフたちに、ウィルスを分け与えてしまった可能性は十二分にある。私が原因で集団感染などという有様になっていたら目も当てられない。だが、すぐに考え直した。大丈夫であればいたずらに不安がらせるだけだし、本当にうつしていたらもはや謝ってもどうしようもない。なにより、もっとも長く一緒にいたミナは二度とあそこには来ない。

だからもう忘れよう。そう思ったとき、ミナのこだわっていた言葉が頭に浮かんだ

——Forgive, but never forget.

あれは結局、だれの台詞だったのだろう。ミナはなぜその台詞が、あるいはその発言主が好きだったのだろう。わざわざ予習して最後の授業で質問までするほどに？

横になったまま、さっそくスマートフォンでくだんの言葉を検索してみる。だが、意外にも具体的な情報はすぐに出てこなかった。虐殺で甚大な被害を受けた東南アジアの国のスローガンだという説が有力だったが、私の知るミナのイメージとはあまり結びつかない。他にも非業の死を遂げたアメリカ大統領の発言に似たものを見つけたり、平和主義で有名なインドの思想家の言葉によもやと思ったりもしたが、確たるこ

とは最後までわからないままだった。そしていずれにせよ、もうミナ本人に事実を訊く機会はない。

落胆とも安堵ともつかない心地でスマートフォンを置き、せめて彼女にウィルスをうつしていないようにと祈りながら、私は薬による何度目かの曖昧な眠りについた。


インフルエンザによる出勤停止命令の解除、すなわち再出勤が可能になるのは、解熱から二日を経過した後とされている。体の他の部分が回復していても、熱が下がらないあいだは動けない。私の場合は運悪く風邪も併発していたらしく、結局、一週間近くウィルスと同衾《どうきん》しながら過ごす羽目になった。

水曜の夕方、洗面所の奥から引っ張り出してきた体温計がようやく平常値を示したので、念のため職場に連絡すると染川裕未が出た。

「いちおう明日、病院で治癒証明をもらってくるつもり」

『わかりました。そうなると出勤可能な日が土曜と重なるので、年度をまたいで来週の月曜日からですね。ご異動先にはこちらから連絡します。課長はいま会議中なので、戻られたらお伝えしておきますね』

もちろん当然の対応ではあったが、頼もうとしていたことまでほとんど先回りして答えられたので驚いた。

「ありがとう。そちらに置いてある私の荷物は、土日で回収しますから」

『体調は大丈夫ですか？　後日でも平気ですけど……』

「もういない人間の私物で場所を塞ぐわけにはいかないでしょ」

『……わかりました』

「他には、なにかあるかしら」

『はい。……須藤さんのご家族が、あの……お申し出を取り下げたみたいです』

お申し出、と復唱してから、はたとその示すところに気がついた。

横になることにも飽きて、私は寝間着の肩にストールを巻き、うろうろと部屋の中を歩き回りながら電話をしていた。だが染川裕未の言葉に動きを止めたとたん、まるで足払いでもかけられたように一瞬くらりと平衡感覚を失った。

『だから、堀さんから連絡があったら伝えるようにって課長が……堀さん？』

「大丈夫。病み上がりだから、少しよろけただけ」

言いながらライティングビューローの椅子を引き、腰を下ろした。左手でストールを直しつつ、急な展開に頭だけでもなんとか追いつかせようとする。

「どういう経緯でそうなったの」

『わかりません。人事課からはただ、解決したとだけ言われたそうで』

人事課と聞いて思い浮かんだのは、もちろん彼女の存在だった。

でも、まさか。特定の相手のために動くのは甘えだと断言した彼女にとって、同期のよしみ、などというなまぬるい公私混同はもっとも嫌うところのはずだ。それとも、だからこそ私の「甘え」を阻止すべく腰を上げたのだろうか。

『須藤さんも、無事におうちに戻られているそうです』

「記憶、戻ったのかしら」

『さあ……でもたぶん、そんなには思い出せてないいんじゃないでしょうか』

「どうして？」

『……だって、あんまりじゃないですか』

それまで淡々と話していた染川裕未が、唇を噛むような唐突さで言葉を切った。

そういえば、彼女は須藤深雪と心を通わせた、この事務所でほとんど唯一といっていい存在だった。悔しいに決まっている。かくて声なき弱者の受けた仕打ちは闇に葬られ、その犯人は目に見えない力の庇護《ひご》を受けてのうのうと日常に戻るのだから。

私はなるべく背筋を伸ばし、染川裕未の次の言葉を待った。

『こんな……騒ぐだけ騒いで、やっぱりもうやめた、って放り出すみたいな終わり方。

結局、堀さんが全部ひとりで背負うことになって。なにが起こったか思い出したなら、本当はだれが悪かったのか、わかるはずなんです』

肩からストールがずり下がり、足元に落ちた。

拾い上げるために腰を屈めると、低くなった目線がちょうどライティングビューローの引き出しの前に来た。半分開けっぱなしだったその隙間から手を入れて、巾着袋ごと録音機を取り出す。人の記憶を消すのは、少なくともデータほどには、簡単ではない。須藤深雪に「信用されていた」という染川裕未は、自分が彼女に声を荒くした場面をいまだに頭の中で繰り返し再生しているのだろう。その記憶は劣化どころか醜悪な部分ばかりが誇張され、彼女自身を罰するための道具として作用し続ける。

忘れられないこと自体は否定しない。だが、忘れるべきではないことを忘れたのが須藤深雪ばかりではないと私は知っている。録音データの中には、染川裕未と須藤深雪の日常風景も含まれていた（私の存在に怯える会話もあって思わず笑った）。偶然の遭遇、しだいに芽生えていく親近感、そして、人に言えない心に秘めた本音の交換。あなたのほうこそそれを忘れて、自分をただ許されない存在だと思い込んでいる。

「意外ね。そんなふうに気遣ってもらえるほど、あなたに好かれていたなんて」

我ながら、溜息が出そうになった。

でも、しかたがない。これがいままでの行動の結果なのだ。死を目前にして初めて弱気になった老人――たとえば父のように、最後だけ態度を急変させ、いままですまなかったと綺麗事だけ残して気持ちよくいなくなるのは簡単だ。だが、自己満足に付き合わされてすべてを許さざるを得なくなったほうはたまったものではない。なにより、私は、染川裕未に許されたくなどない。何者にも、その身をまるごと与えてほしくなどない。

「くだらない心配をするくらいなら、残った仕事をちゃんとお願いね」

『……はい。そのつもりでいます』

「あと、くれぐれも体を大切にしてちょうだい。それも仕事の一部だから」

染川裕未は頰でも張られたように息を呑んだ。

ただの決まり文句なのに、思いのほか重く受け止められたことに戸惑う。らしくもなく「私みたいに、人に迷惑をかけることになるから」と冗談めかしてみせても反応はなかった。事務所は窓口を閉じて一般の来庁者もいなくなったところのようで、受話器の向こうから職員同士の気安い話し声や笑い声が伝わってくる。

もう切ろうと口を開きかけたとき、堀さん、とぱさぱさに乾いた声がした。

『あの……あたし、飛び込むつもりなんかなかったんです』

猛スピードで吹き込んだ風に砂が舞い上がるように、一瞬で夢の記憶が蘇った。

砂嵐の向こうに見えたのは、どことも知れない駅のホームに立ち、白線の外側へと踏み出そうとする染川裕未の横顔だった。そして、我が身を犠牲にしてでも彼女を救いたいと自分が心底祈ったことまで、踏切の警報のようにやかましく響く鼓動とともに、生々しい手触りで思い出していた。

『だけど、そういうことにしたほうが病院で便利だったし。自分でも、口に出してみると本当にそんな気がしてきたから』

はっと我に返った。

なんということはない――染川裕未が精神的に追い込まれて、駅のホームから飛び下りようと試みたのをきっかけに休職に入ったという話は聞いている。さして興味もなかったのでとっくに忘れていたが、おそらくそれも、あの夢の遠因だったのだ。

「じゃあ、診断書を取るために嘘をついたの？」

動揺させられたことに少し腹が立ち、わざと意地悪く訊ねる。間を置いて、染川裕未は必要以上にはっきりとした口調で『はい』と答えた。

「感心できないわね」

『はい、承知しています。でも本当のきっかけは、なんていうか、わかりやすく整理できなくて。知らない人に怒られたんです、あの日。おまえよりつらい人間なんか山ほどいるんだから甘えるなって。そのとおりだなって——あたしはなんてどうしようもない奴なんだって思って、そしたら、もう駄目でした』

いきなりそんな話を始めた理由はわからなかったが、皮肉で遮るには染川裕未の様子は切実すぎた。身を呈して私を庇おうとでもするかのような、暴力的なほどの唐突さだった。

『でも間違いでした。あたしはあそこで、うるせえよ、そんなの知らねえよ、って、思うべきだったんです』

あやうく床に滑り落ちかけた録音機を、慌てて膝の上に置いた。

拳銃さながらずっしりと冷たい重みは、いくら中のデータを削除したところで変わらない。もう消えたはずの中沢環の台詞、初めて機械越しにそれを耳にしたときの自分自身が撃たれたような痛みが、染川裕未の言葉を媒体にして悪霊のごとく蘇る。

『もっと早く気がついていれば、こんなふうにはならなかったかもしれません』

「なるほどね」

平静を装いながら私は片手でストールを巻き直し、暴れる心臓にとどめを刺すように胸の前でぎゅっと摑んだ。

「そうやって、世の中にどんどんエゴが連鎖していけばいいというわけね。不幸が弱い者へ弱い者へと流れていって、結果、もっとも弱いだれかが犠牲になるべきだと」

染川裕未は少し黙ってから、そうは思いませんけど、と言った。

『結局、なにも解決しなかったんです。全然納得できない言葉がどんどん体に溜まって、自分が本当はどう感じているのかもわからなくなって、だから全部自分のせいにするか、全部人のせいにするか、どっちかしかなかった。そういえばあれもよく聞きますよね、多少嫌なことをされても、みんなだれかの子供でだれかの親だと思えば水に流せるって。謎じゃないですか？　だれかの子供でだれかの親でもある人が他人にはどんなひどいこともできる、だからこそ怖いんじゃないですか。我慢しなきゃいけない理由になりません。あんなの、お貴族様の発想ですよ』

お貴族様、と繰り返すと、はい、と生真面目な返事があった。

「立場が違えば態度も変わって当然でしょう。……自分の感情に正直になって、それで気が済んだ？　いままであなたを傷つけた人たちのことは、許せたの」

『いいえ。そんなに簡単じゃないです』

即答だった。そうよね、と言いながらも、軽いめまいがした。

まるで自分が許されなかったような気がした。染川裕未に許されたくなどない、そう思ったのは本心であるにもかかわらず。指先が冷たくなり、動悸《どうき》を感じた。まだ本調子ではないせいだと考えてみても体の反応は無視できず、たまりかねてライティングビューローに上体を預ける。

『でもどんな正論でも、人に押しつけたり、自分を痛めつけたりするために使うなら意味がないと思ったんです。それくらいなら、許せないってことをひとりで引き受けて、その上でどうするか、たとえ間違っていても身の丈に合った言葉で考えたほうがいいって』

だらしなく両肘で頬杖を突き、膝に須藤深雪の録音機の重さを感じながら、私は染川裕未が初めて「身の丈に合わせて考えた」らしい決意表明を聴いた。

『いやあの、偉そうにすみません。まあだからってなにが変わるわけでもないというか、あたしなんかがぐるぐる考えたことなんてどうでもいいんですけど……』

反応がないことで逆に不安になったのか、急に彼女の声がしぼんでしどろもどろになる。そういうところよ、とひそかに思った。決めたそばから出てるわよ。

「どうでもいいからと物事をおろそかにするのは、あなたの悪い癖ね」

努めていつもどおりに言うと、ぴたりと沈黙があった。

終業を告げるチャイムの音が流れてくる。いつもなら染川裕未の役目だが、電話中だから課長あたりが代わりに流したのだろう。

『……そうですね。気をつけます』

「それがいいわ」

『長々と、すみませんでした。お大事になさってください』

「ええ。そちらこそお元気で」

架空の娘の無事を祈る言葉と同程度の軽さしかない、ただの定型文だ。だが、たとえ些末なことでもないがしろにするのは性に合わない。ささやかな自己満足を得てやっと通話を終えようとしたとき、駆け込み乗車のような性急さで染川裕未が言った。

『あの……お世話になりました。ご健康を、お祈りしています』

アイ、ホープ、ユー、アー、ファイン。

ご活躍を、とは言わないのが、いかにも彼女らしかった。


土曜日の午前十一時、昔はこの時間が一週間でもっとも楽しみだった。二十四時間がまるごと空く日曜日とはまた違う、午後だけの慎ましい休み。半ドンなどという言葉はもう死語になって久しい。

セキュリティを解除して中に入ると、もちろん事務所にはだれもいなかった。

そう長居をする気はない。私はコートも脱がないまま自分の動線を巡り、事務所の中にある私物を片っ端から回収していった。ロッカーに入れた置きジャケットや替えのストッキング、女子トイレの収納に常備してあった歯磨きセット（数年前に生理用品が必要なくなったとき、私はそれを心底喜ぶことができた）、休憩室の棚にしまっておいたマグカップ。最後に自分の席に戻り、引き出しを次々と開けて中身を取り出す。除菌スプレー、下敷き、指サック、ひざ掛け、地方自治法や公文書規則の冊子。使い慣れすぎて備品と区別がつかないものも少なくなかったが、間違えると面倒なので厳密に判定する。

ひとつひとつはそうかさばらないとはいえ、積んでいくと最終的には机上のノートパソコンが埋もれるほどの量になった。エコバッグをふたつ持ってくればよかったと思いながら、私物をスーパーの袋詰めの要領で詰めていく。まずは場所を取るもの、重いものを先に入れるのが大切だった。些細なものはあとからいくらでも隙間に押し込める。

こんなことをわざわざ休日出勤までして行うなど、本来ならば時間の無駄だ。だが、今回に限っては正解だった。異動自体にいまさら特別な感慨はないが、いざ最後の勤務日を同僚と迎えるとなれば、それなりの手順を踏まざるを得ない。お世話になりました、体に気をつけて、新しい部署でもご活躍を。これで当分会わないと思えばこそ、いがみ合っていた相手とも社交辞令を交わして笑顔で別れを惜しめる。なんとなくすべて許せる気がしてしまうし、自分も許されたような気がしてしまう。

何回も受け流してきた欺瞞《ぎまん》だが、今度ばかりは耐えられそうにない。堀さんインフルエンザになったんだって、こんなときにタイミングが悪いったらないね、日頃の行いが悪かったんじゃないの。そんなふうに陰で笑われていたほうがよほど心安らかだ。

荷物をまとめ終えたエコバッグを椅子に載せ、持参したウェットティッシュで黄ばんだデスクマットを拭く。マットを片手でめくり上げ、挟んでおいたメモ書きや席次表、連絡網といった紙類をゴミ箱に捨て、机の表面も隅々まで拭いて、乾いたのを確認してマットを元に戻す。次に、引き出しの中にひそかに貼っていた各種パスワードや暗証番号を書いた付箋（こういうものを書き残すことはセキュリティ上禁止されているが、ちょっとした数字やアルファベットの羅列を記憶できなくなって久しいために考えた苦肉の策だった）を取り除きながら空いた場所を拭いた。最後に一番上の引き出しに入っていた自分の名札を手に取り、それはひとまず染川裕未の席に置いておくことにした。新しいものは次の職場で用意されるし、古びた名札入れを捨てるかどうかは彼女に判断させればいい。

思い立ってまたウェットティッシュを数枚出し、自分と染川裕未の席のあいだにある電話機も拭いた。ボタンの溝の埃を取り、曇ったディスプレイを磨き、受話器を外してひと拭きしたあとコードの端を持って宙吊りにする。受話器の重みに従って、腸捻転のように複雑に丸まっていたコードがくるくる回りながら本来の姿に戻っていった。染川裕未は通話中ストレスを感じると無意識にここをこねる癖があり、少し目を離すとすぐこんなふうになっている。私がいなくなったら自分で気がついてくればいいが。それとも、そんな些細なことはどうでもいいと思うだろうか。

おそらく最後のやりとりだろうあの奇妙な会話も、ここから繫がったのだ。あのとき、自分が知らぬまに中沢環を許したことに、染川裕未はおそらく一生気がつかないだろう。もちろん、中沢環本人にも決して届かない。ああいうことは案外、どこにでもあるのかもしれない、と思った。世界にはああいう、だれからも気づかれない許しや祈りのようなものがそこかしこに漂っているのかもしれない。埃みたいにちっぽけで、無意味で、時として目障りですらあるそれは、しかし、ごくまれに日差しを反射して光を帯びた結果、だれかの心に留まることもある。

アイ、ホープ、ユー、アー、ファイン。

正面玄関から物音がしたのは、染川裕未が最後に私に与えた、その祈りの言葉の軽薄さを反芻していたときだった。

ノックに続いて「すみません」という女性の声が聞こえたとき、しまったな、とまず思った。休日にわざわざ訪れるような来庁者は、切羽詰まった事情を抱えている可能性が高い。無視するわけにはいかないので後日来てくれと頼むしかないが、それで納得してもらえるとは限らない。

「……すみません、あの……」

視線をそちらに向けて、私は予想外の光景に硬直した。

自動ドアの向こうに立っていたのは、声と同じく気弱な印象の女性だった。若くはないが、とはいえ私よりひとまわりは年下だろう。胸のあたりに掲げた手を猫のように丸め、小首を傾げながらこちらに呼びかけている。

「すみませーん。ちょっと、お時間よろしいですか？」

意を決し、受話器を置いて来客のほうへと歩み寄った。

近づくにつれて、彼女の正体がますますはっきりしてくる。髪は前より少し伸びて、オールバックのように後ろで無造作にまとめている。そのせいで額と耳が大胆に剝き出しになっていた。服装はジージャンにジーンズにスニーカー。お世辞にもお洒落と言えないのは相変わらずだが、ここに通っていたときには見かけなかった姿だった。

自動ドアを拳ひとつ分ほど開け、ガラス越しに相対すると、須藤深雪は「突然、申し訳ありません」と見慣れた丁重さで頭を下げた。

「あの、お訊ねしたいことがあって、お休みかとは思ったんですけど……最近、こちらに忘れ物ってありましたか？ ポーチというか、巾着というか」

「……どういうものですか」

コートのポケットに右手を突っ込み、ぎゅっと握った。汗を掻いているのは厚着のせいかもしれない。

「ええと……よくわからなくて。あ、すみません、怪しいですよね。えっと、あの、じつはわたし、以前、ここで働いていたんです。働いていたみたい、というか。あ、こんな言い方ますます怪しいですね。あの……なんていうか、先日ちょっと、事故に遭って、記憶が曖昧で……あ、もしかして、わたしのことご存じだったりします？」

わたし、と指差されるまでもなく、私はずっと彼女の顔ばかり見ていた。

つっかえがちな口調は以前のとおりだが、言葉は比較的なめらかに出る。繕っていない自然な表情は、いつも無理やり愛想笑いを浮かべていたころよりむしろ開放的な印象だった。かといって、別人のようになったとも言えない。上がった肩や落ち着きなく動く視線からはまだ人に対する緊張が滲み出ているし、まとまりのない話し方は相変わらずこちらに少々の忍耐を要求する。本人に言われなければ、そしてさきほどの質問を聞かなければ、記憶が戻ったのかどうか判別は難しかっただろう。

　過去を失った人間というのは、もっとはかなげで、寄る辺のない不安に怯えているものだと思っていた。あるいは古い自分を捨て、生まれ変わったかのごとく変貌を遂げるものだと。専門用語を連発して浮かれていた課長を笑えない。たしかに、それはそうだろう。いまこうしている私自身とて、四六時中過去ばかり思い返し、そこに常に準拠して行動しているわけではないのだから。少なくとも、自覚するかぎりでは。

　私が無言でいることを、須藤深雪は別の意味に捉えたらしい。

「あ、すみません。お世話になった期間も短いみたいなので、覚えていなくて当たり前ですよね。それなのに、わたしってば、ご迷惑おかけしたそうで」

「迷惑？」

「なんだか、うっかりどこかに閉じ込められたらしいんです。ホテルのオートロックの反対版みたいな。結局すぐにだれかが助けてくれたんですけど、それが怖すぎて前後のことまで忘れちゃったんですって。ほんと、お間抜けでお恥ずかしいんですけど」

　あまりのことに口が半開きになった。染川裕未といい彼女といい、若い人はなぜこうも、自分の中の地獄を軽い言葉で表現したがるのだろう。お貴族様だの、お間抜けだの。

「……そのときのこと、いまはもう思い出せたんですか」

「いえ、全然。ただ、いろいろ治療を受けたり調べてもらったりする中で、そうなんじゃないかって。ちゃんと記憶が戻ったら、助けてくれた方にきちんとお礼をしたいんですけどね」

必要ないと思いますよ、とはさすがに言えなかった。

「きょうはおひとりでいらしたんですか」

脈絡のない質問に、彼女は警戒も躊躇もなく「はい」と即答した。

唐突に、私は確信した。これが須藤深雪の本来の姿なのだ。そして、いまの状態でこの事務所に採用されていたとしたら、すでに起こってしまったことのいくつかは回避できたかもしれない。もちろん、そもそも勤務中に受けた数々の仕打ちのせいで現在に至るのだから、こんな考えは前提からして間違っているのだが——しかし彼女が失ったのは、本当に、ここで働いていた三か月間の記憶だけなのだろうか。

「もしかして、お探しのものはこちらですか」

それを確かめる代わりに、私はコートのポケットから巾着を取り出した。

きょう持って来たときには、どうするかはまだ決めていなかった。だが、これも運命だと思うことにした——運命など信じていないにもかかわらず。目を丸くする須藤深雪に笑顔を向けようとして、むしろ不自然な表情になりそうだったのでやめた。

「ちょうどさっき、そこで拾いました。きょうは休日ですから、月曜にでも染川さん——総務担当の方に、預けるつもりだったんです」

「まあ、そうでしたか。それだと思います」

もっとも親しかったはずの名前にも、須藤深雪は顔色ひとつ変えなかった。私は染川裕未が彼女を忘れられずにいること、祈りにも似ているのだろうその感情を思い、存在自体を忘れられることによって受け取りを放棄された、ささやかなそれを悼《いた》んだ。

自動ドアの隙間から、巾着を差し出した。須藤深雪が受け取ろうと手を差し伸べる。そのとき一瞬だけ指が触れた。あたたかくも冷たくもない体温は私のそれと違和感なく交じり合い、静かな感電のように彼女の存在が肌を通して伝わってきた。その瞬間、激しく手が震えて、私は巾着を取り落とした。

不吉な、鈍い音がした。あらあら、とつぶやきながら須藤深雪が屈んでそれを拾い、巾着の紐を緩める。そしてふいに怪訝《けげん》な顔になり、そこに手を突っ込んで録音機を取り出した。本来の持ち主の元に戻ったにもかかわらず、子供のように肉厚な彼女の手のひらの中で、無骨な機械はどこか居心地が悪そうに見えた。

声が震えないように、私は咳《せき》を堪えるふりをして喉を押さえた。

「申し訳ありません。中身が無事か、確認されたほうが」

はい、となにを勘違いしたのか須藤深雪は巾着を開け、まったくたいしたものの入っていないその中をじっくりと覗き込んだ。こういう部分は地の性格だったのだな、と妙なところで感心する。

「ええ、平気そうです」

「いや、あの……その機械」

「ああ、これですか。大丈夫だと思いますよ、ヒビも入ってないし」

「壊れていたら大変ですし、この場で再生してみたらいかがですか」

「はあ……大変、でしょうか」

「だって、記憶がその、曖昧なんでしょう。なにか手がかりがあるかも」

必死さが表に出すぎたのかもしれない。須藤深雪は録音機に向けていた訝しげな顔を、今度はこちらに向けた。

「それはそうですけど……」

そこで、言葉が切れた。

ひそめていた眉が元の位置に戻った。細めていた目が自然な大きさに開き、反対に開きかけていた口が思い直したように閉ざされた。ななめに傾いていた首が正面に戻り、巾着と録音機を持った手が胸の前に収まった。まるで波が引くように、あるいはパソコンが初期化されてデータが消えるように、須藤深雪はみるみるうちにまっさらな状態になった。無表情ではない、感情を表に出すまいとする意志も介在していない。本当にただ、そこに立っているだけだった。

そのまま、なにかを隠そうとするように彼女は後ろを向いた。

耳にイヤホンをつけ、しばらく静止する。肉付きのいい背中に隠れて、録音機を操作しているらしい手の動きも見えなくなる。

「なにも、聞こえませんね」

そう言って振り向いた顔は、なぜか穏やかに笑っていた。

「壊れちゃったみたいです」

「……修理に出されたほうが、よろしいのではないですか。弁償します」

「いいえ、いまのが原因とは限りませんから。わたしが置いていったときにはもう壊れていたのかもしれませんし、最初からなにもなかったのかも……それに、忘れちゃったくらいですから。たぶんなにかあったとしても、たいしたことじゃありません」

そんなわけがない。

だいたい彼女の場合、自然に忘れたのではないのだ。いくら記憶が人のすべてではないとはいえ、強制的に過去を奪われるなんておかしいし、あってはならないことだ。彼女自身こうして表向きは平然としていても、ひとりのときには恐怖や葛藤と戦っているに決まっている。そもそもいくら精密機器とはいえ、いまどきの機械がちょっとぶつけたくらいで簡単に壊れるものか。

だが、そんな当然の反論でさえ飲み込まざるを得ない力が、いまの須藤深雪の言葉にはあった。口調も表情も決して強いものではないのに、まるで――

そして私は悟った。

「忘れるってことは、許せる程度のことなんです。きっとそうですよ」

それは断定ではなく、祈りの言葉だった。

「……本当に、ごめんなさい」

「いいえ。どうかもう、お気になさらずに。……あの、ありがとうございました」

そう言って、須藤深雪はまた丁重に一礼した。自動ドアに頭をぶつけるのではないかと心配したが、ちゃんと距離感は把握しているようで杞憂《きゆう》に終わった。ただ、たかが数分話しただけの相手に対するお辞儀にしては、少々長すぎるし深すぎる気がした。

やっと背筋を伸ばしてからも、その目はこちらを見ないよう控えめに伏せられていた。悪意ではなく、これ以上の謝罪を求めないための遠慮からくる仕草らしい。だから彼女は私の顔を視界に入れることもなく、そのまま自然に踵を返して正面玄関の石段を下りはじめた。落ち着いたしっかりとした足取りで、しかし右手だけは、縁日から帰る子供のように大きく巾着袋を揺らしながら。

あんなふうに乱暴に扱ったら、またどこかにぶつけたり落としたりしてしまう。そんな懸念をしてからふと、彼女はそれを望んでいるのかもしれない、と思った。

まさか。

私は立ち尽くしたまま、須藤深雪の背中を見送った。そうしているうちにあの滑稽なフレーズが、まるで呪いのようにふたたび脳裏に蘇ってきた。Forget, but never forgive.

忘れられた罪は、永遠に許されることもない。

自分が許されたのか、忘れられたのか、それもわからなかった。ただ、確実に言えるのは、こんなやり方ですべてを与えてほしくなどなかった。求めることをやめてほしくなどなかった。弱っている彼女を追い込んだこと、まっとうな思考を奪われた相手を同じ土俵に上げて責め立てたこと。その大人げない嗜虐心《しぎゃくしん》を根深く恨んで、糾弾して、完膚なきまでに叩きのめして罰を与えてほしかった――そこまで考えてから、違う、と自覚する。

私は、須藤深雪に、加害者になってほしかったのだ。

しかしなんであれ、与えられたものを簡単に手放すことはできない。

すべてを与えることと、求めるのをやめること。

どちらも私の手には余るが、それでも。それにしても。

――君の娘は元気かい？

きっと元気。そう祈っている。

だれも受け取らないその軽薄な祈りを、私は須藤深雪に捧げた。

これからも嘘やごまかしを重ねながら生きていく染川裕未に捧げ、中途半端に夢をあきらめたプライドばかり高いミナに捧げた。打算的なくせに感情にも翻弄される未熟な中沢環に捧げ、そんな小娘ひとりへの対処を誤ったかつての同期に捧げた。過去に縛られ私を恨み続けてきた田邊陽子に捧げ、骨が砕けるほどの重さを今後その肩に委ねるのだろう、会ったこともない田邊陽子の娘にも捧げた。自分も含めたすべての人に、というわけにはいかなくても、可能なかぎり多くの、他に祈りを捧げる者のない存在のために祈った。

少なくとも彼女の姿が見えるうちは、欺瞞にも偽善にもならずにそれができる気がした。開いた自動ドアの隙間から覗いている須藤深雪の背中は、公用車しか停まっていない閑散とした駐車場をゆっくりと通り過ぎ、車除けのチェーンをまたいで、門扉を抜けた。そこから続く道をしばらくのあいだ直進していたが、やがて横断歩道を渡って反対側へと移り、郵便局の角を曲がって、そして、見えなくなった。

解説

島本理生

読み終えたとき、この小説の誠実さとは、なにか、と考えた。

それは、人はかならず誰もが傷ついていることでもなければ、人はかならず誰かを傷つけている、でもない。

「自分は」かならず誰かを傷つけている、という自覚ではないだろうか。

キキララのグッズをこっそり買い集める中沢環《なかざわたまき》も、「お客様」に怯《おび》える染川裕未《そめかわゆみ》も、すべてを悪口で茶化してしまおうとする田邊陽子《たなべようこ》も、誰にも理解されようとせずに部署を去る堀《ほり》主任も、それぞれに違う形でアルバイトの須藤深雪《すとうみゆき》を傷つけてしまう。

須藤深雪は言われた言葉を素直に受け入れ、誰も悪者にしようとしない。そのイノセンスは鏡となり、それぞれの登場人物たちが見ぬふりをしていたものに光を当てる。それは見たくなかったものであると同時に、彼女たち自身を救うものでもある、と私には感じられた。なぜなら見ないふりをし続けることは、心の叫びさえも閉じ込めてしまうことだから。

「あなたの苦労に報いなくて申し訳ないと、十字架を背負いつづけてほしい」という環も、「あたしだって負けたかった」という裕未も、傷ついた娘に死んだ同期のことを打ち明ける陽子も、「須藤深雪に加害者になってほしかった」堀主任も、須藤深雪に対して加害者になることで、癒えぬ傷を抱えていた自分を自覚し、初めて向き合う。それは不思議な浄化作用を物語にもたらしている。

須藤深雪だけは、誰に対しても、加害者にならない。だからこそ誰もが須藤深雪に行き場のない怒りや憤りをぶつける。なぜなら人間は、加害者本人と対峙《たいじ》することを最も恐れるからだ。

理屈で考えれば、理不尽、としか言いようがないが、その負の連鎖はこの世の縮図でもある。いかに納税は義務だと言われても、ひとたび自分や身内が切迫すれば、その制度を作ったわけでもない環や裕未が、どれほど親身になろうが、冷静に言い聞かせようが、「善人ぶらないでよ」「遺書にあなたの名前を書いて死にます」と言い捨てる人はいるように。

そんな理屈ではない人間心理を炙《あぶ》り出す舞台として、県庁の納税事務所という設定は秀逸だ。

たとえ自分が悪くても、対公務員となると、相手の給与は自分の税金の一部なのに、という傲《おご》りが頭を掠《かす》めたことのある人は、きっと、少なくない。実際、本書の中にもそういった態度を取る人が多数登場する。

しかし、そもそも働く人間の全ての給与は、誰かのお金が巡り巡ったものだ。それは会社員だってフリーランスだって小売業者だって、本来、同じなのだ。

にもかかわらず、友達にさえ「うちらが奢《おご》ってるようなもんだよねー」と言われる不条理がある。

私は最初、裕未と同い年の彼氏の電話のやりとりを読んだときに、強い引っかかりを覚えた。たしかに二人の業務内容は似通っていて、その激務を毎日こなしている彼氏と比較すれば、性差による顧客の態度の違いもあるだろうが、裕未は弱いのかもしれない。だが、それでも違和感があり、そのときには上手く言葉にできなかった。

そして今回あらためて読み込んでいくうちに、そもそも「お客様」との関係性が根本的に違うのだ、とようやく気付いた。

れるのは理不尽だという想いがあるだろう。一方で環たちにしてみれば、本来、義務である納税など「お願い」することでさえない。その上で生活が苦しい相手に支払ってもらったところで、自分自身が幸福になるわけでもない。

生活困窮者にしてみれば、自分たちの生活を良くしてくれるはずの税金に苦しめられるのは理不尽だという想いがあるだろう。

そこには、どちらも「お願い」している立場でありながら、厳密には自分から望んだことではない、という納税者と職員の単純ではない関係性の問題がある。そこまで思い至ったとき、私自身がこれまで国と人との板挟みになる公務員の立場を言語化できるほど想像してこなかったことにようやく気付かされた。

自ら選んだのなら、仕事なら、耐えなければいけない。それができない人は、可哀想だけど弱い。ブラック企業やモラハラという言葉が一般化した現代においても、そんな自己責任論は未だに人の意識に根強く残っている。

だけど、それは本当に当たり前のことなのだろうか？

心の調子を崩す人は、けっして強くないわけではなく、むしろぎりぎりまで耐えることができる人だったりもする。裕未が特別に弱いとは、私には思えなかった。そもそも弱いことはそんなに悪いことだろうか。

多様性という言葉さえも、その陰に隠してしまうものはあり、弱い人を助けることで今度は強く見える誰かにしわ寄せがいく。同情でさえ平等ではない。そのことを、本書は安易な答えではない形で描いている。

この小説の女たちは、みな、怒っている。その怒りで自分自身を追い詰め、誰かをまた傷つけながらも、なんとか今日という日を生き長らえている。

小説においての怒りとはなにか。ヴァージニア・ウルフは『自分ひとりの部屋』という著書の中で、女性の書き手が性別のせいで被った理不尽に対する怒りで、しばしば物語をゆがめてしまうことを指摘している。

「義憤のせいで彼女の想像力は脱線してしまい、わたしたちも脱線したと感じてしまいます」。

たしかに書き手自身が怒りに飲まれてしまうときは、そうかもしれない。一方で、私はこうも思った。それほど女性であることと、怒りというものは、切り離しがたいものなのだと。それならば女性について書くことの本質は、怒りについて書くことなのではないだろうか、と。

伊藤朱里さんはデビュー作の『名前も呼べない』からずっと、女性ならば誰しも覚えがある、個人的でひりひりするような感情を、読者を引き込む巧みな物語構成に織り交ぜながら書いてきた。

この小説では、その激しい感情や自責の念がより多彩になり、奥行きを増している。伊藤さんの小説の女たちは怒りながらも祈っていて、それが本来、人が見たくない感情を、ある種の解放へと導いている。それはこの著者にしか書けない特有の個性だと思う。

「きみはだれかのどうでもいい人」という印象的なタイトルもまた、この著者にしか名付けられないものだ。

一見なげやりにも思える「どうでもいい」という言葉が、本書を読み終えた後、私にはまったくべつの意味を持ったように感じられた。

それは誰かにとって死ぬまで大事な人であり続けなければならない「娘」や「母」を、一時でも自由にする言葉のようにも思えたのだ。

娘と母という、傷つけ合いながらも切り離せない関係性もまた、伊藤さんが作品で浮き彫りにしてきたものである。今作は幅広い世代を書くことでより普遍性が生まれている。

そして小説は、堀主任の中で消えることのない罪と祈りによって、終わる。「忘れるけれど、許さない」という言葉はこの物語において、どういう意味を持っていたのだろうか。

Forgive は許すことを意味し、同時に、与えることを意味する。どれほど許してほしいと願ったところで、結局、それは与える側にゆだねられている。それを考えると、当たり前のように、許してほしい、と願うことはなんて傲慢なのだろう、それは傷つけた相手に対してさらに「与えてくれ」と頼んでいることに他ならないのだから。

救いと傲慢が一体となったその英単語は、彼女たちと、この物語にとてもふさわしいと思う。

この小説の中で唯一、母親という立場でもある陽子は、娘との電話中にテレビをつけ、「よそはよそ、うちはうちだ」と言い切り、赤の他人の不幸話をシャットアウトするが、そのために娘からの大事なＳＯＳに気付かない。

それは一種の自衛でもあり、彼女の生き方は、もしかしたら現代人にとっては必要な処世術の一つなのかもしれない。

しかし、よそはよそ、と多くの人が目を瞑《つむ》った結果が、今の日本の混乱と不幸の正体ではないだろうか。

人々の分断が危ぶまれている一方で、本来、世界はそんなに簡単に分断できるものではない。すべては重なり、グラデーションを帯びながら、複雑さと単純さとの奇跡的な均衡の上に成り立っている。それは救い合うことだけではなく、傷つけ合うこともまた混在した上でのバランスなのだ。

他者を傷つけることは罪深い。その一方で、もしかしたら一つも傷つけあうことのない世界には、救いもないかもしれない。本書を読み終えて、ふと、そんな考えが過《よぎ》った。

誰も傷つけることがないまま須藤深雪が忘れようとするならば、永遠に許されない堀主任たちは、私たちはどう生きていくべきなのか。

その問いの先は、きっと著者の次の作品が見せてくれる。そんなふうに私は思う。

（しまもと・りお／作家）

本書のプロフィール

本書は、二〇一九年九月に単行本として小学館より刊行された同名の作品を、文庫化したものです。

JASRAC 2106555-101

小学館文庫

きみはだれかのどうでもいい人《ひと》

著者　伊藤朱里《いとうあかり》

二〇二一年九月十二日　初版第一刷発行
二〇二一年十一月二十二日　第四刷発行

発行人　石川和男
発行所　株式会社　小学館
〒一〇一-八〇〇一
東京都千代田区一ツ橋二-三-一
電話　編集〇三-三二三〇-五六一七
販売〇三-五二八一-三五五五
印刷所――――図書印刷株式会社

この文庫の詳しい内容はインターネットで24時間ご覧になれます。
小学館公式ホームページ　https://www.shogakukan.co.jp

ISBN978-4-09-407060-6